刘永行　刘永好

首富长青

张小平◎著

全国百佳出版社
中央编译出版社
CCTP　Central Compilation & Translation Press

图书在版编目（CIP）数据

刘永行刘永好首富长青：希望集团三十年 / 张小平著.
北京：中央编译出版社，2010.5（当代中国著名企业家丛书）
ISBN 978 - 7 - 5117 - 0333 - 0

Ⅰ.①刘… Ⅱ.①张… Ⅲ.①私营企业—企业管理—
经验—中国 ②刘永行—生平事迹 ③刘永好—生平事迹
Ⅳ.①F279.245 ②K825.38

中国版本图书馆 CIP 数据核字（2010）第 084473 号

刘永行刘永好首富长青：希望集团三十年　　　　　　　　　张小平　著

出 版 人：和　龑
责任编辑：张维军
出版发行：中央编译出版社
地　　址：北京西单西斜街 36 号（100032）
电　　话：(010) 66509236　66509360（总编室）　　（010）66509361（编辑室）
　　　　　（010）66509364（发行部）　　　（010）66509618（读者服务部）
网　　址：www. cctpbook. com
经　　销：全国新华书店
印·　刷：三河市文阁印刷厂
开　　本：787mm×1092mm　1/16
字　　数：250 千字
印　　张：18.5
版　　次：2010 年 6 月第 1 版第 1 次印刷
定　　价：38.00 元

本社常年法律顾问：北京大成律师事务所首席顾问律师　鲁哈达

刘家四兄弟企业概况

老大刘永言：掌管大陆希望集团。与其说是企业家，不如说是科学家。四兄弟分家后，刘永言秉承"实业报国，永创第一"的企业理念，把精力一直放在以高科技为基点的制造业上，其旗下产品如森兰变频器、深蓝中央空调，在业内外皆赫赫有名。

老二刘永行：掌管东方希望集团。他两度成为福布斯财富榜的首富，2001 年 CCTV 中国经济年度人物，其独到的战略眼光和稳健的发展速度让他成为中国企业家的榜样，胡润称之为"最值得尊敬的中国企业家"。

老三陈育新：掌管华西希望集团。陈育新对农村怀着极其深厚的感情，他在主导产业发展上坚持以农为本，矢志为中国农业的振兴尽心竭力。陈育新为人低调朴实，企业理念也一如其人，坚持以诚为本，"诚实做人、精明做事、勤奋工作、追求美好"。

老四刘永好：掌管新希望集团（原南方希望集团）。尽管年龄最小，知名度却是最高，他是全国政协委员，曾两任中华全国工商联副主席，2006 年 CCTV 中国经济年度人物。刘永好在四兄弟中最擅长交际，三位兄长便把他推向了前台，而他也不负众望，为希望集团品牌的塑造立下了汗马功劳。

推 荐 序 一

自律前行：中国企业家的"窄门"

赵晓（经济学家、北京科技大学教授）

备受关注的黄光裕一案，在经过长达一年半的时间后，终于将在 3 月底进行非公开的庭前质证。此前，检方指控黄光裕涉嫌的罪名有：非法经营罪、内幕交易及泄露内幕信息罪、单位行贿罪。

从牟其中到赖昌星、从刘晓庆到仰融、从杨斌到周正毅、从顾雏军到黄光裕，一系列民营企业家的落马，说明积累多年的问题终究将会爆发。种种迹象表明，当前中国民营企业正面临历史性变迁，中国的民营企业家正经历一场历史性的筛选和分野。一个个富豪的陨落，实际上标志着一个时代的完结——那就是资本原始积累的疯狂阶段正在被历史的强有力的巨手画上句号。不管富豪们是否愿意，曾经的疯狂、无序、血腥、欺骗必然遭到强力整肃，继续铤而走险的富豪们在中国这片土地上将不会有未来。

民营企业是中国的希望，中国制度创新的巨大成就和民营企业的成长分不开，包含了企业家的无数辛苦与心血，因此没有任何理由否定中国民营企业家们的功绩。但我们同时也要一分为二地看到，许多民营企业的发迹有着深重的原罪色彩——那迅速壮大的民营企业未免有些先天不足，那迅速致富、拥有天文数字身家的富豪们未免有些下盘发虚，那可歌可泣的所作所为未免敢于拿到阳光下来晾晒！这就是中国转轨期的严酷现实，这也是几乎一切发展中国家（如"裙带资本主义"的东南亚）难以避免的副产品以及残酷的历史与现实。

然而，将所有的脏水泼向民营企业家们却也是不公平的，"原罪"的讨论更是不应该地遗漏了其中复杂的社会背景。事实上，笔者早就指出，改革实际上意味着对原有种种法律法规以及制度的打破。因此以原有体制而论，改革者必然有"原罪"；但以改革者而论，却是传统体制有"原罪"。中国的"问题富豪"也是这样，他们事实上是长在"问题制度"之树上的果子。"问题制度"缺陷太多，"问题官员"太腐败贪婪，这些无疑是导致民营企业家"出事"的重要背景。

但没有办法，民营企业家必须一方面向前走，另一方面要学好，从野蛮生长走向文明生长，而这一条路注定将是狭窄的，并且人们不太愿意去选择。正如《圣经·新约马太福音》所告诫的一样："你们要进窄门。因为引到灭亡，那门是宽的，路是大的，进去的人也多；引到永生，那门是窄的，路是小的，找着的人也少"（7章13—14节）。

但如此洁身自好、自律前行的道路有谁去走呢？财经作家张小平，在出版了畅销书《首富真相——黄光裕家族的财富路径》以后，又推出了最新财经力作《刘永行刘永好首富长青》，试图记录"走窄路"的中国民营企业家标本。在书中，作者把希望集团的刘永行、刘永好兄弟喻为"贫瘠土地上长出的商业奇葩"，足见其道路之曲折艰难。

在中国改革开放前30年的过程中，我们遗憾地看到：那些踏足原罪捷径的民营企业家，其实往往不一定深陷黄光裕似的囚境，很多人一直悠游在法网之外，甚至轻易逃逸、凭着非法敛聚的巨额财富在国外过着神仙般的日子；而当初像刘永行兄弟一样严以律己、拒绝官商勾结、跻身道德窄门的企业家们，却无异于自绝"时代机遇"、自废武功，而能够硕果仅存、创造30年基业长青传奇的刘氏兄弟算得上是少数甚至异数。

中国民营企业家的行为畸变就是在这样一个大的历史背景下产生的：不违法，就别想发财；想发财，就要不择手段、铤而走险。前30年的中国社会，不靠贿赂等非法手段想要成为富豪简直寸步难行！基于此意义上来讲，中国许多民营企业家的诞生本身就像是一根木炭——如果你硬要去把它洗白，那么最终的结果是把整根木炭都洗掉，木炭还是洗不白。所以中国人必须从制度上进行思考：如果不创建一个好的他律性的制度，如果政府官员不能被迫约束自己，所有的民营企业家都有可能全军覆没。

当然，中国民营企业家们容易出事也不能完全推在制度头上，还与其自身跛足的商业精神有关。对比西方清教徒从信仰出发的"荣神誉人"的商业精神，中国的企业家可以说是先天不足。一个最大的问题是普遍缺乏信仰，缺乏成熟的价值观，当然也没有良好的商业精神。

事实上，西方清教徒企业家是从"禁欲"开始走上商业之途的，我们的企业家则是从"贪欲"走上发展之途的。大多数企业家对于自己的经营目的并不明确，攀比心态、"江湖"心态严重，表面上是民营企业家，骨子里其实是"江湖豪客"，很少有人想到要通过创造财富而获取财富、最终达到兼济天下的目的。许多人想的是钻制度的空子，通过"分配财富"、"转移财富"的办法，去实现一夜暴富的贪婪目的。

如何看待中国经济社会转型中冒出来的这些"转轨富豪"？如果这个问题不解决好，如果中国社会不能建立起一整套合理的财富伦理，中国下一步的经济改革就有可能陷于社会矛盾的泥淖而不能自拔。

从历史的长镜头看，以经济改革单兵突进的中国改革至少存在三点明显不足：一是在经济建设层面，财富的积累迄今未能建立起完善、成熟的游戏规则；二是在社会平衡发展层面，缺乏收入分配的应有调节，导致财富鸿沟不断加深，社会上出现"仇富心理"；三是在精神规范层面，变革的意识形态在为私欲正名的同时，却缺乏对市场伦理和财富伦理这一远大理想的扎实建构，因此陷于另一个极端，日益将社会引向物质崇拜、金钱崇拜。

中国人一般都相信"仓廪实而知礼节"，但从历史的角度看，往往正好相反——不是经济发达了人才变好，而是先有一帮守规矩、讲诚信的好人，然后才有发达的经济，即"知礼节而仓廪实"。从英美文化演变与经济发展的历史看，就是马克斯·韦伯所阐述的先有"清教伦理"所孕育的资本主义精神，后有资本主义市场经济的出现。

中国是一定要往前走的，中国的市场体制也必定会越来越规范。体制转轨的过程，往往也就是法网收紧的过程，每当制度转型进入一个新的阶段，就会有一批为富不仁的"大鱼们"被抛弃出局，成为体制的殉葬品。

从这样的历史眼光看，"刘永行刘永好现象"就更加宝贵并值得研究。他们为什么能与众不同地坚持走出一条"好人之路"？支撑其前行的道德与伦理力量是什么？与西方清教徒企业家们道路相比，刘永行刘永好式的好人道路有什么不同？我们可以从他们的经历在体制变革、企业变革与文化变革上学习到一些什么东西？

中国没有选择，在"让一部分人先富起来"的单纯、欢快的旋律之后，中国社会将进入新的财富乐章，遵守最低规则（守法经营、照章纳税），追求更高准则（负起社会责任，作高尚企业），将日益成为新的时代强音。

中国没有选择，历史将越来越告别"问题富豪"时代，走向"阳光富豪"时代！中国的富豪同样没有选择，只有自觉地告别"问题富豪"时代，走向"阳光富豪"时代，才能走向大有希望的明天！

在徐徐展开的中国"阳光富豪"的大舞台上，人们将乐于看到有越来越多像刘永行、刘永好兄弟一样的富豪站出来，走上前台，经受阳光的考验。人们将乐于看到，一代"阳光富豪"将真正铸造中国经济健康、持续的腾飞。

而在此大转型过程中，除借鉴刘永好等的行为外，中国民营企业家实在还应该读一下《圣经·新约路加福音》第13章24节中的这样一句值得中国民营企业家们警醒的话："你们要努力进窄门。我告诉你们：将来有许多人想要进去，却是不能。"

推荐序二
首富们的快乐指数

宋立新（《英才》杂志社社长）

一天，佛陀与几位比丘在树林里讲佛法，跑来一位悲伤的农夫，哭诉他养的12头牛全跑了，他找了许多地方都没找到，疲惫的他伤心欲绝，认为自己是世上最不幸的人，佛陀转头告诉比丘们："你看你们多幸运，你们一头牛也没有。"

"无"是什么都没有，"空"是从无到有、从有至无的无穷尽变化，因比较而痛苦。故世人可以忍受无，却无法接受空，接受得而复失的梦醒时分。

所以，"首富们快乐吗？"一直是个问题，世人追问，想成为首富的人追问，首富自己也在问。如果快乐，那为什么那么多富豪逃避福布斯榜的追踪？如果不快乐，为什么又有那么多的人殚精竭虑，在通往福布斯榜的道路上前赴后继？

2010年两会结束的这一天，福布斯对外宣布：中国首次成为除美国以外，拥有亿万富翁最多的国家。《金融时报》的记者评论说："在全球经济危机期间，中国在西方国家的痛苦中夸耀自己的高增长……现在，中国有了新的吹嘘资本。"

这位记者显然忽略了中国在造就亿万首富过程中所经历的痛苦。财富榜单是一副副白骨（自杀）、一副副手铐（收监）、一张张机票（逃匿）、一滴滴血汗和一颗颗恐惧的心造就的。这是新兴市场快速发展的代价，也是计划经济转向具有中国特色社会主义市场经济的代价。

这高昂的代价中；中国如能找到自己，便可获得可持续的优质增长；

富豪们如能找到自己，便可获得财富增长后可持续的快乐，而不会像小狗追逐自己的尾巴一样，不停地在累积财富、累积痛苦的轮回中，迷失自己。

提升首富们的快乐指数，政府所提供的创富环境和保护私人财富态度和政策、国民接受首富的心态等固然重要，但首富们自我接纳，自我驱动，自我激励的内因更为重要。通俗比喻：富豪们要么随时随地将万事万物精华，吸收为内心强大力量；要么把财富的数量和榜单名次作为内心充电器，时常因电压不够或过高，缺电或被电伤。

比较是媒体的权利和责任。不因比较而受伤，是富豪们下海那一天便应不断提高的自我保护能力。负责任的媒体人，不是以比较为乐，而是要帮助人们在比较中找到自己。客观地记述中国商业史，发挥大圆镜智，是担当这份责任的觉悟之路。

曾在《英才》工作过的张小平，一直孜孜不倦地在这条路上求索。读他笔下的一个个人物，都会有可参照的价值。无论是快乐英雄，还是悲壮枭雄，都因其追求极致而成为灯塔航标。

张小平就是把这种极致还原成一点一滴的平凡，让每一个在路上的人知道，英雄和枭雄只在一念间，英雄和凡人也全在一念间，一个个岔路口的选择尤为重要，坚持自己尤为重要。一个懂得自信和信任的凡人，永远都是自己的英雄。他们的快乐，一定会为自己为、他人创造价值。

当我们读着一部又一部首富的传记，发现首富不再是价格的最大总和，而是价值的最大分享。发现财富指数的内核是快乐指数时，中国也便由大国变为了强国，一个任何外在力量都无法摧毁的精神强国。

前　言

在中国，首富无疑是一个荆棘编成的花冠，是荣誉，也是危险。"眼见他起高楼，眼见他宴宾客，眼见他楼塌了"，《桃花扇》中这出名段可谓是中国很多富豪的真实写照。盛极必衰、荣大则辱，是古今中外的一条"定律"，而努力做到"知止常止，则终身不耻；知足常足，则终身不辱"，也是无数鲜活案例给我们的启示。

"其兴也勃焉，其亡也忽焉"，从牟其中，到周正毅，再到正在接受审判的黄光裕，这些民营企业家抒写了一个又一个商业时代的神话，而最终却纷纷落马、落得身败名裂。当然，这其中有社会背景、体制缺陷等种种原因，然而他们自身欲望的膨胀、企业家精神的缺失，以及对大局势的无视，也是他们失败的关键原因。

而反观刘永行、刘永好兄弟，有着和黄光裕等人相似的成长背景和经历，他们为何却会根深叶茂、蓬勃长青？古人言"自古不谋万世者，不足谋一时；不谋全局者，不足谋一域"，正是因为他们能够从事业的长远着眼，审时度势，与党和政府大的政策保持一致，很少钻政策空子，远离官场的潜规则，把最大的精力放在实业创新，所以能在危难时刻让家族生意避开政策调控的锋刃，也就避免了很多中国民营企业家的悲剧性结局。

改革三十年，人们见惯了太多一夜暴富、权力寻租，不正常的财富积累扭曲了人们对财富的认识，使人们狂热的投身于一轮又一轮的财富泡沫之中，因此我们有必要去倡扬一种真正的创富观：只有通过勤奋踏实的创新活动，才能实现来之不易的基业长青。

目录
Directory

第三章

热波：迈出全国扩张的大步　　　　　／065

邓小平的改革开放政策就像一把大锤，将一块大石头砸碎，而希望集团就如同碎石下面的一粒种子，迎着渗入石缝的雨水成长。刘永行兄弟的创业历程，几乎成为了改革开放后实施的相关重大政策的最好和最鲜活的注脚。而刘永行兄弟从一开始就坚持"只走前门，绝不行贿"的选择，让他们从创业一开始就避开了原罪的陷阱。

第四章

分流：家族企业现代化嬗变　　　　　／101

随着企业越做越大，产权背后的利益问题就愈发凸显，如果处理不当，利益之争就会冲破血缘关系的坚固堤岸，在你争我夺中最后导致亲情荡然无存。刘氏兄弟这次分家，算得上中国企业史上最精彩最完美的"亲兄弟，明算账"，也让大家各自走上了自己感兴趣的发展领域。

第五章

群涌：四兄弟企业大放异彩 　　　　　　／131

　　自从1995年明晰产权后，刘永行和刘永好便开始忙着跑马圈地。而对于他们而言，1998年前后无疑是"最好的时期"、是"希望的春天"！就在这一年，他们提前完成了在全国抢位布点的任务。接下来，他们开始开拓第二主业，进行了重大转型。

第六章

风浪：挫折困境中逆势成长 　　　　／165

　　想要不断地超越自己，是一件困难重重的事情。从2003年起，刘氏兄弟的企业陆续陷入了纷纷扰扰的麻烦、困境和磨难之中，比如非典、宏观调控、民生银行股东争斗、四川大地震等等。但幸运的是，刘氏兄弟碰上了中国经济迅速腾飞的黄金时代。

第七章 归渊：沉淀传承企业家精神

对像刘永行兄弟这样硕果仅存的企业家进行样本分析，我们会发现各种各样的秘诀：政治敏感度高，持续创新能力，坚忍不拔的毅力，善于挖掘人才，未雨绸缪的危机意识，敢为人先的闯劲，规范的企业内部治理结构……也许，这一切还不够，还得加上几分天命与运气。

第八章 潮汛：企业家历史地位变迁

如果仅仅从财富积累的角度来谈刘永行兄弟，无疑是浅显和片面的。只有把他们放到更广大更深远的层面上去进行挖掘和对比，才更能凸显刘永行兄弟作为中国民营企业家的标杆意义。

引　子

刘永行兄弟：贫瘠土地上长出的商业奇葩

"在你接触过的企业家里，哪一些是你觉得最值得尊敬的？"

某次活动现场，在持续了1个多小时的演讲后，有记者这样追问胡润。对于这位一手炮制了中国富豪排行榜的人而言，大家都迫切地想知道——谁才是他心目中真正的首富？

尽管几乎每天都与富豪们打交道，但胡润的双眼并没有被财富炫昏。他很郑重地回答道："这个问题我以前不敢回答，因为我不想得罪其他的人。中国13亿人，能上百富榜的，是前一百位、一千位，这些人都非常不得了。特别是能连续上榜的，更是少数中的少数。今年是百富榜十周年，我曾经考虑过这个问题，答案是刘永行家族！"

此言不虚。从1994年到2009年，在长达15年时间内，从未从中国富豪排行榜上消失过的人只有两位，那就是刘永行与刘永好兄弟。把他们称之为富豪排行榜上的"常青藤"真是名符其实。

从1994年富豪排行榜第一次出现在中国内地，到1999年恢复富豪排行榜，再到2009年各种富豪排行榜争奇斗艳的今天，在长达15年的时间里，刘永行、刘永好兄弟经历了"天外陨石"到"活化石"的转变。

1994年美国《福布斯》杂志发布了那份十分不成熟的《中国内地亿万富豪排行榜》。在榜上但首当其冲的刘永行、刘永好兄弟，无疑如"天外陨石"般引起人们的聚焦。此后的每一份富豪排行榜上，都少不了刘氏兄弟的名字。而且自从1994年第一次荣登首富宝座后，2001年刘永行、刘永好兄弟又再一次以83亿元人民币的个人财富回到了这个令人炫目的位置上，2008年刘永行更是以204亿元人民币的个人财富第三度戴上首富的桂冠。

从1982年创业时的1000元人民币，到1994年的6亿元人民币，再到2001年的83亿元人民币，最后到2009年的553亿元人民币（其中刘永行375.5亿，刘永好177.5亿，未计算陈育新及刘永言个人财富），这就是刘永好兄弟家族财富累积增长的速度，也同样是中国在改革开放中财富累积增长的速度。

"我很高兴当上首富，我的每一桶金都是阳光的。"这是刘永好成为2001年中国首富后到央视参加崔永元主持的《实话实说》时说的一句话。被原罪深深困扰的第一代中国私营企业家们，当然知道能坦坦荡荡地说出这句话是多么不易！

刘永行、刘永好兄弟财富的创造性和稳健性，无疑让他们成为中国改革开放最杰出的致富榜样，也在30年后成为见证中国改革开放历程的"活化石"。在创造财富的同时，刘永行兄弟也创造了中国现代私营企业中的多个第一：第一批辞去公职下海创业的私营企业；第一家在国家工商总局注册登记的私营企业集团；第一家参与国有企业改制、重组的私营企业；第一批发起成立银行（民生银行）的私营企业；第一批处理好产权关系的私营家族企业；第一批参与国家扶贫事业的私营企业；第一批当选为全国政协委员和第一个当选全国政协常委的私营企业家；第一个当选全国工商联副主席的私营企业家；第一批当选全国劳动模范的私营企业家……

但从"天外陨石"到"活化石"，却是新闻价值的递减。所以，从2004年起与《福布斯》杂志分庭抗礼的胡润，在自己另行推出的《胡润中国百富排行榜》上，推出了极具新闻轰动效应的首富——黄光裕。

赤手空拳来到中国打拼天下的英国小伙子胡润，似乎对同样富有闯劲和冒险精神的黄光裕情有独钟，在他一手炮制的中国百富榜上，黄光裕三次被推上了首富宝座。诸如黄光裕、陈天桥、严介和、张茵、杨国强之类的每一位"财富黑马"的横空出世，都为胡润百富榜赚足了眼球，但同样也惹来了无数争议甚至隐患。

在《2008 年胡润中国百富排行榜》上，胡润仍然固执地把首富的帽子戴在了正处于"风吹雨打"之中的黄光裕，而创刊于 1917 年的《福布斯》杂志则显得相对谨慎，把首富的宝座留给了一直稳健发展的刘永行。极具戏剧性的是，就在两份排行榜公布之后不久，黄光裕的命运急转直下、面临牢狱之灾，而刘永行的声誉和财富仍在蒸蒸日上——2009 年 3 月 12 日公布的《2009 年福布斯全球富豪榜》上，刘永行以 30 亿美元排在第 205 位，仍然是中国内地的首富。

值得一提的是，金融危机导致全球亿万富豪集体资产缩水，但刘永行的财富却实现了高达 57.9% 的增长。而刘永好的个人财富，也同样稳中有升。

当然，实现财富逆势增长的不只是刘永行兄弟，国内国外都不乏这样的案例，但是刘永行两次登上中国内地首富宝座，都是在全球经济形势不容乐观的时候——第一次是在 2001 年网络泡沫破灭时期，而这次全球经济也正处在金融危机的笼罩之下。

"只有当潮水退去的时候，才能知道谁在裸泳。"刘永行兄弟就是经过大风大浪后，依然稳健前行的那个人。他们的稳健性成长一直持续到今天——2010 年 3 月 10 日，"福布斯全球富豪排行榜"在纽约发布，刘永行以 50 亿美元身价位列榜单 154 位，位居该榜单上中国大陆富豪的第二位；而刘永好则以 25 亿美元在该榜单上名列第 374 位。

"福布斯全球富豪排行榜"公布的当天，刘永好正在北京出席第十一届全国政协委员会第三次会议。从 1993 年刘永好登上这片政治舞台开始，整整 17 年过去了，作为这个舞台上活跃的民营企业家代表，刘永好保持了一贯的高调。在会议上，刘永好提出了 6 个提案，其中有 4 个是关于'三农'问题的。在此次提案中，刘永好提出了一个新概念，就是'新五农'概念——除了农业、农村、农民，还增加了农企和农社的问题……

而另一个更重要的问题也便浮现出来：刘永行、刘永好兄弟是如何做到基业长青的？

第一章

夜汐：动乱年代的艰难成长

"我是人群中的巨人，俯视苍
生的豪杰，还是封闭自惑的庸碌
之辈？在强装的笑颜后面，是一
颗瑟瑟发抖的心，如同在漆黑森
林里迷路的小小少年……"

——李小龙：《我是谁》

　　荒唐的岁月，给刘家留下了痛苦烙印。刘永行兄弟从小就接受吃苦的教育，在"逆运"这块"磨刀石"上开始狠狠地磨练自己吃苦耐劳的精神。正是那些苦难，给了他们一种信念、一种力量、一种雄视任何艰难困苦的毅力和勇气。

　　"前进！中国的青年。抗战！中国的青年。中国恰像暴风雨中的破船，我们要认识今日的危险，用一切的力量，争取胜利的明天……"

　　抗日战争初期的某天，在重庆高等工业学校内，一位激情昂扬的青年正在指挥着一群热血沸腾的学生排练着那首著名的抗日歌曲《青年进行曲》。这支合唱队便是当时名满山城的抗日救亡宣传队——暴风歌咏队，而负责指挥歌咏队的青年学生，名字叫刘大镛……

　　1937 年无疑是一个极为重要的年份——它不仅成为中国近代史上一个重大转折点，更成为中国私营经济史一个让人万分叹惜的逆折点。

　　在此之前，中国私营经济创造了一个短暂而辉煌的发展时期，如荣宗敬的申新纱厂、陈光甫的上海银行、虞洽卿的三北轮船公司、卢作孚的民生公司、范旭东的永利碱厂等，都进入了繁荣昌盛时期。华人历史学家黄仁宇在回望这段历史时，乐观地宣称："民国时代，中国重新构建了社会的上层结构。其中，商人阶层的整体崛起，显然是一个十分重要的现象。"

　　国外的许多观察家也对当时中国的经济持极为乐观的态度。美国驻华大使詹森在 1937 年 4 月份的一份报告中说："不能不给予中国政府以积极的热情，在农业、工业和交通等所有战线上，发展的计划在推进，在国民政府的领导下，一个经济发展的时期现已到来。"

　　而英国驻中国商务参赞也在报告中高度评价了中国私营企业家："中

国私人资本家是能够使他们适应现代经济需要的，这一点的表现在于私营华人企业，例如面粉工业、纺织工业、电气工业以及其他许多工业数目都见增长。这种增长体现了中国人自己，以及全世界大多数人对于这个国家的未来所抱信心。"

但这一切，随着 1937 年 7 月 7 日北平远郊卢沟桥突然响起的枪炮声戛然而止。从这一天起，中国卷入了长达 8 年艰苦卓绝的抗战之中。这场突如其来的战争，让中国现代化进程至少延缓了 20 年，更让中国的私营经济跌入了长达 40 年的"熊市"之中。

次年的 6 月，在武汉，中国抗战史上最大的一次战役激烈地展开了。而就在"武汉大会战"进行的同时，身材瘦弱的爱国企业家卢作孚，正在离战火不远的宜昌，指挥着他的民生公司进行着一场同样艰苦的"战役"——"宜昌大撤退"。

当时堆积在卢作孚眼前的，有近 20 万吨的商用和军用物资，以及 3 万多要撤往大后方的官员、技术工人和学生等。这是经过战火焚烧后中国工业仅存下来的最后一点血脉、最后一口元气。在预定的 40 天时间内，卢作孚不可思议地把这些物资和人员全部转移到了四川。以至于后来有人赞誉，这是"中国实业史上的敦刻尔克大撤退"。

但到了大后方之后，中国私营经济在战争的摧残及国有资本、官僚资本的压制下，却再也难以延续往日的辉煌。建国后，因为此起彼伏的各种运动，私营经济更是一度在中国销声匿迹。直到 40 年后的 1978 年，私营经济才重新焕发生机。

就在卢作孚指挥"宜昌大撤退"的那一年，这个叫刘大镛的进步学生在大后方重庆参加了中国共产党。刘大镛不仅勤奋好学、才情飞扬，而且抱负远大、勇于开拓，是学校小有名气的学潮领军人物，也是当时重庆年轻的共产党员。

建国前后，刘大镛的四儿一女相继出生。刘大镛分别为他们取名："永言、永行、永美、永好、永化"，寓意为"言必行，行必美，美必好，好必发生质的变化"。

与在政治运动中坎坷起伏的父辈相比，刘氏兄妹有幸在青壮年时期遇到了一个好的时代。自从1978年中国步入改革开放后，他们的命运也如名字所寓意的那样，发生了翻天覆地的"质的变化"。

作为中国改革开放后的第一代私营企业家，刘氏兄弟肩负起一个时代的使命与重任：

40多年前，中国私营经济在迁入大西南后却陷入了一蹶不振之中；

40多年后，刘氏兄弟又在同一个地方，重新续燃中国私营经济一脉微弱的香火。

巧合的是，刘家最小的儿子刘永好，日后成为中国第一家私营商业银行的最大股东，而这家银行，和著名的爱国企业家卢作孚所创办的民生公司同名，叫民生银行。

这也许是中国私营经济在冥冥之中的一种薪火相传吧！

"最坏时代"的革命者

战乱年代的结合

在希望集团四川新津基地研究所大院翠绿的草坪上，矗立着一座汉白玉雕像：左边是一位留着短发中年妇女，一件毛衣搭在她腿上，凝望的双眼充满着慈爱、自豪、欣慰与一丝眷恋；右边是一位戴着眼镜的长者，他面容清癯、眼神睿智，手拿着一本书，目光眺望着远方，仿佛对前方的未

来有着无尽的期盼……

他们就是中国著名民营企业家刘永行、刘永好等五兄妹的父母: 刘大镛和郑康致夫妇。

每当清明或者其他重要节日, 兄妹们就会放下手上繁忙的事务赶到这里, 为两位老人献上鲜花, 并汇报企业最近一段时期的发展情况, 以此来缅怀自己的双亲。

刘氏家族本是巴县 (今重庆市沙坪坝区) 的一个名门望族, 只是到清朝末年逐渐衰败了。贫穷既迫使人萎顿, 也激发人上进。自幼聪明伶俐的刘大镛, 因为家境贫寒, 无奈之下只能去私塾为富家子弟做伴读。

谁想到, 富家子弟最后不学无术、学业无成, 而身为"小书童"的刘大镛却以第一名的优秀成绩考入了邻县中学, 后又升入了重庆高等工业学校。

抗日战争爆发后, 神州大地再也容不下一张平静的书桌。即使处于大后方的重庆, 也遭受着日军飞机日夜不息的频繁轰炸。据统计, 从1939年到1941年, 陪都重庆被空袭了268次, 几乎平均每周两次。

但从天倾泄的炸弹, 却愈发激荡起国人风起云涌的抗日热情。勤奋好学的刘大镛也按捺不住胸中喷发的爱国烈焰, 积极投身到各种抗日运动之中。

但刘大镛不久后便遇到了一个大麻烦。当时, 由于刘大镛常常抛头露面参加革命活动, 所以遭到国民党的追捕, 组织上将他转移到成都地政学校, 后来又派他打入国民党内部工作。

和刘大镛单线联系的人是当时重庆地下党委书记, 但不凑巧的是, 这位重庆地下党委书记突然于1941年去世, 这使得刘大镛变成了一只失线的风筝, 他的这段革命历史也随之悬在了半空中。

后来迫于无奈, 他只好辗转以民盟的身份参加革命工作。但这个麻烦却一直如影随形, 为他命运多舛的一生埋下了伏笔。

郑康致出身于一个没落的封建地主家庭，在八个兄妹中排行老二。

郑康致仅十多岁时，便承担起了抚养弟妹的重担。虽然家道中落，而且当时整个社会还处在崇尚"女子无才便是德"的旧时代，但渴求知识的她积极追求新思想、新知识。

后来，她毅然背井离乡只身南下广东，成为黄埔军校第四期战地女护士班的学员，曾受教于宋庆龄、史良等一批优秀的妇女活动家。

北伐战争爆发后，郑康致投入了革命的洪流之中，当了一名护士。1937年抗日战争爆发后，她又义无反顾地投入了抗日救亡运动，参加了抗战救护队。

当时，日军的飞机在陪都重庆上空狂轰滥炸，而每当飞机远去之后，冲在最前面的就是抢救伤员的医生和护士，郑康致就是其中的一位。

另外在一次激烈的战斗中，一个战士受伤了，她冒着敌人的枪林弹雨对伤员进行紧急包扎后，硬是一步一步将该伤员背到了几公里外的安全地带。等到放下伤员后，她因为劳累过度一下子晕了过去。

后来，郑康致转业到成都教书，在那里遇到了才华横溢又志同道合的热血青年刘大镛。两人相互倾慕并最终走到了一起。

在国家存亡的危急关头，像刘大镛、郑康致一样优秀的青年，大多都积极投身到滚滚的抗日洪流中。对他们来说，弃笔从戎比投笔从商是一件重要和有意义得多的人生选择。

自然，当时的私营经济也被推到了极其次要的地位。在1938年搬迁到大后方的私营企业家们，难以重现昔日的风光。比如，曾经曾在上海风云际会一时的商业大亨刘鸿生，到重庆后不得不退化成仰望政府与官商鼻息的小伙计。

据统计，到抗战胜利后的1946年5月，当初迁到陪都重庆的368家私营企业，有349家倒闭歇业，最后只有3家又迁回到东部。

经济学家杨小凯在《百年中国经济史笔记》中惋惜地称，1937年以后的 12 年，为中国"经济的崩溃时期"——本来发育不良的中国民族资本，在战争中饱受摧残，并被国营资本和官僚资本挤到了旮旯里，中国经济也过早地结束了自由竞争时代而加速步入以国家资本为主体的垄断时代。

黎明前的黑暗

1945 年 12 月 8 日，刘大镛和郑康致夫妇的大儿子——刘永言，在四川省新津县的农村出生了。

而刘永言出生的这一年，也是中国近代史上的一个极为重要的年份——中国长达 8 年艰苦卓绝的抗战终于取得了胜利。但这场胜利并未给苦难深重的中国带来重生的曙光，随之而来的却是一场更大的浩劫。

首先是东北经受了一场"接收之劫"。

经过张作霖、张学良父子以及后来日本人的长期经营，到 1945 年为止，东北的工业规模已经超越上海甚至日本本土，成为亚洲第一大的工业基地。据统计，在当年全国的工业总产值中，台湾占 10%，连年内战的其他地区只占到区区的 5%，而东北地区竟然占到了 85%。但在 1945 年 9 月到 1946 年 5 月的短短 7 个月内，苏联军队将这一切几乎洗劫一空。

其次是重庆国民政府对沦陷区的接收，更像一场如蝗扑禾般的大灾难。

在中国各个大中小城市，随着日本投降消息的公布，大大小小的"妖魔鬼怪"仿佛一夜之间全部从地下钻了出来。他们通过抢占、偷盗、变卖、转移、藏匿等花样翻新的种种手法，大肆侵吞着日本人移交的资产。

当时，江苏的接收专员因为作风清廉、动作迅速，所以接收汇总的敌产总额有 123 亿元，而浙江省上报的数字仅为 2.88 亿元，安徽省的更只有区区的 1.33 亿元。这说明，那些贪官污吏侵占了绝大部分敌产，而只是从牙缝里挤了一点零头留给了国家。

而最糟糕的，是国民政府在1945年执行的三大政策——货币兑换、外汇开放与产业国营化，更是让私营企业和亿万民众陷入了绝境。

在当时的财政部长宋子文主持下，一系列国字头企业诞生，大肆接收垄断一切产业，甚至纺织业这个在中国生机勃勃地发展了二百多年的私营企业领域，都最终被彻底国有化。

统计显示，到1948年，国家产业资本占全国产业资本总额的80%以上。

如果以1937年1月—6月的物价指数为基期，1948年8月上海的物价指数上涨了500万倍，五金器材上涨了1100万倍。"工不如商，商不如囤，囤不如金，金不如汇"，因为市场投机盛行，正当的工商业已经难以维持下去了。

在这一年，近代中国著名的民营企业家范旭东因为复兴工厂借贷无门，最后饮恨辞世。而卢作孚、荣德生等实业家企图在战后东山再起的美梦也迅速被国有化的巨轮辗得粉碎。

德高望重的实业家荣德生，当时曾给国民党政权上书，说了一段至今仍有警醒意义的话：

"若论国家经济，统治者富有四海，只需掌握政权，人民安居乐业，民生优裕，赋税自足……能用民力，不必国营，国用自足。不能使用民力，虽一切皆归官办，亦是无用。"

但70岁的荣德生盼来的不是私营经济的福音，而是一场家族的飞来横祸——他自己遭到绑架勒索，后来查证，幕后指使者竟然是当时负责侦破此案的上海警察局局长毛森；荣德生六子荣纪仁，因企业遭遇诸多难以想象的困难，最后心力交瘁、开枪自杀；荣德生三子荣一心，试图扩充海外业务以维持大局，却在飞往香港的飞机上遭遇空难……

迎接新的光明

工业萧条带来的一个最严重的结果就是失业人口大量增加。国民党政权的支持者原来大多来自于城市，但从那时开始，城市工人也开始站到了它的对立面。而罢工闹事的工人阶层，迅速成为共产党借以支撑崛起的强大力量和基础。

对于私营经济而言，1945 年曾经出现过巨大契机，那就是当时并存的两大政权同时发表过十分有利于私营经济良好发展的文件。

一个是国民党政府以翁文灏为首的"博士内阁"拟定过一份《第一个复兴期间经济发展事业总则》的方案，它制订了战后中国的第一个五年计划，其基本原则就是推行"混合经济模式"，提倡国营、私营和积极引进外资投入的多种经济成分共存。

在同一年 4 月于延安召开的中国共产党的七大上，毛泽东作了题为《论联合政府》的书面政治报告，引人注目地提到了"两个广大"：中国私人资本要有一个广大的发展；中国需要广大的外国投资。

这两个文件与 33 年后在中国大地上轰轰烈烈实施的改革开放政策，不仅在思路上甚至在文字表述上都有着惊人的一致。但可惜的是，因为各种原因，它们最终受困并埋灭在历史的故纸堆中。

1948 年 6 月，刘家老二刘永行也在四川省新津县出生了。而他睁开眼看到的这个国家，正处在一个最坏的时代——内战正酣、社会混乱、工业窒息、通货膨胀、物价飞涨、民生凋弊……

死马当成活马医。濒临绝境的国民政府采取了货币改革、产权改革、打击腐败等几大激进的方案。大改革在 1948 年 8 月 19 日正式拉开序幕，但在短短的二个多月后既全面宣告失败。

紧接着而来的秋天，决定国共两党生死成败的"三大战役"全面打响。到第二年 1 月，国民党军队共被歼俘 154.7 万人，并丢掉了半壁江山，蒋介石政权大势已去。

在败走台湾之前，蒋介石不但带走了大量黄金和文物，还列出了一份长长的准备带走的重要人物的名单，上面几乎囊括了当时所有知名的知识分子和企业家。但很多企业家选择了留下，其中有卢作孚、荣德生和荣毅仁父子、刘鸿生、简玉阶等。

在历经热血、激情、沮丧、焦虑、绝望后，他们开始一起期盼另外一个新中国的诞生。

荒唐岁月中的痛苦烙印

短暂复苏后的低潮

1949 年建国之后，刘大镛担任过新津县人民法院第一任院长、新津县农业局第一任局长，郑康致则成为新津县平冈小学的一名教师。**其后的 1950 年 2 月和 1951 年 9 月，刘永美和刘永好分别出生。**

新生的刘永美、刘永好兄弟和重生的中国私营经济，都沐浴在新中国明媚的阳光之中。

就在 1950 年的最后一天，《人民日报》全文发表了《私营企业暂行条例》。这是新中国成立后对私营经济颁布的第一个制度性法规，明确提出"在国营经济领导下，鼓励并扶持有利于国计民生的私营企业"。

1951 年 1 月 17 日，《人民日报》又发表了社论：《私营企业正确发展的道路》，认为新民主主义制度应该容许这种"有限度的剥削"，"应当承认资方有权力获得盈余的大部分，作为他们的合法利润"。

因为这个条例的良性刺激作用，使得 1951 年成为私营经济的"黄金时

代"——当年全国私营企业的户数增加了 11%，生产总值增加了 39%；私营商业的户数增加了 11.9%，批发额和零售额分别增长了 35.9% 和 36.6%；私人企业全年盈余达 37 亿元，比 1950 年增长 90.8%。

但因为已经持续一年之久的抗美援朝战争，对新生的政权带来了巨大的财政压力，于是一场声势浩大的增产节约运动于 1951 年秋开始在全国推进。这继而发展成"三反"（反贪污，反浪费，反官僚主义）、"五反"（反"五毒"：行贿、偷税漏税、盗窃国家财产、偷工减料、盗窃国家经济情报）运动。当时，针对少数不良私营企业主违法行为采取的清查工作被扩大化，最后上纲上线到阶级斗争的高度。

1952 年 2 月 8 日，重庆市民生公司召开了一次专门针对卢作孚进行批判揭露的"五反"运动动员大会。会后回到家，这位一辈子践行"实业救国"的民族资本家只说了七个字："我累了，我要休息。"就在卧室中自杀了。

中国私营经济也在经历过短暂的复苏期后又陷入了漫长的低潮之中。

国和家的命运息息相关——国家财经吃紧，千家万户的生活状况自然好不到哪里去。

刘家四兄弟出生的新津县古家村是出了名的穷村，有民谣如此唱道："肖坝子，古家槽，烂泥杂草长齐腰。锅里无米煮，灶里无柴烧，有女不嫁古家槽。"

对于刘大镛夫妇而言，虽然二人均为公职，但因为实行的是供给制，自然无法抚养五个孩子。为了维持生计，夫妻俩在繁忙的工作之余，不得不从事开荒种地、采桑养蚕、帮人洗衣等杂活。后来，母亲郑康致又因体弱多病而辞去工作，刘家的经济状况更是日益艰难。

老大刘永言读初中时，这个国度开始掀起一股大跃进的浪潮，其中影响最大的便是"浮夸风"和"大炼钢铁"。这些做法导致国家大部分的生产资料遭受毁灭性的破坏，树木砍伐、农田荒芜。

在全国范围出现严重饥荒的情况下，1958 至 1959 年，政府仍然持续着往年的大量向苏联和东欧等社会主义国家出口粮食以快速发展军事工业。恶果在 1959 年至 1961 年开始突显——据官方公布的数据显示，那时非自然死亡人数达到 2158 万人，其中主要死因为饿死。

刘永言便是因为饥饿过度，得上了当时流行的水肿病，面临着严重的生命威胁。母亲心如刀绞，不知从什么地方千方百计地弄来了一点米糠，最终帮刘永言捡回了一条小命。

刘家四兄弟的艰难成长

贫穷凶恶到最终要撕裂骨肉亲情。为了不把全家都拖死，在万般无奈之下，刘大镛夫妇只得含泪将老二永行送给了一位布商。

但噩运仍然如恶犬般尾随不去——不久后，刘永行便在这布商家干活时从高凳子上摔下来并摔断了腿，因为没得到及时的救治，整个腿红肿得像水桶一样，人家又把他像商品一样退了回来。

此时，刘永行才两、三岁，而腿伤导致的残疾却要困扰他一生。

"运命惟所遇，循环不可寻。"老三刘永美只能继续二哥的命运。当时新津县的农会主席陈耀云对尚在襁褓中的老三十分喜好，于是决定把他抱养成人。

刘永美过继到新津县顺江乡古家村的陈家后，先改名为陈顺民，后来等到他快要上学时，生父刘大镛又给他改名为陈育新。

陈家人十分善良，虽然抱养了刘家老三，但并没有断绝和刘家的来往，平日里两家还常常互相走动。甚至在后来刘父被打倒、刘母被停止工作后，陈家还经常到刘家来送些东西接济他们。

陈家常常让陈育新挑着一担自家种的瓜果豆角送到刘家去，在全家常

经裂口的解放鞋，洗干净后在昏黄的灯下一针一线缝好，套在了从未穿过鞋子的刘永好的脚上。

在此之前，他从来没穿过鞋——一年中大半的时间是光着脚丫，只是到了寒冬才穿上一双自家编的草鞋。因为常年放踵，以至于他的脚长得特别大，现在穿的是45码的大鞋。

但不幸的是，在见毛主席之前的列队操练时，他这辈子的第一双鞋子，却被后面的同学无情地踩坏了，导致鞋底和鞋帮彻底"分了家"。

沮丧至极的刘永好，只好光着两只脚板走在初冬的十里长街上，步行到天安门广场，作为当年百万红卫兵的一员接受了伟大领袖毛主席的检阅。

让刘永好惊喜的是，在毛主席接见完红卫兵后，天安门广场上遗落了不少被挤踩掉的鞋子，刘永好拣了两只破旧的解放鞋配成对踏上了回乡的路途。谁知道才穿了几天，那鞋帮与鞋底又脱离了，他只好用麻线把它们扎起来，一步一步走回了故里。

一心北上"朝圣"的少年刘永好，对这个国家当时发生的大事其实处于一片懵懂之中，但他却愿意为捍卫自己的领袖毫不犹豫地抛头颅、洒热血。就在他去北京的几个月前，他最敬爱的毛主席以翻天覆地的气魂发动了文化大革命。

而最热烈响应毛泽东号召的，便是像刘永好这样年轻而热血的学生。在毛泽东首次接见百万红卫兵后，全国各地的大、中学校里迅速刮起了"停课闹革命"的浪潮。

在那篇著名的《五一六通知》中，毛泽东亲笔写了一段话："混进党里、政府里、军队里和各种文化界的资产阶级代表人物，是一批反革命的修正主义分子，一旦时机成熟，他们就会要夺取政权……"

就在这一年，不但刘少奇、邓小平等国家领导人，而且包括荣毅仁等大批的企业家都被彻底打倒；也就在这一年，国务院决定公私合营企业全

部改为国营企业，市场流通也被全面限制。

历史往往有其吊诡的一面——当年积极响应领袖号召、热血沸腾地参加革命以防止"资产阶级复辟"的刘永好，绝对不会想到，自己会在10年后肩负起为中国私营经济"复辟"而冲锋陷阵的重任，并在20年后成为这个国家新兴的富人阶层最杰出的代表人物之一。

而文化大革命对刘家也造成了直接而沉重的打击——父亲刘大镛被打成了叛徒、特务、走资派、牛鬼蛇神。他最终不但被停止了工作，还被流放到山上去放牛接受劳动改造。事情的起因，便是30年前那段曾经脱离党组织的历史悬案。

母亲郑康致也受到了牵连。在文化大革命中，她工资被扣发、财产被掠走、并被挂上黑牌游街示众。为了减轻"专政队"的毒打，母亲想了一个笨办法——整天穿着厚厚的棉衣棉裤，用来抵御随时可能降临的狂风暴雨般的打击。

荒唐的岁月，给刘家留下了痛苦烙印。

逆运是性格的磨刀石

父母的言传身教

"老当益壮，宁移白首之心？穷且益坚，不坠青云之志！"在晚年遭受巨大挫折的父亲刘大镛和母亲郑康致，却并没有因此消沉、颓丧。他们这种在逆境中惯有的乐观和向上的积极情绪，也一直感染着自己的五个子女。

在逆境中保持健康的心态，是刘父给他们上的重要一课。

虽然经常受到批斗，但父亲一直很坚强乐观。他总对自己的孩子们说："我们现在被批斗是自然的事，你们要想得通。我们这样还好，还没挨打，也没有游街，刘少奇、邓小平都被打倒了，我们还有什么想不通的？"

他还鼓励子女们："我们无法很快改变这个社会，但社会会慢慢进步的。如果你抱怨社会、反对社会，必然自暴自弃。我们能做的就是充实自己，等待时机。"

因为父亲是一个颇具革命热情的知识分子，母亲也是一位从事乡村教育事业的知识女性，这样的家庭教育氛围，自然造就了孩子们追求知识、热爱学习的天性。

极善引导的父亲一向注重启迪和开发孩子们的潜在智力，注重于全面培养他们的各种能力和兴趣。

刘永行 刘永好

首富长青

父亲不但在小学的时候就给他们订报纸，而且经常去书店精心挑选一些好书回来，然后在扉页中写上"送给永言"或是"送给永行"之类的字送给他们。在老大刘永言 9 岁生日那天，父亲送给他一本《十万个为什么》，上面有收音机原理及制作法、发电机原理、活性炭的制作法等等，这让刘永言爱不释手。

父亲的精力引导和培养，让孩子们养成了勤于动脑、善于动手的好习惯。从小就成绩优异的刘永言，曾作为全校少年儿童优秀代表出席过新津县召开的优秀少先队员代表大会。

在小学时，他就自制了显微镜，并用它来观察蚂蚁和毛毛虫等昆虫；他曾用自制的矿石收音机收到了四川人民广播电台的节目；他学会修理各种各样的电器，甚至连当时很稀罕的电影放映机都不在话下；在成都八中读初中时，在他的倡导下成立了空气电池厂，他被选为了厂长，并通过自己的钻研做出了简易发电机，使实验用小灯泡亮了起来……

老二刘永行和老四刘永好，也在父亲和大哥的引导及影响下，喜欢上

了无线电。而这个兴趣爱好，成为刘永好在创业之前唯一谋生的手段。

后来刘永行参加高考，在数千考生中名列第一却因为家庭出身未被录取时，父亲安慰他说："这是受了我的牵累，不过不要紧，至少证明你行！"

后来，刘永行终于考取了师范学校数学系。但当时刘永行喜欢的是无线电，不想去读枯燥的数学。

在昏暗的灯光下，父亲找刘永行进行了一次长时间的谈话。

父亲问刘永行："你很满足现在这样的生活吗？"

他回答："我的手艺好，每个月能赚三十多块，日子比以前好得多了。"

父亲沉默了很长时间，说："这个世界很大，你现在这个世界太小了。你应该出去看看，大学的生活是不一样的。"

父亲的这一席话，足足影响了刘永行的一生。

母亲对子女们也一直言传身教——一方面，她严格要求儿女，教育他们要爱祖国、爱学习、爱劳动；一方面，她以极大的热情投入了教书育人的工作，白天讲课、下午放学后经常去做家访、晚上回来接着批改作业，刘家的墙壁上挂满了她得的各种奖状。

同时，她还竭尽所能接济贫困失学的孩子，并且义务办起了成人扫盲夜校，甚至有两次还奋不顾身地救起了失水儿童，得到了有关部门的通报嘉奖。

因为饥饿，刘家兄妹曾经在吃饭的时候，跑到学校食堂去守着，幻想着自己能美美地吃上一顿饭。这自然招致了一些老师的厌恶。

母亲知道后很生气，决定自己做饭给孩子们吃。她抱来一些稻草，织成一个笆箩兜，然后和了一点稀泥糊在上面，不一会儿就做成了一个灶，再拿来一口锅开始做饭给孩子们吃。

逆境中的相濡以沫

"逆运不就是性格的磨刀石吗?"文豪巴尔扎克曾如此反问。

刘永行便是从小就在"逆运"这块"磨刀石"上开始狠狠地磨练自己吃苦耐劳的精神。上高中开始一直到结婚之前,刘永行晚上都只睡在一个只铺有一张凉席的门板上,再冷也拼命熬过去。

刘家最小的儿子刘永好,在家里并没有受到太多特殊的恩宠,从小就学会了拣柴、拣煤渣、挑水等农家活。每天早晨五、六点钟天色未明,刘永好就得早早地爬起床,背着一只又大又深的竹篓去公路上捡柴禾。

每天早晨,刘永好至少要捡两、三筐树叶后才赶到学校读书,傍晚放学回来后又接着干。就凭着他这样早出晚归的劳作,才将全家人一年烧火做饭用的柴禾全部拾够。

夏天下暴雨的时候,大量的雨水涌入岷江,湍急的河水不时会从上游挟带着树枝或木头漂下来。稍大后的刘永好,常常纵身跳入流激浪高的岷江,在狂澜之中打捞枯树、圆木,一点点堆积成小山,扛回家去晒干后劈成柴禾。留够家用再挑到集市去卖。

刘永好的"第一桶金"就是在这时挣得的——一年夏天,他居然靠从岷江里捞木头卖了3.5元。

当他把这笔"巨款"塞到母亲手里时,母亲很激动,但又十分担忧地对他说:"永好,这可是男人才做的事情啊,你毕竟是孩子。"

刘永好很自豪地回答:"妈妈,我长大了,应该帮家里做点儿事了。"

在父亲被赶上山放牛的那段日子里,刘永好几乎每天都去看他。十几岁的刘永好打着赤脚,提着一个铝饭盒,走上30里地,去给自己的父亲送饭。

每到中午的时候,父亲就会不停地向山下张望,只要一看到儿子身影的出现,他就特别兴奋。父亲把饭盒打开,自己小心翼翼地吃一小半,然

后留下一大半给正在长身体的儿子吃。

对青少年时的受苦经历，刘永好后来深情地回忆说：

"如果我的成功能够给他人以启示的话，那么，我认为最大的两个字就是'吃苦'。我在20岁以前的经历，感受最深的就是吃苦教育。正是那些苦难，给了我一种信念、一种力量、一种雄视任何艰难困苦的毅力和勇气。"

不管处于什么样的困境之中，一家人也能相拥取暖、其乐融融。

刘家当时在四川省新津县武阳路上，庭院的四面是用柳枝编织成的篱笆，篱笆上爬满了豆角秧和喇叭花，密布的藤萝有如一堵疏密有致的墙。

墙外是杨、柳、榆、槐、桑、枣、杜梨树，有几株梅花、英雄花；而墙里的庭院里则种了一棵又一棵的杏树、桃树、金桂树、山楂树和花红果子树。

每当初春来临时，整个庭院繁花盛开、花香袭人。在风歇雨停的日子里，兄妹们就喜欢围坐在父母身边，在满院的芬芳中，一起畅谈家事国是。

确实，长达10年的文革，几乎让中国的每一户人家都处于动荡不安中，大家密切地关注着国家重大政策，希望出现一丝新的变化。

"森林里迷路的小小少年"

1973年2月，在江西鹰潭下放劳动的邓小平匆匆踏上了北上的列车。一回到北京，他便被恢复了国务院副总理的职务。

4个月后，陈云也从江西调回了北京。他们将协助重病在身的周恩来总理，一起拯救这个国家即将濒临崩溃的经济。

两个人复出后，做的最主要的一项经济工作，就是重启"吃穿用计划"。在当时，如何让普通的老百姓吃饱饭、穿暖衣，已经成为一个很迫切的问题。

两人另外一项与之相关的重要工作，就是主持了新中国第二次大规模设备引进。在后来的 4 年中，共引进了 26 个成套设备项目，大部分项目和国计民生密切相关。而这次引进工程，被视为 1978 年对外开放的一次"演习"，也是新中国首次呼应已经来临的全球化浪潮。

但这种呼应显然是无意识的，并充满了政治色彩。围绕着引进设备的问题，当时的"四人帮"极力阻挠，相继搞出了莫须有的"蜗牛事件"、"更新轮事件"、"风庆轮事件"等。

1975 年 12 月，"四人帮"发动了"批邓、反击右倾翻案风"运动，邓小平等人再次被打倒。国家在乍现一丝曙光后，又陷入风雨飘摇之中。

日本的评论家山川晓夫从一些经济数据对比中得出一个结论："中国从 1966 年开始到 1978 年，人民生活水平一点也没有改善。"此时的中国，人均国民生产总值是日本的 1/20，是美国的 1/30。1978 年中国的恩格尔系数，只相当于日本整整 100 年以前的水准。他认为，中国经济已经处于崩溃的边缘。

于 1973 年不幸早逝的"功夫之王"李小龙，曾经写过一篇《我是谁》的文章：

"我是人群中的巨人，俯视苍生的豪杰，还是封闭自惑的庸碌之辈？我是功成名就、信心十足的绅士，一呼百应的天生领袖，还是在陌生人前小心翼翼、动辄心惊的弱者？在强装的笑颜后面，是一颗瑟瑟发抖的心，如同在漆黑森林里迷路的小小少年……"

当时，无论是这个国家，还是刘家兄弟这样的年轻人，都好似于"在漆黑森林里迷路的小小少年"——他们在苦苦寻觅和探索一条活路。

命运发生转折性改变

生活的磨练

"并不是每一种灾难都是祸，早临的逆境往往是福。"西方哲人夏普曾如此劝勉世人。这一点也在刘家四兄弟身上得到了强有力的应证。

1964 年，没有如愿以偿考上北大的刘永言，最终被分配到成都电机厂工作。他并没有因此一蹶不振，反而更加好学上进。进厂后不久，他不但学会了磨工、电加工等，还通过自己的试验摸索，对机床进行了一系列改革，从很大程度上减轻了工人在机床上的劳动强度，提高了工作效率。

干一行，爱一行，钻一行，精一行。成为技术骨干后的刘永言，信心百倍、聚精会神地开始准备攻克厂里的一些技术难题。当时，厂里一直有一个无法解决的难题，就是高频炉加热无法适度控温的问题。这个难题，让厂里生产出了不少次品、废品，带来了不小的损失。

极爱思索的刘永言，在工余时间经过无数次实验，终于找到了一种适合高频炉用的控温材料——铁磁，利用它的某种温度恒定的原理来控温。这项发明在全厂引起了不小的震动，被迅速地推广到全厂生产第一线。

1972 年，已经停止招生多年的大学，以政治推荐和书面考试结合的方式开始恢复招生，但只"选拔具有二年以上实践经验的优秀工农兵入学"。

正是因为刘永言那种勤奋上进、勇于钻研的精神，1973 年他终于被选送到成都电子科技大学深造，开始了自己梦寐以求的大学生涯。

在读书期间，刘永言有一次被学校派到湖南计算机厂实习。当时的计算机体积庞大，单是晶体管就是数万个，动辄需要用上百平米的屋子来盛放。每次在开机使用前，都要进行晶体管测试，每次晶体管测试均用手工一个个把着测，费时耗力并且无法做到精确无误。

为此，刘永言研究出了一种测试仪，测试晶体管时只需将晶体管导入该仪器内，合格或不合格立时得知。这项测试技术在当时迅速被各地拥有计算机的厂家运用起来。

大学生活结束了，刘永言又回到成都电机厂。从起点再到起点，已经"物是人非"——此时的他却已不再是一个磨床学徒工，而是一位佳绩不断、深受业内人士尊敬的工程技术人员了。

大哥刘永言是光荣的工人阶级的一员，三弟陈育新在乡下务农，四弟刘永好也作为知青下乡了，而老二刘永行因为腿伤的原因，只能留在了新津县城。幸好从小爱好无线电，所以在镇办的一家无线电维修厂谋得一份工作。在很长的时间内，他微薄的工资连自己的肚子都不能填饱。但凭着聪明和好学，刘永行很快成为新津县首屈一指的修理师傅。

幸运的是，还没等这颗不平凡的心老死于尘埃之中，一个伟大的变革时代轰然降临。1976年是天翻地覆的一年——周恩来、朱德、毛泽东等相继逝世，又爆发了唐山大地震。但值得庆幸的是，"四人帮"终于被粉碎，结束了长达10年之久的文化大革命。

中国开始步入正常的发展轨道。

重新步入校门

1977年，是改变很多中国年轻人命运的一年。

这一年7月，邓小平甫一复出就自告奋勇主管教育科技的工作。8月，邓小平在北京主持召开科学与教育工作座谈会，会上，众多教育界代表强烈要求对现行招生制度进行改革。

邓小平当机立断："既然大家要求，那就改过来。"此后的1977年8月13日至9月25日，第二次高等学校招生会在北京召开。

10 月 12 日，国务院批转了教育部《关于 1977 年高等学校招生工作的意见》。文件规定：凡是工人、农民、上山下乡和回城知识青年、复员军人和应届毕业生，符合条件均可报考；考生要具备高中毕业或与之相当的文化水平；招生办法是自愿报名，统一考试……高考制度恢复了。

据统计，当时报名要求参加高考的青年多达 1160 万人，最终参加这届高考的考生共有 570 多万，最后共录取的新生有 27.3 万人。

惊喜若狂的刘永行抓住了这次机会，参加了 1977 年冬天举行的高考。仅仅用了两个月的时间来复习，刘永行便一举成为当年新津县高考 1800 名考生中的理科状元。

当时，雄心勃勃的刘永行报考的是北京大学，但让他很受伤的是，他却迟迟没有等到那张大学录取通知书。虽然事前有关部门称，出身不再作为衡量录取的标准，但在第一次恢复高考的实际操作过程中，录取人员还是一时摆脱不了僵化的思想。

幸亏了邓小平的一次谈话，让无数像刘永行这样年轻人的命运柳暗花明。

在那一年的某一次教育工作会议上，邓小平说："现在高校录取工作中的一些现象是不正常的，虽然现在有一些学生的家庭出身不太好，但是他们个人都是很优秀的学生，大学生招生把他们排除在大门外，不仅对社会来说是一种不公平的现象，更重要的是对国家来说也是一种损失。"

不久后，新津县教育局的同志便来到刘家，对刘永行的成绩进行了复核，并进行了一番安慰。但最后的结果还是让刘永行大失所望——录取他的不是梦想中的北大，而是成都师范专科学校，而且专业是他根本没有填的数学。最后，在父亲的极力劝说下，他才勉强踏进了成都师范专科学校的校门。

而老三陈育新的早年生活更显得过于平凡。

1966 年初中毕业的陈育新，因文革的爆发而不得不离开心爱的校园，回到新津古家村当了一名普通的农民。在随后的 12 年时间，他结婚、生子，规矩沉默一如新津乡间田头那些朴素无华的农作物。

唯一值得一提的壮举，就是陈育新某次挑菜上街时，创造了挑208斤、5里路不歇一次的纪录。

亲近农作物，远离书本和梦想！只是，在1976年的某天，电影《决裂》来到新津乡下放映，当银幕上龙校长举起江大年满是老茧的手，喊出"这就是上大学的资格"时，陈育新重新有了"触电"的感觉——他下意识地摸了摸自己的手，说："我比他更有资格上大学。"

眼看着大哥和二哥都相继去读书了，陈育新更是呆不住了。他告诉自己："我也要考大学。"

一个仅有初中学历，荒废学业已经长达12年之久，而且当时距离1978年高考只有两个多月的时间了，肩负繁重的农活的陈育新，能考上吗？当时所有的亲戚都充满了疑问。

但陈育新不愿意放弃这个改变命运的一线机会。为了高考，他付出了比别人艰辛得多的代价——每天按时出工挣工分养家，在干完繁重的农活后，才能回到家补习功课。

为了随时随地的复习，他把公式和要记的东西用炭条全写在了墙上，这样就可以一边干活一边复习。为了在劳动过程中能腾出几分钟时间来复习，他选择了最重但相对单一的农活——挑粪。让人惊讶的是，备考的那一年，他在古家村挣到了3000分的全村最高工分。

12年的农民生涯，让陈育新毫不犹豫地选择了四川农学院。1978年7月，28岁的陈育新走进了考场。

成功是99%的汗水加1%的机遇。为了方便高考，他住在城里生父家中。每天去新津中学的考场时，都要路过邮电局。在政治考试之前，他经过邮电局时，无意中看见邮电局的墙壁上写着粮食产量××吨，钢产量××吨等4组数字。陈育新是一个有心人，默默在心里记下了这4组数据。奇巧的是，这4组数据便是当年政治考试的4个填空题，每题一分。他无

意之意多得了 4 分。

对陈育新而言，这无疑是宝贵的 4 分。因为那一年他刚好超过录取线 3 分，如果没有这 4 分，他将名落孙山。和陈育新同考室的 30 个人中，身为 2 个孩子的父亲的他是唯一一个考上大学的人。

另外值得一提的是，陈育新原来觉得复习的时间太短，打算过一年再考，后来还是咬牙坚持了下来。后来他才知道，1979 年的高考开始对年龄有了限制，如果拖到那一年再考，30 岁的他将丧失考试的资格。

他差一点与命运之神擦肩而过。

"知识青年到农村去，接受贫下中农的再教育很有必要。"1968 年 12 月 22 日，毛泽东发出了这样的最高指示。几个月后，刘家老四刘永好便积极响应号召，投身于农村这个"广阔天地大有作为的地方"。

18 岁的刘永好对许多事情都似懂非懂，一切都像在做梦似的。在他们下乡的新津县古家村，条件极其艰苦。白天要下地干活，晚上睡在冰冷的坑上，一天三顿只能光吃饭，没有一点菜，连盐也没有。实在忍不住，就跑到老贫农家借点盐，回来化成盐水，大家用盐水就饭吃。

一天，集体户的户长向同学们建议，已经一个月没吃菜了，不如去山上找野菜改善一顿生活。大家于是跑到山上挖了半天野菜，回来后欢天喜地地美餐了一顿。吃完后，大家觉得很疲劳，于是全躺下睡了一觉。

第二天，贫协主席发现大家没上工，于是过来敲门，才发现大家都躺在坑上、一个个都肿得变了样。原来是他们吃野菜中毒了。多亏这位贫协主席发现得早，马上找来赤脚医生，用当地的一些土办法给大家解了毒。

许多年以后，刘永好在和名牌大学的 MBA 学员座谈时，曾经回忆过这段做知青的经历："我当了四年零九个月的知青，我觉得非常荣幸，因为这段经历锻炼了我的意志，锻炼了我的心态，锻炼了我的身体。在农村能够学到很多东西，使我了解了中国的农民，了解了中国的市场，懂得了艰苦创业，我觉得这是非常重要的一课，是一定要上的。"

在这个"兔子不拉屎"的地方，刘永好一待就是接近 5 年。

1973 年，刘永好因为表现出色，被推荐到四川德阳机器制造学校上学。这个学校是工科学校，有很多机会去工厂里面实习，因此刘永好学会了很多有关机械的基础和实践知识。1978 年毕业时，又因为成绩优异留校任教，成为该校的一名物理教师，专门教机械和电子这两门课。

后来，刘永好所在的四川机械管理干部学院，要经常对一些大型企业的厂长经理们进行短期培训，刘永好担任的课程是计算机在企业管理中的运用。这是一门崭新的课程，为了上好这门课，刘永好还买了一台计算机，为学校建立了计算机室。

时代转机的降临

1978 年，刘家四兄弟和这个国家的命运都发生了转折性的改变。可惜的是，父亲刘大镛却不能看到一个新时代的画卷徐徐展开。晚年，这位老人一直为自己坎坷磨难的一生而郁郁寡欢，他把希望寄托在了下一辈的身上。在去世前，他把所有儿女叫到身边，说："**如果不遇上文化大革命，你们早就上大学了，但是现在也没关系，因为是改革开放的大好时机，希望你们团结一心，干一番大事业，也让父亲安心。**"

1979 年，父亲刘大镛在无限遗憾中离开人世。就在这一年的 3 月，《诗刊》发表了一首具有划时代意义的诗歌《回答》，诗人北岛沉重而深情的笔触，凝聚了当时从国家领导人到 10 亿普通中国人强烈要求改变贫困现状的热望：

"**新的转机和闪闪星斗/正在缀满没有遮拦的天空/那是五千年的象形文字/那是未来人们凝视的眼睛。**"

老一辈的 30 年已怅然去远，新一代的 30 年正轰然逼近。

第二章

春浪：四兄弟踏上创业之路

"没有一个人将小草叫做
'大力士'，但是它的力量之大，
的确是世界无比。它是一种
'长期抗战'的力，有弹性，能
屈能伸的力，有韧性，不达目
的不止的力。"

——夏衍：《野草》

与在政治运动中坎坷起伏的父辈相比，刘氏兄妹有幸在青壮年时期遇到了一个好的时代。自从1978年中国步入改革开放后，他们的命运也如其名字（"永言、永行、永美、永好、永化"）所寓意的那样，"言必行，行必美，美必好，好必发生质的变化"。一切，从1982年春节那次偶然触发的创业行动开始……

刘永行 刘永好 首富长青

"到了 2000 年，我们的生活会是什么样子呢？"

1978 年，正在成都师范专科学校读书的刘永行，在宿舍的一次"夜谈会"中和同学们谈到了未来。

有一位同学憧憬道："那时我们的工资可能会涨到 200 元吧？"此时，一向沉默寡言的刘永行却突发惊人之语："我觉得应该会到 2000 元。"

所有同学都哈哈大笑起来——要知道，当时一个刚进工厂的学徒工资才 18 块钱，即使像他们这样的大学生毕业后，工资也只有 40 块钱。工资能翻 5 倍已经是一个不错的结果了，而刘永行竟然幻想着要翻 50 倍！

但有时，梦想有多离奇，未来就有多广阔！

据有关统计数据显示，2000 年全国城镇居民人均收入为 6208 元，是当时刘永行同学们憧憬中 2400 元年收入的 2.6 倍；而幻想 2000 年年收入达到 24000 元的刘永行呢？

据《2000 年福布斯中国富豪排行》显示，这一年刘家兄弟拥有的个人财富为 83 亿元人民币……

这一切离奇的变幻，都源自于那一个适合憧憬和美梦的年份——1978年！就在这一年的元旦，中国的两报一刊向全世界播发了一篇具有预言性的社论：《光明的中国》。

当年中国头等重要的大事，莫过于 12 月 18 日至 22 日在北京召开

的中央十一届三中全会。全会提出了改革、开放、搞活的重大战略方针。

这次会议从根本上冲破了长期"左"倾错误的严重束缚，端正了党的指导思想，做出了把工作重点从阶级斗争转移到社会主义现代化建设上来的战略决策。这标志着中国从阶级斗争的歧路又回归到经济建设的康庄大道上。

前中国社会科学院院长胡绳如此评论：从发挥历史转折点的作用来看，十一届三中全会和遵义会议的意义是相同的。而在当年日本《读卖新闻》的一篇文章中，称中国正在进行"第二次长征"。

而在十一届三中全会召开之前的 11 月 10 日，先召开了中央工作会议。12 月 13 日，在中央工作会议闭幕式上，邓小平作了题为《解放思想，实事求是，团结一致向前看》的重要讲话。

正是在这个讲话中，邓小平提出了一个主张：先让一部分人和一部分地区先富起来。美国学者库恩后来评论说："那是我读过的中国领导人最有实质内容的讲话，其中第五点是政府允许一部分人先富起来，这很激进。"

"贫穷决不是社会主义。"作为第二代中国领导人核心的邓小平，在多个场合表明了类似的观点。邓小平的讲话，打破了长期以来平均主义泛滥所造成的效率低下和普通贫穷的状态，激发了国民创造财富的欲望，给国民经济发展注入了新的动力，同时也为日后私营企业的发展创造了极为重要的政策环境。

十一届三中全会闭幕不到一个月的 1979 年 1 月 17 日，邓小平约见了荣毅仁等五位老一辈的工商界代表，进行了一次后来被称为"五老火锅宴"的谈话。在这次谈话中，邓小平提出要落实对原工商业者的政策，鼓励他们"钱要用起来，人要用起来"。

这年年底，在邓小平的亲自过问下，对原工商业界者落实了政策，并发还了文革期间冻结的私营企业主的定息。据统计，全国共发还定息24亿元，这对当时举步维艰的国家财政来说，无疑是一个天文数字，但这也足以反应中央对恢复经济发展的决心之大。

10年文革让中国经济濒临崩溃的边缘。而在当时，城乡沉淀了大量过剩劳动力，又给紧绷的经济压上了一块巨石。水满为患！为形势所迫，中央出台了一系列的政策，宣布解禁农村工商业、发展城市个体经济。

春风又让百草生！就在1979年的年底，全国批准开业的个体工商户迅速达到10万户左右。在浙江南部的温州、广东潮汕地区及珠江三角洲一带，民间的小五金、小化工、小塑料、小纺织、小冶炼、小加工，像野草一般满世界疯长。

1980年，中国正在热播一部外国连续剧：《加里森敢死队》。而在中国大陆，也正崛起一支现实版的"敢死队"——在江苏华西村，吴仁宝带领农民办起了小五金厂；在天津大邱庄，禹作敏搞起了冷轧带钢厂；在浙江萧山，鲁冠球创办了万向节厂；在安徽芜湖，年广久卖起了"傻子瓜子"；在广东顺德，梁庆德开始走街穿巷收购鸡毛；在浙江温州，15岁的王振滔便做起了卖米的小生意；在四川成都，刘永行挑着几筐小鸡在大街小巷上叫卖……

"没有一个人将小草叫做'大力士'，但是它的力量之大，的确是世界无比。这种力，是一般人看不见的生命力，只要生命存在，这种力就要显现。上面的石块，丝毫不足以阻挡，因为它是一种'长期抗战'的力，有弹性，能屈能伸的力，有韧性，不达目的不止的力。"

著名作家夏衍的散文名篇《野草》，无疑是诠释中国私营经济在贫瘠荒芜的土地上绝处逢生、坚韧生长的最佳读本。

七天赚到十个月工资

一只鹅带来的转变

"即或整个中国实现了现代化，究竟谁能买得起十亿人生产的那么多的产品呢？"1980 年夏天，哈佛大学教授傅高义在访问改革开放初期的中国后，提出了自己的担忧。

这一年，邓小平亲自盛情邀请的一位日本企业家也来到了中国。在北京的人民大会堂里，他给中国的领导人们讲起了自己的经营哲学，比如"要振奋产业报国的精神"、"要有高度的公司使命感，互相帮助"等。

这位日本企业家叫松下幸之助，在日本有"经营之神"的美誉。

而对当时尚在成都师范专科学校读书的刘永行来说，哈佛大学教授傅高义的担忧无疑是杞人忧天！那年春节前夕，最让他头痛的难题是：家里只剩下了 2 块多钱，究竟是拿这钱用来开学之后给自己交学费，还是给儿子过年买肉吃？

刘永行的儿子刘相宇当时已经 4 岁了，因为眼馋邻居家过年都有肉吃，便也嚷嚷着要吃肉。刘永行犹豫再三，最后决定先拿这 2 元钱到市场上去买一只鹅，让儿子美美地过完年再说。

"鹅，鹅，鹅，曲项向天歌。"小孩子爱玩的天性被这只可爱的嘎鹅激发了，刘相宇兴高采烈地抱着它跑到屋外的池塘边玩耍。一时兴起，他松掉了捆着鹅腿的绳子，想一睹它"白毛浮绿水"的风采，谁知道转眼之间，这只鹅便"红掌拔清波"而去了。

到了嘴边的肉竟然飞了！顾不上诗情画意的刘永行夫妻，心急如焚地赶忙四处去寻找那只丢失的鹅。但奇怪的是，他们找遍了整个县城也不见它的踪影。这只鹅，就这样驮着儿子过年吃肉的梦想羽化而去，让刘永行心痛不已。

1980 年的中国最流行的是一首《妹妹找哥泪花流》的歌曲，而在那个下午，刘永行的沮丧心情完全可以谱写成一首《哥哥找鹅泪花流》。

望着哭闹的小家伙，心痛心酸的刘永行只得把心一横——从大年初一到初七，别人都在热热闹闹地窜门访亲时，他却哪儿也不去，而是利用自己会修理电视、收音机的本事，在县城幼儿园门口的墙边摆了一个专门修理家电的摊位，并用白纸写了一幅大广告——"修理无线电，又快又好"。

在中国问题专家约翰·罗德里克的眼里，1980 年是"中国近代史上最令人兴奋的时代之一"。农民有了自留地，城市职工也开始涨工资并有了奖金，随着收入的提高，人民压抑已久的对物质生活水平的需求一下子迸发出来。

这一年，全国城乡市场商品销售激增，无论是农副产品还是家电产品的销量都在急剧提升，光电视机的销量，1980 年上半年就比 1979 年上半年增加了 1.8 倍。尤其是广大的农村焕发勃勃生机，在县以下的消费品市场零售额的增长甚至超过了城市。

时任国务院副总理兼国家计委主任的姚依林在五届人大第三次会议上的报告中说："整个经济活起来了。"

对死板的和无效的计划经济的放宽，在整个社会的最细微处体现出来的，是全国大大小小城镇上市容的变化。这些地方开始出现自由市场、流动摊贩及少量的货摊，比如磨刀匠、鞋匠、茶摊、饮食摊、家电修理摊等。1980 年是个体户大量涌现的一年，刘永行因为丢了一只鹅，也被迫成为了其中的一员。

也许是春节期间可供选择的对象太少，财神爷只好找到了孤注一掷的刘永行，让他发了一笔多达 300 元的横财。这让刘永行有点目瞪口呆——在短短的 7 天时间里，竟然赚到了相当于他当时 10 个月的工资！这不但解

决了儿子过年吃肉的问题，也解决了他自己明年学费的问题，甚至还解决了全家人一年的生活费。

但让刘永行更意想不到的是，这300元虽然安慰好了嘴馋的儿子，却吊起了另外四个人的胃口——那就是大哥刘永言、三弟陈育新、四弟刘永好和自己。大家觉得，既然财神爷如此平易近人，何不索性再和他多走动走动！

其实早在此之前的1978年，老大刘永言就进行过一次市场试水活动。当年，他成功研制出了《BCD数控编程软件》，软件在成都电机厂的试验成功，极大地提高了生产率。

难得可贵的是，刘永言不仅仅是一个科技研究人员，更敢于迈出家门做一个技术推广者。为了把软件推向市场，刘永言咬咬牙扛上他自己研制的设备踏上了到全国各地推销软件之旅。

"你们在生产中有什么难以解决的问题吗？"刘永言上门去的第一句话，并不是向对方推销他的软件如何好，还是先问对方有什么难题。作为一个实用型科学发明家，一般电子机械厂里常遇到的难题对他来说简直是小菜一碟、手到擒来的事，他借此建立了和诸多厂家的良好信任关系。

先推销自己，再推销产品！刘永言聪明地打开了推销自研软件的大门。时至今日，刘永言的软件仍在很多电机厂使用，国防大学甚至把它引入了教材。

这次脑力加体力的完美结合，让刘永言赚到了自己的第一桶金，也为以后希望集团的创业与发展定下了科技兴业、智赢天下的基调。

未能实现的科技创业

20世纪80年代初，当商机再现时，四兄弟自然首先想到的是依靠科技创业，办一家电子工厂。

这个想法在刘家当时的资源排列组合中，绝对是一个最优配置——老大刘永言和老四刘永好学的都是计算机和机械，老二刘永行已经搞了8年的无线电维修，老三陈育新也干过电子仪表装配之类的活。

四兄弟都崇拜大发明家爱迪生，既然他创办的公司叫GE，那自己的工厂就叫"新异"好了。

在办电子厂之前，刘永好兄弟决定先做一个音响样品。当时他们分了工：老大刘永言和老四刘永好负责电子元件，刘永行和陈育新负责音箱的木结构和包布。在查阅了大量有关资料并经过反复试验后，兄弟四人最后拿出了样品。为了测试音箱的效果，他们还把这件样品抬到了新津县的百货大楼里（全县城只有那里有音箱卖），和其他的音箱摆在一起播放同样的音乐，想不到竟然招来不少想购买的顾客。

音箱通过了市场的测试取得成功后，紧接着是要找合作者。兄弟几个拿着音响到乡下想和生产队合作，提出由刘家出技术和管理，生产队出钱，一起合作生产。但没有想到的是，此事上报到公社之后，公社书记一句"集体企业不能跟私人合作，不准走资本主义道路"，此事胎死腹中。

后来回忆起这段往事时，刘永好仍感到有些痛心："我们失去了一次机会，我们的音响只能成为学校校办工厂的一个产品。后来，这个产品为学校创造了一定的价值，居然还被评为省级科技成果。如果当时我们做音响的话，现在我们有可能成为中国的电器大王，说不准的。"

在当时，国家的政策还只是鼓励集体经济和个体经济，却没有明确的政策规定私人可以投资办厂。直到几年之后的1987年1月，中央才做出《把农村改革引向深入》的决定，第一次提出允许私营经济存在和发展。当时行走在灰色边缘的先行者们如履薄冰、随时面临可能降临的灭顶之灾，当时的基层干部更不敢轻易越雷池一步。

于是，刘家四兄弟只得把投资办厂的想法收起来，准备先从做一个养殖专业户开始。

刘永行 刘永好
首富长青

停薪留职开始创业

家族会议改变四兄弟命运

"我们的未来在希望的田野上/人们在明媚的阳光下生活/生活在人们的劳动中变样……"

1982 年的春节文艺晚会上，当时年仅 20 岁的歌手彭丽媛演唱了一曲后来红遍大江南北的歌曲：《在希望的田野上》。

这首歌的词作者晓光，1981 年去安徽小岗村深入生活，在那儿深切体会到改革开放给中国大地带来的新活力，于是仅用了半天时间就写出了这首充满激情和活力的歌词。这首歌深深感染着即将从四川农业大学毕业的陈育新，他当时就冒出了毕业后要回乡当农民搞养殖业的念头。

人如其名——陈育新确实是一个不甘于现状、敢于冒险、敢于创新的人。即使在当农民的十几年时间里，他也在不断折腾着，尽自己最大的可能企图改变着平庸的命运：

他在冬天种青椒，成为市面上的抢手货；

他在墙上种红苕，比地里种的块头大得多；

他用自己的体温给蔬菜种子催芽，上市的时间总比别人早一些；

他利用当地丰富的竹子资源发展副业，设计制作了不少竹书架出售；

他几乎天天挑灯夜战，学习种田养殖的科学技术……

即使在四川农学院读书期间，陈育新也一直密切地关注着中国农村的变化。当时，报纸上对长途贩运等行为斥之为"投机倒把"，1983 年牟其中便是因为在重庆做了一万个仿制的"555"牌座钟倒卖到上海去，被四川省万县以"投机倒把罪"收押。

陈育新和同学们慨然联名致信《四川日报》，反对以"投机倒把"的罪名打击贩运者，提出长途贩运可以搞活流通、促进生产。这在当时无疑是振聋发聩之声。

毕业后，他分配到了新津县农业局当了一名技术员，但这位满脑子猪仔鸡娃、化肥农药的农技员，对日复一日的贫困现状到了无法容忍的地步。

1982年12月4日，在第五届全国人民代表大会第五次会议上，通过了新的《中华人民共和国宪法》。在这部新修改的《宪法》"总纲"第十一条中说："在法律规定范围内的城乡劳动者个体经济，是社会主义公有制经济的补充。国家保护个体经济的合法的权利和利益。国家通过行政管理，指导、帮助和监督个体经济。"

个体经济第一次写入了国家宪法，使得非公有制经济的发展获得了稳定的法律支持，也无异于给蠢蠢欲动的陈育新一剂强心针。他马上做出决定：停薪留职，回到古家村开始创业！

于是，在1983年2月除夕夜的前几天，四川省新津县顺江乡古家村一间泥砖墙、茅草顶的小屋里，召开了一次将决定整个家族命运的方桌会议，会议的主角是刘家的四个同胞兄弟。

越无产，越革命！四兄弟中家庭条件最差的老三陈育新，企图改变命运的心情最为迫切，他决定孤注一掷："我爱人是农民，我也当过12年农民，就让我先辞职回家试验，砸了锅也还能靠两亩承包田过日子。"

其他几个兄弟也热情拥护老三的做法。老四刘永好紧握着拳头说：

"我情愿冒风险背'农皮'，也不愿安安稳稳地当一辈子穷教师。人生不过几十年，年轻不闯几时闯？农村正在进行改变，我们这些从农村出来的人应该投身到这场改革中去，趁着我们还有一股子拼劲，有不算笨的脑子，大干一场吧！可不能错过了这个千年不遇的大好机会啊！"

扔掉"铁饭碗"回村当农民

激情之后，更多的是理智的分析。

为什么四兄弟要选择古家村这样偏僻贫困的农村去创业搞养殖业呢？

首先，自从十一届三中全会以来，农村率先成为改革开放的试水区，经过几年的时间，已经发生了翻天覆地的变化。随着粮食大量增产，人们对生活的要求开始升级，已经不再单纯满足于吃满肚子了，而是对肉食、禽蛋等农产品有了更丰富的需求。1980 年 1 月 18 日，国家商业部专门下发通知，要求各大城市敞开供应猪肉。而类似的文件国家不厌其烦地下发了 10 多年；

其次，当时虽然在各个城镇都开始有了个体户，但多少还是会受歧视，但在当年的农村里，因为家庭联产责任承包制的深入推广，农民们几乎每个人都成了个体户，所以不存在着歧视的问题；

再者，国家在 1982 年提出了"科技兴农"的号召，而四川是一个传统的农业大省，刘氏兄弟作为从农村出身的知识分子，自然有一般人难以比拟的优势；

另外，四兄弟的母亲曾在农村当过很长时间的小学老师，作为新津县第一任农业局局长的父亲在当地也颇有知名度，而兄弟几个不是在古家村出生、就是在古家村成家、甚至在古家村插过队，刘家和古家村的村民充满了难以割舍的感情。

创业做什么呢？

陈育新想起来，曾在什么地方看到有一种叫红育的良种鸡可以推广。他认为，推广这种鸡，可以改变农民的养鸡模式，让农民多赚钱，自己也以得到收益。陈育新建议，建一个良种鸡场，把外地的鸡种引进来，孵化成小鸡卖给农民，然后再回购本地农民的种蛋，再孵化成小鸡出售。以此为契机，可以把贫困的新津县变成一个良种鸡的养殖县。

刘家的家庭会议开了三天三夜，越开越明朗、越开越兴奋。最后大家通过了一项特别决议："脱公服"当专业户，共同谱写一曲属于他们自己的"希望之歌"！陈育新先行动起来，其他几个兄弟再伺机跟进。此时，陈育新大学毕业后工作还不到半年的时间。

这个决议在小小的新津县城掀起了一阵波澜——刘大镛的四个儿子中，有三个大学生、一个中专生，毕业之后又分别进入成都 906 厂计算机所、新津县教育局、新津县农业局和四川省机械工业管理干部学校，好不容易从农村爬出去并且每人都捧上了一只令人艳羡的"铁饭碗"，却想不到他们竟然要抛弃这一切又回到"原地"！

当时甚至连他们的母亲都难以理解，她这样责问陈育新："农村太苦，你当了 10 多年农民，还没当够？"但创业的激情在四兄弟心中激荡，他们已经不顾一切了。

因为政治问题，父亲及其整个家族都受到了牵累，在几十年的时间里都倍受磨难，所以兄弟几个在创业之前，无形中把政治的正确与否作为重要的考量因素。而他们准备创业的 1982 年，正好碰上了国家对经济进行了一场整肃运动，到年底共立案各种经济犯罪 16.4 万件，判刑 3 万人。

为了确保自己不是"走资本主义道路"，没有"拉社会主义后腿"，1983 年 3 月，陈育新跑到县里找到当时的新津县委书记钟光林，问他辞职回乡创业"要不要得？"

"没啥子问题嘛！"县委书记钟光林很开明，但紧跟着提了一个条件："你们要带起 10 户专业户。"

虽然有了县委书记的支持，但一个大学毕业后要辞职去干个体户，这在当时是非常反常的，县里都没办法批准。直到 1983 年 10 月 16 日，陈育新停薪留职的报告才被四川省政府批准了。而陈育新正式辞职，则是在1985 年 1 月 4 日。

刘永行 刘永好

首富长青

兄弟合心，其利断金

对于当时月工资只有三、四十元的四兄弟而言，创业资金成为一大难题。他们首先想到了向银行申请贷款 1000 元，但结果是当头一盆冷水，银行根本不搭理他们！在当时，国家对私营企业贷款没有先例，相关政策直到 10 年之后的 1992 年才出台。

此时，母亲为他们拿出了自己辛辛苦苦积攒的一点积蓄，但这还远远不够。大家决定破釜沉舟，把自己的家当变卖了——刘永言把自己的一块电子手表卖给了厂里一位新来的实习生，腿脚不便的刘永行甚至把自己代步的一辆永久牌自行车也卖了……就这样，好不容易，大家凑足了 1000 元资本。

这点钱对于创业来说还是捉襟见肘，兄弟们必须小心翼翼地安排这点资金。没有地方，陈育新就把自己的住房改造成了育雏室；没有孵化箱，他们就到货摊上收购废钢材，然后到工厂租用工具自己来做，大年三十的晚上，他们四兄弟竟然在一起敲废铁桶做孵化器；良种场需要用铁丝来做墙体材料，刘永好就跑到成都的一些建筑工地，找了一大抱废铁丝回来；他们甚至连一把剪刀都舍不得买，而是找了两块废钢自己制造；他们用秤称水泥、用斗量砂子来计算建筑材料的比例，尽可能不浪费一点点材料……

后来良种场扩大，需要建造新的厂房，刘永好专门从成都买回一拖拉机的旧砖。由于道路狭窄，拖拉机无法进村，旧砖被卸到了两公里之外。几个农民兄弟来帮忙，大家手抱肩扛，愣是把一车砖给搬了回去。那一天是 1983 年的 12 月 8 日，非常冷的一天。

等育种场建立起来后，种鸡蛋的收购成了一个难题。当时，国家恰好进口了一批良种鸡，分散给成都周边各个县的农贸公司，每个公司大概有十几只，然后又分散到各个农户家里。刘家兄弟听说后，决定找到这些农户，用比市场高一倍的价格收购这些良种鸡孵出的鸡蛋。

收购很辛苦，每天都要骑上自行车，带一个筐子，到方圆几十公里甚至上百公里的地方去寻找这些良种鸡蛋。一次，刘永好收购了 200 多个蛋，回家的时候已经是夜晚 10 点多了，在途经某处田坎的时候，一只狗突然窜了出来，扑到刘永好脚后跟上狠狠地咬了一口，刘永好疼痛难忍从车上摔了下来，他一天的辛苦成果也全部鸡飞蛋打。等他拿着仅剩的一枚鸡蛋回到家里时，已经是凌晨 6 点多了。

陈育新在良种场的工作很顺利，孵化出来的小鸡苗供不应求。刘永言又决定，良种场想要大量孵化，必须要用电孵的方法。为了大哥这句话，刘永行在家里忙开了。他自告奋勇地买了些零件回来，又把家里的碗柜做成了孵化器。

为了节省成本，刘永行买的是处理的电子器件，所以第一次试验时，稳压器居然冒起了烟，幸亏及时切断了电源。第二次电孵实验，由于刘永行日夜奔波太过疲倦，在孵化前一晚居然不知不觉地睡着了，结果因为夜里电压过高又把继电器烧坏了，马上要出壳的小鸡也被全部烧死。

等刘永行一睁眼，虽然看到的是满眼已经烧死的已有绒毛的小鸡，但他仍然十分高兴，因为他知道自己快成功了。1983 年 9 月，在反复试验和失败后，刘永行设计制作的孵化箱终于成功了。看着第一批电孵小鸡了，35 岁的刘永行高兴得像个小孩子一样。

此时，四兄弟把各自的看家本领都用上了。1984 年 3 月，老大刘永言又设计出大型全自动蜂窝煤孵化室并投入运转。

辛苦劳动终于换来了丰硕成果——到 1983 年底，兄弟们一盘点，这一年育新良种场孵鸡 5 万只，并带出了 11 个专业户。他们超额完成了年初县委书记交给他们带领村民共同致富的任务。

在刘永行兄弟开始创业的 1982 年，在大洋的彼岸，两位叫汤姆·彼得斯和罗伯特·沃特曼的美国人，出版了一本后来风靡全球的管理著作《追求卓越》。在这本书中，作者如此断喝："如果你不相信我们在开启一个大时代，你一定是一个白痴！"

差点遭遇"灭顶之灾"

"干大事情的时候到了"

"干大事情的时候到了！"1984 年 1 月 24 日，王石还像往常一样，骑着自行车在深圳的大街小巷四处倒卖玉米，当他经过深圳国贸大厦时，突然发现了好多警车和警察，通过打听得知，国家领导人邓小平当天正在该大厦的顶层俯瞰深圳这片新兴的特区全貌，听到这个信息，王石在心底兴奋地狂叫起来。

"有心栽花花难活，无心插柳柳成荫。"改革初期，被邓小平等领导人寄以重望的国有企业改造并未能焕发出蓬勃的生机，而一度令政府十分谨慎的私营经济却如雨后春笋般疯长起来。

当时深圳等经济特区的发展，引起了很多人的不安，很多老干部参观完特区回家后不禁放声痛哭："辛辛苦苦几十年，一夜回到解放前！"邓小平 1984 年南巡时，写下了"珠海经济特区好"等题词，算是为特区经济一锤定音。很显然，摸着石头过河的邓小平，在引进外资和改造国企等种种努力遭遇阻力后，极需新的改革思路和实验田。

随即，中央宣布开放 14 个沿海城市和海南岛。中国出现了壮观的"孔雀东南飞"景象，大批青年奔向了南方的热土。躁热的情绪迅速发酵，最终导致了"全民经商"浪潮的来临。

这一年后来也被视为"中国公司元年"：

王石在"偶遇"邓小平四个月后，创办了深圳现代科教仪器展销中心，它便是万科公司的前身；

柳传志不甘心做一个平庸的科研人员，于是在北京中科院计算机研究所简陋的传达室内创办了联想公司；

史玉柱毅然告别了安徽省统计局办公室的机关生活，跑到深圳兜售自己编写的软件；

军医大学教授赵新先，带着自己研制的"三九胃泰"跑到偏避的深圳笔架山下创办了三九集团；

华南理工大学毕业生李东生，在惠州一个破败的农机仓库开始生产录音磁带；

李书福和几个兄弟成立了冰箱配件厂；

而张瑞敏、潘宁等知名企业家都在这一年当上了国营工厂的厂长……

前一年因"投机倒把罪"第二次入狱的牟其中，也在这一年出狱，并迅速开了一堆公司。在狱中时，他每天都在如痴如醉地为设想中的"中德实业开发总公司"勾画蓝图，制定了一系列的《计划意见书》、《工作条例》。他甚至迫不及待地为未来的总公司的职工们写了一篇长文《论中国特色的社会主义学说和我们的使命》。文章中，牟其中以一贯的激情呼喊："十年浩劫的坚冰已经敲碎，建设中国特色的社会主义的航道已经打开，中华民族的黄金时代已经来临。我们——十年浩劫中肉体上和精神上的幸存者，有理想、有抱负、有学识的、横跨两个世纪的炎黄子孙，历史的幸运儿——没有理由徘徊！"

失败是激情和幼稚的情人！就在创业的第一年，柳传志便因头脑发热，拿着社科院计算机所给的20万元开办费加入了"倒爷"行列，结果第一次倒卖彩电就给骗走了14万元。而对刘永行兄弟而言，这一年也差点成为他们"灭顶之灾"的一年。

创业首遭挫折

1984 年 4 月的某一天，育新良种场来了一个大户——一位叫尹志国的养鸡专业户一出手就下了 10 万只"北京白"鸡苗的订单。对刘家兄弟来说，这可是他们创业以来最大的一笔买卖。喜悦顿时弥漫了头脑中的每一个细胞。为了买种蛋，陈育新经由村里做担保，向银行贷了一笔钱，并向附近的农民兄弟和一些单位赊欠了许多种蛋。

尹志国带来一张信汇单，当天就从良种场拉走了 2 万只雏鸡。但过了好几天也不见款到，刘永行马上赶到所属信用社询问，才知道尹志国那天带来的是一张假汇票。

刘永行很气愤，立马杀奔尹家而去。但万万没有想到的是，呈现在他眼前的是一片凄凉景象：满屋子臭哄哄的死鸡和到处乱飞的苍蝇。

尹志国的妻子哭诉道：她的丈夫把鸡拉回家时，半路上下起了大雨，对养鸡没什么经验的尹志国用塑料薄膜把车全盖起来，结果因温度过高，在途中就闷死了一半的小鸡。也许是上天在报应他昧着良心的欺骗行为，回到家后不久，又是一场大火，剩下的鸡苗连同房子一起化为灰烬。尹志国那几天急得几次想上吊自杀，最后一个人逃出了家门。

望着跪在地上不断哀求的尹志国的老婆和他只有几岁的惊恐万状的儿子，刘永行于心不忍。他知道，就算把尹志国送进牢房并把他一家逼死，也挽回不了自己的损失。刘永行只得带着沉重的心情离开了尹家。

真是晴天霹雳！为这 10 万只小鸡，刘永行兄弟把全部家当都押上去了。眼看着借的钱马上要还，剩下的 8 万只小鸡也陆续就要孵化出来了，每天光买饲料就要上百元，差不多抵得上他们兄弟四个一个月工资的总和了。听着那揪心的小鸡叫，兄弟们如热锅上的蚂蚁般焦急不安。

怎么办？已经是走投无路了！在极度绝望之下，兄弟四个甚至开始商量：究竟是从岷江的桥头跳下去，人死账清、一了百了？还是隐姓埋名远遁新疆，等待下一次的东山再起？那次会议，真有一种"风萧萧兮易水寒，壮士一去兮不复还"的悲壮感觉。

此时，大哥起到了稳定军心的作用——他劝说大家，逃避不是办法，即使他们能逃脱了，但家里的人从此在当地就抬不起头来，整个刘家数十年来积累起来的良好声誉也将毁于一旦。兄弟四个达到一致，觉得这个问题迟早要解决，不妨再放手一搏。

死马当活马医。刘永行兄弟决定争取在尽量短的时间内把这些鸡苗卖掉。兄弟几个连夜劈毛竹、削篾片、编织盛鸡仔的箩筐，第二天凌晨四点钟就起床，带着几筐鸡仔去县城乘早班汽车，到邛崃、大邑、双流等邻县农贸市场叫卖。但当时正值农忙季节，当地的农民在短时间内根本消化不了这么多雏鸡。

在成都做老师的刘永好突然想起来，成都市南门浆洗街有个鸡鸭市场，既然农民不要，就试着把种蛋和小鸡卖给城里人看看，否则只有坐等破产。当时，刘永好正好能休几天的农忙假。于是，他带着几筐鸡仔赶到成都市浆洗街的鸡鸭市场。

但市场上的商贩们每个人都有自己的势力范围，彼此寸土不让，初来乍到的刘永好自然难以插足其间。磨蹭了一整天后，刘永好还是没找到安身之处。那天晚上，他向一位好心的大爷借了一个板凳，在原地坐了一宿。第二天，他凭着执着和诚恳打动了别人，终于得到了一块小小的地盘，才把带来的鸡雏卖了出去。

"卖鸡娃哟，一元钱三个！"当刘永好喊出第一声时，整个脸皮刷地一下飞红了。对刘永好而言，其实最难过的是心理这一关——自己放着崇高的教师职业不好好干，却成天在这种嘈杂脏乱的环境中做一名叫卖小鸡的贩子，风里来雨里去不算，还时常得为争一个摊位和其他的贩子怄气、争吵，受尽了白眼。

有一次，刘永好正在市场上守着两筐无人问津的雏鸡发愁时，突然来

了好几个年轻人，要买 100 只雏鸡。刘永好喜出望外，但在收钱时仔细一看，却愣住了——原来这几个买鸡的年轻人是他以前教过的学生！学生们看到原来的老师不辞辛苦来摆摊卖鸡，于是想用这种办法帮一下他。

刘永好在感动之余，也不免有一丝尴尬。

"卖小鸡"的辛酸岁月

从天底下最光辉的职业，到天底下"最低贱"的职业，刘永好经历了心理上的巨大反差。而这种磨难，是刘永好兄弟们商业生涯上经历的第一次心理历练。自此之后，他们的脸皮变"厚"了，内心也更成熟、更坚强了。

刘永好的农忙假很快结束了。当时，老大刘永言上班不能请假，老三陈育新要照管那些正在出壳的小鸡，卖鸡的艰巨任务只能交给老二刘永行了。刘永行立即找到单位领导，向他讲述了自己的困境，领导非常同情他们的遭遇，同意他请一个月假，再加上其后的两个月暑假，刘永行总共有三个月的"救命"时间。

在这次危机中，刘永行受到了巨大的精神上的煎熬和肉体上的折磨。从小有腿伤的刘永行，每天要把大箱的鸡筐装上公共汽车的顶部，因此他必须一手持筐、一手抓住老式公共汽车背后的那种铁制扶梯，这个动作最主要的受力部位便是腿，这对他的旧伤无疑是雪上加霜。

有时白天小鸡销售得不多，刘永行就会在晚上挑着箩筐继续到居民区吆喝："买小鸡喽！买良种鸡喽！"从南门走到了东郊、又从东郊走回南门。就这样，他披星戴月、餐风宿露，拖着伤残的腿挑着小鸡筐，凭着惊人的忍耐力走遍了成都的大街小巷。夜深了，就找每晚仅需一块五毛钱的小旅店住下。睡觉时，为了防止老鼠咬伤咬死小鸡，还要把小鸡筐吊在旅馆的房梁上面。

作为一个小摊小贩，沉默肯定不再是金！原来一直不善言语的刘永行，好像无师自通似地学会了吆喝和游说。人家原本打算买 2 只的，他能说服人家买 5 只。

当然，他并不是一味死皮赖脸地强行推销，而是总站在别人的角度，帮助他们核算成本，并向大家介绍喂养的方法。比如养几只鸡，除了买鸡的几块钱成本以外，可以用家里原剩饭剩菜去喂养，不需要添加任何多余的成本，这样既可以做到不浪费粮食，又可以有鸡蛋和鸡肉吃。

在这一段时期的销售中，知识再次显示出了它的威力——和他一起去的村民们，因为不懂这些知识，就没有像刘永行一样的说服能力，所以，几个村民每天的总销量还不如他一个人多，他成了销量很高的销售员。到后来，刘永行干脆成了专业销售员，一个人负责卖鸡，而村民则负责给他送鸡。

一副诚实憨厚相的刘永行，出门在外叫卖的这段时期，也受到了不少人的关照。一个家住在市场的阿婆，主动让他把鸡筐放在她家里，免得住店时吵了别人添麻烦。阿婆平时还经常帮他买饭，有时拿出自己家里的饭菜请刘永行吃。

四兄弟在千辛万苦并每个人掉了十几斤肉后，8 万只鸡终于卖完了。四兄弟一盘算，销售所得除还清了所有欠款外，每个人还分得了 180 元钱。真是置之死地而后生！

经过这番折磨，刘永好兄弟明白了坚持的力量。人就是这样，没有逼到分上，谁都不知道自己的潜力有多大。当你坚持到不能再坚持，执著到不能再执著的时候，事情却突然柳暗花明了。

为这 180 元，兄弟们付出了太多，尤其是陈育新和刘永行。为了事业，陈育新全家把房子都搭上了，分的那点钱还不够把他的房子改回去。而刘永行的腿伤在这一段时期进一步恶化，以至于失去了根治的可能性。直到1999 年把自己的公司搬到上海去之后，他还长期靠服用止痛片来止痛。

另外，刘永行还产生了严重的幻听，在家休养一个多月后，幻听还是困扰着他，耳边成天都是"叽叽喳喳"小鸡的叫声。

一种会下"金蛋"的鸟

尝试饲养鹌鹑

"什么样的鸟竟然会下'金蛋'？"

在休息了几个月后，老大刘永言又开始上门来撺掇自己的二弟刘永行。

当时，刘永言从报纸上看到这样一则消息：当时的朝鲜领导人金日成送给中国政府领导人一批鹌鹑。有"动物人参"之称的鹌鹑不但营养价值高，而且还是一种特别会下蛋的鸟，经济效益很高。

刘永言对刘永行说："既然咱们养鸡失败了，不妨把良种鸡的孵化场改成鹌鹑养殖场，一起来饲养这种会下'金蛋'的鸟吧？"

也许是上一次小鸡危机太过伤筋动骨，再加之社会和家庭的非议也太大，兄弟四个在那这后停止了折腾，良种场也停止了业务。那段时间，刘永行给家里买了一台14寸彩色电视机，每天下班回家后，就和妻儿一起吃饭、看电视，全家都沉浸在不折腾的幸福之中。但想不到好景转眼即逝。

简直是好了伤疤忘了痛！刘永行的妻子郑彦初对前来破坏家庭平静的大哥很是埋怨，"你们为什么老让永行折腾呢？平平常常地过日子不是很好吗？"而十分了解自己二弟心理的刘永言则声东击西地回应道："他是一个男人嘛！没有一个自己的事业，哪叫男人？"

除了激将法，刘永言还为兄弟们算了一笔细帐："一个鸡蛋卖1角多钱，而只有它1/5大的鹌鹑种蛋，一个就值2角。而小鹌鹑孵出后，40天就能下蛋。一对鹌鹑一年可以抱5窝小仔，值100多元。相比较养育鸡蛋而言，养育鹌鹑蛋确实是一个更加'短平快'的项目。"

对鱼最好的诱惑是鱼饵。刘永言知道多说无益，自己又马上跑到灌县（现在的都江堰市）购回了50只大鹌鹑和200只种蛋。为了能多买一些鹌鹑，他甚至连回家的路费都不够了，只得用背筐背着这些鹌鹑走回了成都。

兄弟们见大哥如此坚决，自然应声而动。当晚，陈育新便连夜租人力三轮车从成都把这些鹌鹑运回到新津县。兄弟们把大鹌鹑交给了自己的母亲喂养，种蛋则放进孵化室，随小鸡一起孵化。

第二次创业，兄弟们决定按个人资金投入的数量确定股份。刘永行打算多投几股，于是回去游说自己的妻子，不但要把家里所有的资金都投进去，甚至还要把新买的彩电也卖掉。儿子一听就"哇"地一声哭起来，因为好不容易才买的一台彩色电视机，还没看过"瘾"就又要"不翼而飞"了。而当时，妻子郑彦初的心绪也在随着正在热播的巴西电视连续剧《女奴》的情节而跌荡起伏，所以对刘永行的行为心里是十二个不情愿。但她没办法，因为知道自己拦不住他，只得由他而去。

因为母亲没有任何经验，所以那50只大鹌鹑越喂越少。母亲很生气，说："难怪说下金蛋，原来这么难养，这种鸟不能喂！"最后把剩下的3只大鹌鹑甩给了刘永行。

后来，那些种蛋也开始孵化出幼鹑来了。但让人头痛的是，这些幼鹑刚出孵房一个小时，就开始死亡，于是刘永行把这些幼鹑带回家里自己来喂养。

为了解决鹌鹑死亡率高的问题，刘永行买回了一堆鹌鹑养殖的书。但让人懊恼的是，这些书上的介绍不太全面，也不适合四川地区。他按书上讲的照本宣科，结果鹌鹑仍然在不断死亡。他很着急，每天早上5点钟起床给鹌鹑加料、加水，一旦空闲下来就在鹌鹑笼前观察分析，甚至拿死鹌鹑作解剖分析，一次又一次改变和设计新的喂养方案。

一切没有先例可以依循。于是刘永行边摸索边总结，有了很多小发明：

他把自家的竹书架搬了出来，在书架的前面插上一排可开可关的竹篾片，改装成了鹌鹑的"楼房"；

他到小地摊上买来旧的罐头玻璃瓶，用它装满水倒扣在小盘子里，做成"自动饮水器"，既省钱、又好用；

鹌鹑怕冷，寒夜里需要加温，他就将煤油灯进行了改装，给鹌鹑用来取暖；

鹌鹑很娇嫩，环境必须卫生，不然容易生病死亡，所以当时如何省时省力省钱地清理鹌鹑的粪便，成为一个特别头痛的问题。刘永行至少尝试了废报纸、塑料膜、油纸等30种不同的材料，最后他发现了四川居民盖房用的一种沥清纸（当地人叫它"牛毛毡"）经济耐用，是非常理想的可反复使用的垫粪材料。这种材料，吸水性既好，又不会被鹌鹑轻易抓破，而且价格十分低廉……

通过不断地摸索和总结，最后鹌鹑虽然只成活了80多只，但刘永行却从中总结了一套适用于本地情况的鹌鹑养殖技术。这些实用而省钱的技术他都毫无保留地教给了别人，直到新津县成为全世界最大的鹌鹑养殖基地时，人们普遍采用的也还是他初期试验时用的那些方法。

当年毛主席搞革命时，运用的是"农村包围城市"的方法。而在推广鹌鹑养殖时，刘永行反其道而行之，使用的是"城市影响农村"的方法。刘永行认为，这种鸟的饲养方法技术性含量比较高，再加之鹌鹑在当时还是一个新鲜事件，要让农民在短时间内接受它有一定难度。如果想要得大面积地迅速推广，就必须要让有文化的人先接受它，所以他把推广和销售的重点放在县城。

知识就是财富

1984 年初，城里越来越多的人掌握了鹌鹑养殖技术，喂养鹌鹑的人不断增加，刘永行只要有一点空余时间就忙着去作指导。他的热心有时达到了不可理喻的程度。当时，电教队给刘永行分了一套新房，但为了推广鹌鹑，他便把这套房子腾了出来，全家又搬回到幼儿园住。

还有一次，有个人很想养鹌鹑，到他家来了解情况后却很为难，说是没有笼具，因为市场上根本没有卖的。想不到的是，刘永行竟答应很爽快地把自己用书架改制好的笼具送给了他。一百个不愿意的妻子却拗不过自己的丈夫，只好帮着他一起抬着笼具穿过几条街给人家送去。刘永行的这种热情让妻子郑彦初很难接受，但他却说："诚心诚意地帮助别人，自己才能致富。"

刘永行 刘永好
首富长青

在刘永行的热情推广下，鹌鹑养殖很快在新津县城形成了一个热潮。新津县城很小，几乎每家每户都有七大姑八大姨之类的亲戚在农村，农民朋友们一看自己县城里的亲戚都饲养了鹌鹑，于是争先恐后纷纷加入了养殖大军。

就在他们准备大规模饲养鹌鹑时，却正值成都地区"鹌鹑热"急剧降温，因为喂养的成本太高，死亡率也太高，许多原先养鹌鹑的专业户纷纷收摊不再养了。有人也劝他们不要再搞下去了："连养鹌鹑的专业户都没有了，你们把这些小鹌鹑孵出来谁来养？"

但兄弟们觉得，这正好是他们的机会，关键是如何把饲养成本降下来？为了把成本降到每只鹌鹑蛋只要三、四分钱，他们就大量地查阅资料，开动脑筋，找出最佳的养殖方法。

如果说在创业初期，兄弟四人作为知识分子的优势还没有完全凸现的话，那在养殖鹌鹑的过程中，他们所具备的科技知识优势淋漓尽致地展示出"知识就是财富"这句话的分量。

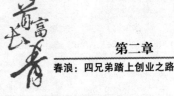
他们把电子计算机应用于饲料调配和育种选样，很快就摸索出一个有别于其他国家的独特的立体养殖方式——用鹌鹑粪养猪，猪粪养鱼，鱼粉养鹌鹑。这是一种新型的生态循环饲养法，由于这样的方法使得成本大大减少，鹌鹑蛋的成本就降到了与鸡蛋一样了，于是很快就赢得了市场。

大批量的鹌鹑蛋要运销到外地去，如何才能防止蛋壳破碎？刘永行和陈育新做了一个木盒框，框上打上孔，里面用塑料绳纵横穿紧，每个盒能装 90 个蛋。想不到这种偶然之举，到后来成为了这个行业的标准，即使到了今天，新津县运往全国各地的鹌鹑蛋还是 90 个一盒、1350 个一箱。

在养殖鹌鹑这项事业上，四兄弟是齐心协力但又各有分工。在创业早期还不太突出的老四刘永好，这时开始充分表现出他的才能，性格外向、擅长交际的他承担起销售的重任。

记得第一次被迫在成都农贸市场叫卖积压的小鸡时，在成都当地做老师的刘永好多少还有一点不好意思，但经历过第一次创业危机的历练后，他已经变得成熟很多。

每次在成都的集市上叫卖，刘永好不再害怕碰到自己的学生，而是大大方方的跟每一个人打招呼。一次在他挑着担子去市场卖鹌鹑的路上，笼子突然破裂了，成百只鹌鹑从笼中逃脱，刘永好只得一边顾着担子，一边跑到马路边到处去抓鹌鹑，情形虽然有些狼狈，但刘永好已经能毫不羞涩的从容应对了。

由于刘永好人缘好、点子多、善于开拓，鹌鹑蛋的销售很快打开新局面。他先是在成都青石桥开了一个鹌鹑蛋批发门市部，后来生意越做越大，又在成都最大的东风农贸市场开了一家奇大无比的店，这些店里每天都堆放着数十万只蛋。而他们的订单，近的来自重庆、西安，远的则有新疆、北京，甚至还有来自国外的订单！刘永好的店面成为全国鹌鹑蛋的批发中心。

"当时所有的鹌鹑和蛋几乎都是我卖出去的。"刘永好后来曾十分得意地提起这段经历。

大难不死，必有后福。1984年在险遭灭顶之灾后，兄弟四人的事业开始一帆风顺。到了当年年底，育新良种场孵鸡30万只、孵鹌鹑100万只。这意味着，刘家兄弟的育新良种场已经成功地把主要业务从孵鸡转型到孵鹌鹑，这是创业后的第一次重大转型。

有幸赶上"企业家时代"

从鹌鹑到饲料

"你最崇尚什么样的人？"

1984年5月，一家青年报对深圳市20多个企业单位的青年进行了一项抽样调查。调查结果显示：崇尚企业家的人占57.5%，高居第一；工程技术人员占20%；社会活动家占12.5%；政府官员和文化人均占5%。

在同一年，有人在北京对年轻女性进行过一次调查，发现她们心目中的如意郎君已经由干部、大学生悄悄地向企业家转移。

1985年初，欧洲货币基金会主办了一次规模宏大的关于世界经济变革的讨论会。会上，700多名政治家、实业家、银行家巨头济济一堂、畅所欲言。尽管大家在很多问题上存在着严重的分歧，但达成了一个共识：**世界正处在一个新时代的开端，这个时代可称之为企业家时代，企业家将由此开辟景象更为繁荣的道路。**

刘家四兄弟有幸赶上了这个伟大的"企业家时代"。1984年12月1日，作为刘家四兄弟的代表，陈育新以全县第一的身份出席了新津县第四届专业户代表大会。

两个月后的 1985 年 1 月 4 日，新津县政府正式批准陈育新辞职。但事业发展得实在是太快了，陈育新每天都是超负荷地工作。这时，刘永行不得不考虑自己站出来承担更多的责任，于是，他在这一年也向教育局递交请"备案除名"的辞职报告。他回家对妻子说："三弟已经率先承担起风险，自己也应该承担责任。如果失败，我就和老三一起另找出路。"

那时辞职还真是件大事，尽管刘永行要求"备案除名"，单位仍迟迟不愿批复他的辞职报告。但刘永行还是毅然地走出来了。从此，他便在新成立的饲料厂度过了他 9 年的企业内部管理生涯。

此时，育新良种场进入了它的黄金发展期。当时，鹌鹑饲养之风在新津县越刮越厉害，全县差不多有七成的人都参与其中。因为鹌鹑的繁殖周期确实太短了，而鹌鹑市场的发展又确实太快了，一转眼新津县城就成了一个"鹌鹑王国"。

当时人们车上拉的、手上拿的，几乎全是鹌鹑用具；拉纸箱的、运饲料的、卖煤油灯的、卖罐头玻璃瓶的，人们几乎全部都在为"下金蛋的鸟"忙碌。

一业旺、百业兴！养殖业还带动了相关的服务业，比如鹌鹑笼架、取暖灯、装蛋的木盒框等都有专业户来生产；运输饲料、鹌鹑的三轮车和卡车则繁忙地在城乡之间奔跑；因为外地的客商越来越多，当地的饭店、旅馆都开始生意兴隆……

因为刘永行兄弟把饲养技术都毫无保留地教给了别人，自己在这方面已经没有任何优势可言。他们知道，今天排队在门口抢购种蛋和幼鹑的人，明天就可以像他们一样向别人提供种蛋和幼鹑。他们决定马上进行第二次转型，那就是从卖种蛋和幼鹑转向卖饲养鹌鹑的饲料。

其实在养鹌鹑的初期，因为县城里还买不到鹌鹑饲料，刘永行就萌发了自己配饲料的想法，并对动物营养学产生了浓厚的兴趣。他买了饲料配方和动物营养学方面的书，如饥似渴、没日没夜地学习国内外有关动物营养学的知识。

他开始探索饲料配方原理，研究饲料的营养、成分、含量和添加剂的作用等难题，在动物营养学领域不倦地摸索经验，搞起动物营养研究来。而正是刘永行所钻研的这些知识，最后将刘氏兄弟卷入到中国饲料工业的浪潮之中。

当时，在成都周围只有一家国营饲料厂，而体制决定了他们无法对这种瞬息万变的市场变化做出及时适当的反应。刘永行兄弟继续向上游环节拓展，成立了鹌鹑饲料厂，刘永行出任厂长。

果然不出所料，市场又一次沸腾了——因为他们是饲养鹌鹑出身，对鹌鹑的特性和养殖农户的需求了解指掌，因此生产出来的饲料供不应求。

在那段时间里，每天来抢购饲料的人挤满了从育新良种场到古家村的大路。很快，饲料厂门口装的木门被挤垮了，刘永行让人临时装上了铁门，结果没多久也被挤垮了。后来怕出事，就想出了一个发号子买饲料的办法，公安局甚至还派来了警察维持秩序。但仍然不起作用，因为人们又把发号子的木亭子给挤垮了。

夸张的一幕出现了：刘永行让人在门口连夜赶修了一个水泥碉堡，发号子的人通过碉堡的开口向人们发号，这样就不用再担心被挤垮了。但让刘永行深感意外的是，第二天，拿不到号子的人们，为了泄愤就向碉堡里丢石头，负责发号的办公室主任被打得头破血流地逃了出来。

发展到后来，开始出现了一大群来排队领号然后转手出卖的号贩子。实在没有辙再可想，刘永行决定用市场经济中常用的手段来应付，那就是提高售价并建立经销商体系，买饲料难的问题才得到彻底解决。

危机关头彰显企业家潜质

市场超常发展，作为饲料加工厂厂长的刘永行，他对鹌鹑饲料严重供

刘永行 刘永好 首富长青

不应求的局面不是惊喜若狂，而是分外忧虑——如果养殖鹌鹑的农户不断攀升，市场容量总有一天会达到饱和，到时候，养殖鹌鹑的农户将承受巨大的损失。他意识到，必须提醒人们降温才行。

其实，作为当时新津县鹌鹑养殖的种源地和饲料供应地，育新养殖场本可以利用这次机会大发一笔横财，至于以后农户可能遭受的损失，实在与他们没有多大关系。但是，四兄弟想到了父母对他们反复的教导：做人要有良心。当初创业时，如果没有新津县农民的热情支持和鼓励，他们走不到今天。

饮水当思源。在道德和责任感的双重驱使之下，1986 年底的一个晚上，四兄弟商量后，由陈育新执笔写了一份《告全县人民书》。县委县政府在这时也进行了积极配合，《告全县人民书》一写完就让县广播电台马上播放，而且连播了好几天，反复告诉农民兄弟不要继续"炒"鹌鹑，否则将会倾家荡产。

在这篇告示播出的同时，县委县政府又采取了相当强硬的措施，要求全体机关事业单位的工作人员带头停止养殖鹌鹑。

但是，贫穷已久的农民对财富的渴望太强烈了，大多数的人把这份告示当成了一个笑话，因为他们的鹌鹑蛋、鹌鹑肉、大鹌鹑、小鹌鹑当时都是抢手货，几乎家家都供不应求。甚至有人讽刺说，刘氏兄弟只是想自己发财，不愿意看到别人也致富。误解、流言一时四起，刘家兄弟陷入苦恼之中。

只得剜肉疗伤！为了平息这些流言，更为了消弭这场由鹌鹑引起的泡沫危机，刘氏四兄弟郑重做出了一个几乎不可理喻的决定：率先将育新养殖场的 10 万只鹌鹑全部杀死，宣布以后将不再养殖。

刘氏四兄弟的举动在当时无疑具有非常强的震撼力。长期以来，他们是新津人民心目中的英雄、是产业的带头人，在当地农民心目中具有较高的威望。新津的百姓终于明白了刘氏兄弟的良苦用心，经过共同的努力，这座随时都可能爆发的火山终于逐渐熄灭了。

为了平息这次鹌鹑所引发的经济危机，刘氏兄弟承受了巨大的经济损失。但是，在勇于承担社会责任的过程中，他们用自己的良心赢得宝贵的无形的资产——信誉。良好的信誉打造了企业过硬的品牌，成为他们迅速崛起并长盛不衰的筹码。

从1985年起，育新良种场开始进入稳步、快速的发展轨道——1985年，良种场鹌鹑存栏4万只，产值达27万元；1986年，良种场鹌鹑存栏5万只、产销饲料100吨，产值达40万元。

刘家四兄弟为中国的鹌鹑养殖业的科学技术开发做出了相当大的贡献，他们研究出了"鹌鹑红羽、麻羽杂交鉴别雌雄离种体系"，还有整套的饲养鹌鹑技术，当时被国家科委鉴定验收，列入国家级"星火计划"项目。

在那几年里，育新良种场的经济情况大大改善，不仅建起了更为先进的养殖场，更有了用于运输的汽车。另外，为了方便去各地签约谈生意，兄弟们还买了第一辆小轿车。

在创业的过程中，刘永行兄弟开始表现出了企业家的典型气质。

首先是创新。企业家从诞生那一天开始，就是以创新者的面目出现的。创新主要分为三大类：技术创新、市场创新和管理创新。

刘永行兄弟正是利用自己的知识优势，对鹌鹑的养殖和营销等各个环节进行了一系列的技术和市场创新，才让它在一个封闭传统的内陆省份迅速推广开来，并取得了巨大的经济效益。

其次是创造市场不均衡性。资本、劳力、资源、技术等生产要素，是进行生产的前提条件，没有生产要素的存在，生产是无法进行的。但生产要素要变成现实的生产力，首先必须要把它们按一定的结构组织起来。所谓组织，就是建立从生产要素投入到产品产出之间的一种函数关系。而建立这种函数关系，正是企业家的本能。

在中国，单个的农户一直因为太松散而形不成巨大的生产势能；在文革中，虽然在形式上把农民捆在一起形成了一个大集体，却因为太过于强调平均主义而让农民个人的积极性和创造性泯灭其中。

刘永行兄弟在改革开放初期这样一个适当的时刻（农民因为农村实施的家庭联产责任制从而从土地里解放出来），紧紧抓住了贫困已久的农民渴望致富的迫切心理，用相对松散却又高度市场化的手段，把这些农民组织成一个利益共同体，从而迸发出巨大的能量，也就是把各种生产要素组织在一起变成了现实中的生产力。

另外是充当各种生产要素的组织者。从市场作为一个连续的过程来看，企业家不仅在发现不均衡，而且同时在创造不均衡。

刘永行兄弟在一个没有消费鹌鹑和养殖鹌鹑习惯的地方，引发了当地人对它的需求，创造了一种市场的不均衡；但大家一拥而上时，他们又发现了新的不均衡，那就是众多养殖户对种蛋和饲料的需求。而他们发现的鹌鹑市场的这些不均衡，又引发了运输业、纸箱业、竹编业、服务业等各个相关行业的不均衡……

而这些企业家气质，在刘永行兄弟以后的商业生涯中，还会得到进一步的提升和发挥。

共同致富的康庄大道

帮农民赚钱

"我们同欢乐，我们同忍受／我们怀着同样的期待／我们共风雨，我们共追求／我们珍存同一样的爱……"

1986 年是国际和平年，当年的 5 月 9 日，歌手郭峰在北京工人体育馆策划了一场引起巨大轰动的活动：内地 128 名歌手集体亮相舞台、共同献唱一曲《让世界充满爱》。

这是一个理想旗帜高高飘扬的年代。刘永行兄弟也怀着和乡亲们共同致富的梦想，从创业伊始便有意识地回避了各种原罪的陷阱，从而踏上了一条和谐发展的康庄大道。

川中人心地善良，好助人。当初刘家四兄弟扩大养殖场时，村民们都来帮忙，搭茅屋、架动力线。因为大量的鸡要一车一车地运到城里去，乡亲们还一起动手为养殖场修起了一条简易公路。

正如亚当·斯密所说：**"每个人在追求自己的利益时，就为其他每个人提供了服务。"** 刘永行兄弟也在自己的事业尝到甜头后，为了报答乡亲，开始动员古家村和附近的村民一起来走科学致富之路。正如大哥刘永言说的，鹌鹑真是下"金蛋"的鸟。

良种场附近的村民都富裕了，草房换成了新楼房。一传十、十传百，养鹌鹑赚钱的信息不胫而走。20 世纪 80 年代初，人们经过长时间压抑的财富梦想被瞬间点燃，迅速在整个县城形成了一股养殖鹌鹑的热潮。那阵子，外地人一踏入新津县城，就会听到"叽叽呱呱"的鹌鹑王国大合唱。

等大家都来养殖鹌鹑时，刘永行兄弟又把主要精力投入到孵化鹌鹑种蛋和研究生产鹌鹑饲料的上游环节。而与当时同样盛行的"君子兰风潮"相比，这股养鹌鹑的热潮带来的是共同受益。当然，刘永行兄弟因为占尽先机，自然成为最大的受益者。

有"全球第一 CEO"美誉的前通用电气首席执行长杰克·韦尔奇曾坚定地表白："在追求公司数一数二的地位时，**牺牲正直是绝对不能接受的。"** 当自己的私利和社会的公利产生冲突时，刘永行兄弟也表现出了远阔的见识，1984 年的小鸡危机和 1986 年的鹌鹑热潮便是两个典型的例子。

因为出售小鸡受骗，刘永行兄弟曾面临着破产的巨大危机。但他们最

终选择了勇敢面对，最后化解了危机。当初借钱给他们的村民四处夸赞他们："刘家几兄弟在他们最难的时候，欠我们的钱都还上了，和他们做生意尽可以放心。"

这件事对他们兄弟以后的生意发展影响巨大，四乡八邻的百姓从此对他们十分信任。事后，刘永行说："我庆幸我们在养鸡时没有走上欠账不还的道路，也知道了守信用的重要。"

此事后，兄弟四个定了几个规矩：第一是不赊销；第二是不欠债。他们甚至把这些条款用油漆写在了良种场的门口。后来成立希望集团后，他们又在新津基地最显眼的地方，用电子显示屏写下这样一些话："凡希望集团未按约定时间付款的，每逾期一天，自愿偿付客户千分之一的违约金。"正因为他们如此严格自己，所以无论在希望集团、还是在兄弟分家后各自的公司里，都没有出现过要付违约金的情况。

而在鹌鹑养殖形成虚热的时候，他们更是表现出了高度的社会责任感，宁愿自己承受巨大的损失，也不愿意导致整个产业的崩溃和养殖农户利益受损。

在鹌鹑赚钱后，刘永行常常在想：为什么他们会成功？他觉得，其实做生意没有什么复杂的技巧，还是那些最古老的原则在帮他们，比如说以诚待人。刘永行说："我们向别人介绍怎么样养鹌鹑时完全没有保留，看起来是吃了很大的亏。但不知不觉中，鹌鹑的养殖得到了迅速扩大化，而我们这些推广者在其中得到的好处是最大的。"

所以，在以后希望企业的口号里，"帮农民赚钱"成为最重要的一条。

给政府带来政绩

在处理企业家与政府关系这一点上，刘永行兄弟是一个成功的典范。政府官员最重要的欲望是什么？那就是搞好政绩！而刘永行兄弟带着乡民们一起致富，靠着养鹌鹑这一条致富路，硬是把原先的贫困帽子甩掉了，让整个地方的经济蓬勃发展起来，无疑极大地满足了当地政府官员的正当欲望。

但刘永行兄弟与地方官员的关系，却是既亲密又保持着合适的距离。在他们创业的过程中，新津县县委书记钟广林的作用不可小视。当初正是因为他，才让刘永行兄弟想把整个县变成养殖县的"天方夜谭"变成了现实。

中间发了一段很有意思的插曲：在古家村附近有一家农村信用信。有一位农民，原来总是跑到信用社去贷款，每次都是贷得多但还得少，所以贷款越积越多。但后来一段时间，他每次跑到信用社去便只还不贷了，不多久就还清了全部拖欠的贷款；再过一段时间，他每个月还来一次信用社，每次都来存三、四百元。那时，像刘永行一样的机关单位工作人员，月薪才38元，而这位农民一个月的存款就抵得上工人一年的工资了。这事在当时太不正常了，于是信用社专门跑到这个农民家里调查，结果发现他家里养了一千多只鹌鹑。

刘永行 刘永好 **首富长青**

这件事情最后让钟广林知道了。他高兴地说："陈育新还真不是随便说说的，真给我带富了一批农民。"于是，县政府马上派了工作组来育新良种场进行调查并总结经验，也开始把陈育新作为致富带头人对外进行宣传。

当时，钟广林这样旗帜鲜明地对一个私营企业主进行支持、宣传，自然引起了一些争议甚至非议。有人质疑，这个钟广林是不是拿了刘家兄弟什么好处？

在一次会议上，钟书记半怒半喜地发牢骚说："育新良种场的陈育新和刘永行真够'狗'的，我跑了那么趟过去，连他们的烟都没有抽到过一支。"

即使对钟广林这样给予他们事业巨大支持的官员，刘永行兄弟也从来

没有在其在位时给他送过礼。一直到他退休后，为了感谢他，陈育新的华西希望公司才送过他一部手机。

有了钟广林这样开明和廉洁的地方官员，才让刘永行兄弟这样优秀的私营企业家茁壮成长起来，并带动大家致富，最后把新津县从一个贫困县一举变成全国的养殖大县。

逐渐地，县以上的各级领导也开始注意到新津县的繁荣景象，于是纷纷光临视察：

1985 年 3 月，四川省省长杨析综到育新育种场视察，并鼓励陈育新带领周围群众走出一条共同致富的路子来；

1985 年 4 月，省委副书记冯源前来调研；

1985 年 11 月，省委常委谢世杰到新津调查农村体制改革，县委把古家村作为典型推荐给他；

1986 年 4 月 11 日，四川省委书记杨汝贷视察了育新良种场；

1987 年 1 月 22 日，四川省省长蒋民宽视察育新良种场并题词："在农村致富的道路上，需要千千万万像你们这样的带头人"

……

正是刘永行兄弟极具智慧与技巧的商业模式和高度的社会责任感，让各级政府官员、企业家和平民百姓形成了一个互惠互利、共创共赢的良性经济生态环境。

实现共同富裕的构想

如何让国民尽快脱离贫困、变得富裕起来，这也一直是当时政府最高领导人迫切需要解决的问题之一。

1985 年 10 月 23 日，邓小平在会见美国时代公司组织的美国高级企业家代表团时说："一部分地区、一部分人可以先富起来，带动和帮助其他地区、其他的人，逐步达到共同富裕。"

凑巧的是，正是在这几年时间里，刘永行兄弟带领一方乡民走上了共同致富的道路。无论是乡镇企业的代表鲁冠球，还是私营企业的代表刘永行兄弟，他们不但让各级地方官员有了切实的政绩，也让最高的领导人的伟大构想有了最鲜活的实例。

1986 年 11 月，全国的"星火计划"工作会议在成都召开，陈育新作为私营企业主的代表，参加了这次会议。会议完后，国务委员、国家科委主任宋健率领着省市领导一起到正在大力发展养殖业的新津县古家村去视察。

宋健看到，这个过去贫困落后的村子呈现出一派欣欣向荣的新景象：一幢幢的新建小洋房掩隐在绿树与翠竹之中，村中新修了街道，马路上车来人往，人们的脸上是自信与幸福的微笑……

宋健看到这些心里很激动，就在刘家四兄弟的养殖场办公室里提笔写下了一行大字："中国经济的振兴寄希望于社会主义企业家"。临走时，这位领导人再三地叮嘱兄弟四人，"你们放心大胆地干吧。我希望下一次见你们时，你们已干得更出色了！"

刘永行兄弟当时感动得涌出了眼泪——他们没想到国务院领导会这么器重他们这四个农家子弟，会对他们办养殖场给予那么高的评价，四兄弟为此兴奋得整整一夜都没睡着。

要知道，在当时，私营企业经济还是有不小争议的，因为人们长期接受的是传统的社会主义观念教育，认为私营企业是绝对不能接受的。这些落后固化的思想，导致在改革开放的最初阶段，一系列务实的、现实的政策（包括对私营企业的政策）无法出台。即使出台了，在贯彻中也会遇到很多障碍，这让建设现代化的任务无法顺利进行。

庆幸的是，在 20 世纪 80 年代初期，社会主义初级阶段理论逐渐形成，并在 1987 年 10 月党的十三大上得到确立，这打破了过去"一大两公"的

刘永行 刘永好 **首富长青**

"左"的观念，从而为私营经济的生存与发展提供了巨大空间。

从 1984 年起担任国家科委主任的宋健，一直是中国私营经济发展的坚定坚持者。他对知识分子创业尤其关注，比如 20 世纪 80 年代初在北京中关村涌现的科技人员创办企业的热潮。不太为外界所知的是，"民营企业"这个提法，就是宋健所提倡使用的，这个称谓智慧地回避了当时比较敏感的"私营"两个字。

宋健的这番视察和谈话，对刘永行兄弟的事业起到了巨大的作用，促使当时对育新良种场的发展持不同看法的各级地方官员迅速统一了思想，为他们企业的继续发展扫除了很多阻碍。此后，各级地方政府对刘永行兄弟的事业的支持更为坚定和有力了。

兴奋和感谢之余，刘永行四兄弟决定从宋老的题字中，取用一个充满美好前景的词来重新命名自己的养殖场，那就是"希望"。

从此，一条希望之路将在他们的脚下延伸，前面是更为美好和广阔的风景。

第三章

热波：迈出全国扩张的大步

"生存，还是毁灭？这是个
值得考虑的问题。去忍受那狂
暴的命运无情的摧残，还是挺
身去反抗那无边的烦恼并把它
扫一个干净？这两种行为，哪
一种更高贵？"

——莎士比亚：《哈姆雷特》

邓小平的改革开放政策就像一把大锤，将一
块大石头砸碎，而希望集团就如同碎石下面的一
粒种子，迎着渗入石缝的雨水成长。刘永行兄弟
的创业历程，几乎成为了改革开放后实施的相关
重大政策的最好和最鲜活的注脚。而刘永行兄弟
从一开始就坚持"只走前门，绝不行贿"的选择，
让他们从创业一开始就避开了原罪的陷阱。

"太气人了！我们必须得搞一个属于中国的品牌！"

1986 年的某天，刘永行兄弟偶尔看到了一个让他们十分气愤的广告片：

一片荒凉的土地上，是低矮的茅屋和遍地的烂泥污水，肮脏的小孩赶着瘦巴巴的猪崽到处乱跑。

接着镜头一转，是一家有着高大的厂房和流水作业线的饲料工厂，身着洁净工作服的职工带着微笑正在忙碌着。画面再次切换，污泥荒地不见了，变成了一片崭新的天地——猪儿肥羊儿壮、鸡鸭满圈……

这是来自泰国的华人企业正大集团在 20 世纪 80 年代面向中国市场推出的一部广告片。这个广告片的潜台词很明显，那就是多亏了他们外国人的饲料，才拯救了中国贫穷落后的农民。

这让刘永行兄弟深受刺激。

冷静下来，刘永行兄弟既看到了外国饲料侵入中国市场的一面，同时又意识到中国广大的农村饲料市场潜伏着无限的商机。

要知道，"豕"自古以来就是中国传统的六畜之一，哪家饭桌上离得开它呢？从文革中走出来的人们，在解决吃饱肚子的问题后，开始追求粮食以外的肉食品来改善自己的生活。

但当时居民的物质供应还相对贫乏，猪肉等食品还是供不应求，所以

从 1980 年开始，国家相关部门连续十多年都要下发通知，要求各大城市敞开供应生猪、鸡蛋之类食品，尽量改善人民的生活水平。

四川省是中国传统的养猪大省，为什么我们不可以做猪饲料了？刘永行兄弟知道，中国的老百姓对鹌鹑蛋的需求远不如对猪肉的钟爱，毫无疑问，猪饲料比鹌鹑饲料会有大得多的市场。

其实早在 1984 年，邓小平就说过：饲料工业是一个很大的产业，应当在全国发展几百个饲料厂。随后，农业部在 1984 年制定了一个相关政策。饲料业应该是中国开放最早的一个行业，整个行业有中国最早的外资公司，它的营业执照是外经贸部 001 号，说明这个行业开放度大，外资企业进来最早。这是一个充分竞争的行业。

正如英国作家乔纳森·斯威夫特所说的一样：**"远见，就是见人所未见的艺术**。"刘永好四兄弟当机立断，决定进行第三次的重大转型，那就是从鹌鹑种蛋和鹌鹑饲料转向猪饲料。

经过 5 年的艰辛创业，当时的刘永行兄弟已经拥有千万资产，他们决定孤注一掷——先投资 200 万元创办了希望科学研究所，并拿出了 400 万元进行了长达 2 年的技术研发，后又投资 300 万元建起了希望饲料厂。

这个举措，不仅仅意味着刘氏兄弟产业方向的正式转移，而且也标志着他们正式由个体户转变为了私营企业家。

纵观刘永行兄弟的创业过程，几乎和中国改革开放初期所有重大政策的实施时间都不谋而合。

就在他们蠢蠢欲动、准备大展拳脚的时候，1987 年 1 月 22 日，中央通过《把农村改革引向深入》的决定，指出：在社会主义初级阶段，在商品经济的发展中，在一个较长的时期内，个体经济和少量的私营经济的存在是不可避免的。

这是改革开放以来，第一份提出允许私营经济存在的文件，是一次重要的突破。文件虽然讲的是农村，但其精神同样适合城市。

而这一年召开的党的十三大，明确提出了社会主义初级阶段的理论和党的基本路线，并制定了鼓励发展个体、私营经济的方针，它是公有制经济必要的和有益的补充。

1988年4月12日通过的《宪法修正案》，在第十一条增加规定：国家的允许私营经济在法律规定的范围内存在和发展，私营经济是社会主义公有制经济的补充。国家保护私营经济的合法的权益，对私营经济进行引导、监督和管理。

1988年6月15日，国务院发布了《中华人民共和国私营企业暂行条例》。这是自1950年后国家颁布的第二个私营企业条件。它从法律上肯定了私营经济在我国存在与发展的历史地位。

1988年的4月，中国企业界还发生了一件值得纪念的事情——中国企业家联合会、中国企业家协会等国家有关单位评选出第一届"全国优秀企业家"。这表明，企业家作为一个群体，已经受到中国社会各界的关注。

而此前一年的11月，《现代企业家》发表了一篇社评：《企业家是我们时代的英雄》。文章高亢地宣称："当代中国有一个可喜可贺的现象，这就是一支宏大的新型的社会主义企业家队伍正在崛起。他们是在改革的大潮中诞生的弄潮儿，是在商品经济的汪洋大海中锻炼出来的舵手。"

有"现代管理学之父"美誉的著名管理学家彼得·德鲁克，也在1987年发表了《创新与企业家精神》一文。文中，他对企业家如此定义："**企业家是那些愿意把变革视为机遇，并努力开拓的人**。"

如果以此为定义，那么当时崭露头角的刘永行兄弟，完全具备了"优秀企业家"所应有的素质。政策的大门已经轰然打开，接下来，是该刘永行兄弟用他们的实际行动来为自己"加冕"了。

刘永行 刘永好 首富长青

计划经济体制下的磨难

发现猪饲料的巨大市场

"价格这么贵，你为什么还要购买呢？"

1986 年 3 月 7 日，刘永好奔赴广东省考察饲料行业的情况。他惊讶地发现：对这些国外来的洋饲料，养猪的农民们表现出来的不是"义和团"似的排外情绪，还是趋之若鹜的渴盼！于是，刘永好主动找了一些当地农民做了一次市场调查。

农民这么回答："刚开始时，可不吓了一跳？五角钱一斤，天哪！猪吃的比人吃的大米还贵。后来听人家说合算，我也买了十斤，结果一试，你说怎么样？一斤全价饲料比三斤大麦还管用！从此我家的猪就开始吃全饲料，也真实惠，小猪长得像吹气似的。"

正大集团当时推出了全价猪饲料。这种饲料猪吃完后，毛色发亮、料肉比高、出栏也特别快。改革开放后，正大的全价猪饲料抢先登陆中国大陆，并在南方的一些省份先行推广。在广东，刘永好看到：过去曾经十分畅销的地方品牌饲料变得无人问津，而在另一边，购买全价猪饲料的人却彻夜排起了长队。更有甚者，有的地方对全价猪饲料实行计划分配，甚至还得送礼才能买得着。

要知道，千百年来，中国农民喂猪用的是青草、大麦和红苕，糖分绰绰有余而蛋白严重不足，别的营养成分更不用说了。所以，农民把仔猪育肥，一般要长达一年左右。

改革开放后，中国的饲料工业虽然有所发展，但相对国外先进的技术和工业体系来说，还是显得太过于滞后和缓慢，尤其是全价猪饲料，当时国内尚处在研制阶段。

大约从 20 世纪 80 年代开始，来自国外的全价猪饲料叩开了古老中国的大门，并长驱直入、跑马圈地，迅速向中国各个城镇渗透。原来农民养的生猪是一年出一次栏，而用了全价猪饲料后变成了一年出三次栏，这大大提高了农民的生产效率，让专业养猪成为一种可能。

全价猪饲料不仅从根本上动摇了我国延续了几千年的饲养方式和饲料结构，更是以摧枯拉朽之势冲垮了中国传统的饲料工业。

据统计，到 1990 年，全国兴建的中外合资饲料企业就有二三十家，几乎遍布了全国各大城市。在这一片热闹非凡的争购全价饲料的后面，是一家家国有或集体的饲料工厂减产、亏损、转产甚至倒闭。但早几年就开始从事鹌鹑饲料生产的刘永行兄弟觉得，属于他们的机会来了！

刘永行兄弟无疑是幸运的，因为他们在创业伊始，就幸运地撞上了全世界最广阔的、几乎是一片空白的中国市场；但刘永好兄弟同时又是不幸的，因为他们将要面对的是一个最糟糕的市场体系和计划经济机制。

在这样一个市场经济还没建立起来的国度内，如刘永行兄弟一样的中国民营企业家们，当然要经历九九八十一难的磨炼。

自己动手配饲料

第一"难"是生产技术的落后。

在所有改变生猪生长周期的饲料中，乳猪饲料是起决定因素的。但当时外商的这些乳猪饲料都是高度保密的，刘永行兄弟根本没办法得知这些配方。

"自己动手，丰衣足食。"但这句话说起来容易，做起来却很难。饲料的配方比中药的配方复杂得多——它没有一个具体的单子，而是一个动态

的平衡，比如要求蛋白质多少、淀粉多少，然后得到一个总的百分比，根据这个百分比再来衡量当地原料的价格，最后得出一个具体的配方，决定加多少玉米、多少鱼粉。在调配过程中，如果某种原料太贵，还得根据实际情况对原料进行调整、更换。

平衡是一个极为复杂的矩阵，刚开始研制的时候，刘永行兄弟估算了一下，这个矩阵中要变化的因素有100多种，而这100多个因素中每个因素的变化都会引起平衡的总变化，所以如果要一个一个都试的话，那试验总数将会是一个天文数字。这让刘永行兄弟有"猴子吃天，无从下口"的感觉。

当时国内的专家们，便是把这个矩阵中的每一个因素都变化了，然后再观察变化了的平衡对乳猪有什么样的影响？但刘永行兄弟却有一种火烧屁股的紧迫感——一方面是育新良种场急待进行了转型，一方面是洋饲料如野牛入屋般在中国大肆侵占地盘，他们根本耗不起这个漫长的试验时间。

"天地转，光阴迫。一万年太久，只争朝夕。"刘永行兄弟采取的是做减法：先把最主要的几个因素剔出来，确定它们的比例。然后，刘永行又找出大量的文献资料，大致确定了几个专家认为比较合理的比例，然后逐步把微量元素加进去，一个一个地进行试验。

为了早点得到最佳配方，刘永行夫妇和陈育新夫妇干脆住进了科研所里。在妻子的照顾之下，他们没日没夜地进行着研制工作。

如果说育新良种场在起步阶段是最耗体力的话，那么这个时期无疑是最伤脑筋的时候。刘永行一头钻进了各种各样的资料和书籍里面，平时连话都很少讲。他们还几乎跑遍了全国所有农业大学，一对一地向那些专家教授请教讨论。

刘永行兄弟投入试验的配方大概有10多批、每批5、6个。通过近2年的反复试验、筛选，1987年8月，他们终于找到了一个合适的配方，这就是"1号乳猪饲料"。

但光做试验也不行，还得对小猪进行实际的喂养观察。好在刘永行兄弟前期养殖鹌鹑的过程中，已经积累了千万财产，让他们有足够的实力来做这件事情。在接下来的两年时间里，刘永行兄弟先是投资200万元创办了希望科学研究所，然后又总共投入了400万元用于新型饲料的研制和开发。

在具体进行调配时，他们采取了"移花接木"的招术。新型饲料离不开两样东西：氨基酸和鱼粉。

当时，氨基酸在国内尚无工厂生产，但他们却得到一个消息：前几年省里进口了一批氨基酸原料，一直堆在仓库里无人问津。他们马上派上去把这批氨基酸买来，投入到试验中。

另外，国内厂家生产的鱼粉质量不过关，因此也一直依赖进口。刘永行大胆尝试，决定用一样含有丰富蛋白质的蚕蛹代替鱼粉。他还想到了用奶品公司的奶液下脚料及部分工业奶粉进行科学配方，来提高乳猪饲料消化率。

研制人员经过反复试验，终于找到了实现代替的完美配方，同时大大降低了成本，这让他们在日后与国外品牌拼价格战时有了充足的战略回旋余地。

饲料调配出来后，刘永行兄弟先进行了小范围的试验，自己的饲料送给古家村及附近几个村养猪的农民，效果果然不错；紧接着，他们买了几台小型混合机器，用手工配料，生产出了少量饲料，以半卖半送的价格卖给了农民。中等规模试验的效果一样好，农民纷纷来告诉他们，吃这种饲料的小猪长得非常快。

到这个时候，刘永行兄弟才长舒了一口气，知道自己成功了。

回避原罪：绝不行贿

第二"难"是某些地方官员的刁难。

原来在养鹌鹑时，刘永行兄弟曾在地方政府的支持之下征过一次地，总计13亩，用来建成一个养殖场及一个生产鹌鹑饲料的小车间。现在想大规模生产猪饲料，这点地方当然不够，于是他们向县政府提出再征一部分地用来建厂房。

在当时，土地还处于国家的严格控制之下，私营企业根本不可能有偿取得土地使用权。但当时育新良种场在当地已经很有名气，各级政府对他们很重视，再加之县委书记钟广林的大力支持，所以上一次特事特办地为他们批了地。这一次，钟广林一如既往地支持刘永行兄弟，在县委常委会上通过了他们的征地计划。

但出乎意料的是，这个计划到了县土地局都被卡住了，理由是私营企业征地没有用地计划。当时，县土地局直接归国家直管，他们的理由又很冠冕堂皇，所以县委也拿土地局莫奈其何。

经过打听，刘永行兄弟才知道真正的问题出在了哪里？这位县土地局局长在多个场合表示，育新良种场搞得这么大，却从来没有对土地局和他个人表示过一点意思。

他甚至扬言：只要犯在他手上，他是不会让刘永行兄弟的日子好过的。

刘永行兄弟觉得很委屈——他们办企业为当地的经济发展做出了巨大贡献，而且这个计划是得到县委批准的，即使县委书记也没得到过他们一根烟的好处，为什么这个县土地局的局长就敢明目张胆地阻挠了？

尽管有不少人劝说刘永行兄弟，放下姿态低一下头，向有关人员表示一下意思，事情就马上解决了。但他们四兄弟就是咽不下这口气，选择了坚韧的反抗。这自然让他们付出了巨大代价——征地一直拖了一年多都没有解决，这大大耽误了企业原定的发展计划进程。

　　1988 年的某天，为解决这个问题，新津县所有常委都到希望科研所开现场办公会议，但那个土地局局长就是不肯来。刘永行气得产在忍不住了，不禁在电话里对他破口大骂。自从，刘永行兄弟也断了征地的念头。

　　在万般无奈的情况之下，刘永行兄弟只好自断财路，把 10 万只价值数百万、每年能带来几十万纯利的种鹌鹑全部杀了，用这种腾笼换鸟的方法，把养殖场改建成了猪饲料生产车间。而企业发展所极需的土地问题，直到 20 世纪 90 年代，他们才在县政府的支持下通过边建设边报批的方式解决了。

　　"生存，还是毁灭？这是个值得考虑的问题。去忍受那狂暴的命运无情的摧残，还是挺身去反抗那无边的烦恼并把它扫一个干净？这两种行为，哪一种更高贵？"

　　这是莎士比亚戏剧中著名的"哈姆雷特难题"，而当时几乎所有的中国私营企业都面临这样的两难选择。对于很多私营企业家，权力寻租几乎是他们当时"自然而然"的选择，但他们一当踏入官商勾结的泥潭，便会越陷越深最后难以自拔。

　　刘永行兄弟的选择是：只走前门、不走后门，绝不行贿。作为一名商人，刘永行兄弟的作法无疑是最不经济划算的——他宁愿杀掉价值上百万的鹌鹑，也不愿意拿出这些鹌鹑价值的哪怕百分之一、千分之一去行贿。

　　刘永行兄弟的坚持与"犯傻"，让他们从创业一开始就避开了原罪的陷阱。当然，坚持原则的刘永行兄弟无疑是幸运者，因为更多的企业家因为自己的坚持原则而湮灭在了那些官场的深渊中。

计划经济体制的束缚

　　第三"难"是原料供应的难题。

做饲料的原料中，有些是属于统购统销的范畴，比如棉饼。当时四川的棉饼都是由外贸部门统一收购销往国外去的，一般的人根本买不到。刘永行兄弟派人四处打听，最后得知在德阳有一家粮食机械厂在收购棉花做加工业务。

希望饲料公司一位叫曾大姐的员工跑到这家粮机厂，找到他们经理提出要买棉饼。谁知道，经理一句话就把她给堵回来了："我们的棉饼全部都由德阳县外贸收购，你如果想要，就到外贸局批额度吧。"曾大姐又跑到外贸局，对方同样是不理不睬。

曾大姐不死心，又跑到粮机厂。在经过厂区时，她发现设备都停在那儿没有生产，而当时正是棉花收购的旺季。她又跑到仓库，看到里面堆积了大约有5、6吨棉饼。原来这是外贸的订货，要下个月才发，但对方的款子没到，棉机厂没钱去收购棉花，只得停厂待料。

曾大姐灵机一动，说我现在就付现金，把你们仓库里的棉饼先拉走，你们拿这钱再去收购棉花，马上生产一批棉饼再给外贸。

从商业角度来考虑，把闲置的设备利用起来，让资金多周转一次，也多赚一回钱，这无疑是天大的好事。但那位在计划经济的"温水"中浸泡得太久的国有企业经理人，觉得多干少干都是拿那些工资，他根本不愿意多找事惹麻烦。最后，在曾大姐软泡硬磨下，才好不容易买到了那批棉饼。

1988年第二次来华访问的诺贝尔经济学奖获得者米尔顿·弗里德曼，曾经这样问中国的导游：如何区分个体商店和国营商店？导游的回答很简单："在个体商店，他们是真的想把东西卖给你；在国营商店，他们无所谓，售货员就站在那里聊天也不想搭理你。"

希望公司在采购原料时，碰到的就是这种国营体制下的职员，他们的怠慢和无知让人怒火中烧却又无可奈何。

在僵硬的计划经济体制下，刘永行兄弟的饲料生意，受尽了类似的磨难。统购统销便是计划经济时代最典型的弊病。这种政策给整个商业环节和国民经济带来了非常负面的影响，在经营部门和生产部门造成了一大批"五保户"，也养成了"官僚衙门似"的经商习惯，严重扼杀了企业和职工的创新精神和主动意识。

生产部门只按上级的产值指标生产，而完全不顾市场的需求，于是，我们常常看到一种奇怪的现象：明明是市场极需的商品，但因为没有指令，工厂宁肯设备闲置也不愿意生产；而明明在仓库里堆积如山的滞销品，工厂却在按指标源源不断地生产出来。

这项满受非议的政策，从 20 世纪 80 年代开始逐渐取消，但直到 20 世纪 90 年代才彻底地消失。

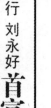

在市场竞争中学会多赢

发难正大饲料，挑战行业巨头

"如果你定一个高得离谱的目标，就算失败了，那你的失败也在任何人的成功之上。"

这是拍摄过《阿凡达》、《泰坦尼克号》等超级商业大片的美国著名导演卡梅隆的人生哲学。

刚刚踏入猪饲料业的刘氏兄弟，也与卡梅隆有着一样的做事哲学——他们根本没把国内其他的饲料厂商放在眼里，而是准备直接挑战行业第一大巨头正大集团。

蚍蜉撼大树，可笑不自量！这是一个在行内人士看来觉得很可笑的目标——正大集团由泰国华裔实业家谢易初、谢少飞兄弟创建于 1921 年，公

司从农作物种子的销售开始，逐步发展壮大，形成了由种子改良、种植业、饲料业、养殖业、农牧产品加工、食品销售、进出口贸易等组成的完整现代农牧产业链，成为世界现代农牧业产业化经营的典范。

从1979年在中国投资兴建第一家饲料厂之后，正大集团经过几年的时间，占据了中国饲料市场一半的份额，而且不久前才刚刚在四川投资了1个亿建厂。

但在战争中，势力悬殊的两方狭路相逢时往往勇者胜。

《史记·项羽本纪》中就记载了这样一则故事：项羽率领的楚军被秦军围困在黄河边。项羽下令，凿沉所有的船只、打破烧饭用的锅、烧掉自己的营房，而且只带三天干粮，以此表决一死战的决心。没有退路的楚军战士只得以一当十、奋力拼杀，最终大破秦军。

在向正大发起挑战时，刘永行兄弟用的便是项羽的"破釜沉舟"——他们把存栏的10万只鹌鹑全部宰杀，并且把几年来积累下来的一千万元全部作为赌注投了进去。

当然，如果有勇无谋也是徒劳。此时，擅长营销的刘永好，在与正大的竞争中发挥了巨大的作用。

正大集团的营销政策是高举高打，从1990年开始赞助了中央电视台的《正大综艺》栏目，在为中国千家万户家庭带来欢乐的同时，开创了中国电视综艺节目的全新模式。正是凭借这一节目，正大集团也随着"爱是正大无私的奉献"的口号而享誉神州大地。

但饲料是与千家万户农民密切相关的行业，出生于农村、对农民特别熟悉的刘永行兄弟，自然有一股"地头蛇"不惧"过江龙"的气势。

当时，正大饲料的广告词是："正大正大，威力特大"，而刘永好挖空心思想出了更加琅琅上口并极具蛊惑力的广告词："养猪希望富，希望来帮助"、"吃一斤，长一斤，希望牌乳猪饲料就是精"。

"希望牌"饲料一面世，刘永好马上带着印着广告语的小广告下了乡，亲自往每家农户的猪圈上张贴。但这样到处乱帖小广告，很快就引起了一些人的反感，说乱七八糟的全给撕了。

刘永好心生一计：把小广告画成门神样，这样农民们就不再反感了。另外，刘永好还因地制宜发明了"墙体广告"，在农村街道和房屋的墙上都刷满了宣传自己产品的标语。

文革期间，在中国农村形成了一个庞大的广播网络，改革开放后很长一段时期还没有废弃。刘永好发现，这个被农民称为"话匣子"的东西在农民心目中有很高的地位和信誉度，于是把这个网络有效利用了起来，让"养猪希望富，希望来帮助"的口号传遍了农村的每个角落。

当然，农民很实在，口号喊得再响，如果没见到实效，他们也不会买账。为了吸引养猪的农户，刘永好还推出了"先试验，见效后再付款"的方式——他们派出了众多小分队深入农村基层，在每个村培养一个希望饲料的养猪示范户，让他赚钱来说明问题。这样上千个经销点，在农村逐渐组成了一个渗透力极强的销售网络。

一切就绪后，刘永行兄弟吹响了向正大饲料进攻的总攻令。由于"希望"猪饲料质量并不比正大差，但每吨的价格却低了60元，迅速吸引了广大养猪农户的目光和购买热潮。"希望牌"饲料崛起速度之快、发展势头之猛，令打遍世界无数对手的正大集团始料不及。

正大集团仓促应战。一向以高价自居的"正大"饲料，每吨主动降价20元。"希望"饲料紧咬不放，也马上降价20元；"正大"饲料又推出了有奖销售，"希望"饲料步其后法，同样推出了有奖销售，而且宣称中奖比例更大。

1990年初，正大推出了"151饲料精"，希望饲料厂很快便推出了相似质量作用的产品——"希望精"。在推销"希望精"时，刘永好没有故伎重演再用直接降价手段，而是用每买两吨"希望牌"饲料就赠送两包"希望精"的促销手法。

这种当时新颖的促销手法，吸引了不少客户，一时间，"希望饲料"的销量迅速攀升。后来一盘算，"希望精"年产值达到了 2000 多万元，盈利 200 多万元，除去赠送的 70 万元，还盈利 130 万元。

背水一战，大获全胜

在双方拉锯战式地进行了几轮降价后，刘永行兄弟觉得，这样没完没了地降下去也不是办法，干脆破釜沉舟进行一次大决战。

他们算了一下，当时"希望饲料"还有 100 多元的利润空间，如果一步降到成本价，即使一分钱也不赚，凭希望公司的积累，也能支撑一年。1991 年春节，兄弟四个达到一致：直接降价 140 元！

其实当时刘永行兄弟心里也没有底，毕竟对手是一个有着 70 年历史的资金雄厚的跨国大公司。在此之前，兄弟们便商量好春节要去斐济度假，大决战打响后，他们几经考虑，决定还是按计划行事，因为坐在四川家里紧张也没有用。于是，除了留下陈育新在家镇守以外，其余三个兄弟都带着全家去了南太平洋的斐济群岛。

当时的通讯不是特别发达，兄弟三个也有意回避公司的事情，所以直到度完春节假期飞回成都双流机场时，他们仍然不知道这一番大决战究竟是"鹿死谁手"。

刘永言、刘永行、刘永好三人商量说，在回家的路上，去数一数从厂门口到新津县城的装载饲料的卡车数量——如果卡车多，就说明"希望饲料"的市场扩大了，大决战取得了胜利；如果卡车少，那问题就严重了，回去就准备如何收拾残局。

结果，他们在那一条路上一数，不禁相视而笑——仅仅 10 多分钟，就开过去了 10 多辆装载饲料的卡车，这说明"希望饲料"的市场扩大了一倍还不止。他们赌赢了！

后来刘永行分析:"正大"是一个有历史的国际知名品牌,而"希望"是一个成立才2年的新品牌,就全国销量而言,"正大"自然要大得多。但"正大"的优势也可能转化为他们的劣势——因为他们的销售要面向全国,如果在成都一地降价,必然要影响到他们全国市场,长此以往势必会导致他们全中国的价格体系崩溃;另外,按当时的降价幅度,已经在"正大"的成本线以下,价格战打得越久他们损失越大。但"希望饲料"因为成本控制得好,即使降价后也尚在成本线之上。

经过几轮的价格战,无奈之下,"正大"成都公司的原料部经理主动找到刘永行兄弟,提出建议:四川的市场很大,我们不应该打价格战,而是应该联手共同开发市场。双方最终达成了协议——"希望"以成都市场为主,"正大"以成都之外的市场为主。

在谈的过程中,四兄弟都不露声色,但内心深处却惊喜若狂——"希望"这棵小树苗在与"正大"这棵参天大树之间的竞争过程中,争得了自己应该有的一片阳光。

刘永好日后总结说:"我认为企业家就像军事家一样,没有一个企业生来就是大企业,不要看到人家企业的血统高贵资本雄厚,就妄自菲薄,以弱胜强以少胜多才是本事,没有这个本事去做什么企业家呢?"

价格战极大地刺激了农民的购买欲望:新津希望饲料厂1989年销量是5000吨,1990年销量便激增到6万吨、产值6000万元、实现利税400万,1991年销量达到10万吨、产值突破亿元大关,实现利税1000万元。在竞争中大获全胜的"希望"牌饲料迅速遍及巴山蜀水,稳居西南地区的龙头地位。

值得一提的是,也是在20世纪90年代初,在中国的家电行业也爆发了更为激烈的价格战。1989年,长虹率先打响了价格战的第一枪,其董事长倪润峰有"价格屠夫"之称。通过这次价格战,长虹开始走向全国;

1992 年，广东一隅的 TCL 又成为中国家电国产品牌的"敢死队长"。

当时，北京各大商场的黄金展台都被日本品牌占领，TCL 董事长李东生却率先"发难"，与商场签订"保底协议"抢占有利位置，然后以低于日本彩电 2/3 的价格开战……

短短几年时间内，中国家电品牌全线出击。到 1996 年底，长虹、康佳、TCL、熊猫等国产品牌靠价格战击败了早先靠品牌优势而获得先机的跨国品牌，抢占了 71.1% 的市场份额。

但中国的家电本土品牌并没有抓住这次大好时机进行核心技术的开发，而是陷入了更为惨烈的价格内战之中。正是从 1995 年之后，家电业产销量在不断扩大，但利润率却直线下降，从原来惊人的 30% 以上直至降到薄如刀片的 1%～3%。

但"希望饲料"与"正大饲料"的大规模价格战，因为双方的理智，最终造成了一种多赢的局面——虽然被"希望饲料"抢占了不少市场份额，但"正大饲料"在成都地区的销售额还是一直在增长。

更难能可贵的是，这两家饲料厂不仅很好的促进了技术的改进，降低了价格，还启动了整个饲料市场向"质量、品种、效益"的良性循环方向演进。在这两家大饲料厂的推动下，其他原先档次与质量不过关的众多小饲料厂家，也纷纷改进生产工艺和配方，使销售额成倍增长。

当然，受益最大的是养猪的农户。正大集团和希望公司两家公司共计高达上千万元的降价让利，让更多的农民买得起全价猪饲料，使整个四川地区的养殖业得以低成本的快速扩张。由于两家公司的全价饲料在四川的推广应用，使得整个 20 世纪 90 年代四川生猪及其肉制品的成本和价格在全国是最低的，在全国和海外的销量也是最大的。

中国饲料行业与家电行业几乎在同一时间爆发的两场大规模价格战，最终却出现了截然不同的结局：一种是多赢，一种多输。

究其原因，主要有两点：

首先，希望公司与正大集团都是私营企业，再怎么打价格战，都有一个底线，那就是必须有一定的利润空间。而家电行业那些本土品牌的公司，大多是国有或集体的企业，抢占市场份额成为首要的目的，甚至可以不顾一切地牺牲利润；

其次，希望公司从一开始就不顾一切地把核心技术这块硬骨头啃了下来，让他们站在了整个产业链的上游，这让它有足够的资本立于不败之地。而一直没有自己的核心技术，正是整个中国家电本土品牌陷入困境的根本原因。

竞争是一把双刃剑。从这两个行业的竞争所导致的不同结果可以看出，有效、有序的竞争是多么重要。

竞争的结果或目的无非有三种情况：

一是为了自身的生存；二是一方消灭另一方；三是自身与环境（包括竞争对手）的共存。

很明显，前两种是不可取的，因为单纯是为了自身生存或消灭对手，于是不顾对方的死活，采取一切手段进行恶性竞争，只可能是两败俱伤，这是一种非合作的"零和博弈"。

"希望"四兄弟声名鹊起

经过多年的拼搏，"希望"终于在竞争中开辟了坚实的根据地，把民族饲料工业的牌子打出来了，有了"中华饲料王"的美誉。

希望集团打出名声来了，刘永行兄弟也成为全国农民瞩目的人物。四个从农村走出后再打回老家来的川中汉子，把他们的理想抱负化作了改革的累累硕果，变成了炫人眼目的金奖——"希望牌"饲料获得了全国"七五"星火成果博览会金奖；刘永行被国家科委授予了全国

"星火计划"企业家的光荣称号；不久他还被选为中国饲料协会的副会长……

媒体也蜂拥而来：1990 年 8 月 4 日，《科技日报》刊载署名文章《希望之路——兄弟四个大学生放弃公职到农村创业的多层涵义》，刘氏兄弟第一次以整体形象出现在公众面前；1990 年 10 月，中央电视台在周末黄金时间播放了名为"希望之路"的专题报道。

也许是由于中国在近代受到了太多外国人的欺负，在军事和经济上吃了太多的败仗，所以在改革开放初期，人们一说到外资公司进入中国，潜意识中总是盼望有中国的公司能把他们打得落花流水。

而在饲料行业的这一场竞争中，正大集团在全国取得了节节胜利，大量的国营饲料厂在正大的竞争下渐渐处于困境之中，但唯独四川的一家私营企业能后来居上，打败不可一世的正大集团，这简直就是一个奇迹，自然引起了社会各界和政府的注意。

"希望饲料"在中国打败了不可一世的正大集团，因此闻名遐迩并引起了国际同行们的热切关注。一些国家的饲料研究专家和专门机构都对中国的希望集团产生了浓厚兴趣，希望与之建立联系和交流——美国动物营养学教授罗阿瑟，以及美国饲料谷物协会技术主任胡孟达，专程到希望集团参观并进行技术交流；加拿大的一个饲料考察团在希望饲料厂参观后，惊叹着："占地这么少，而速度这么快，这在国际上也是第一流的！"。

国际家畜协会主席 HR·马恩梅先生特邀刘永行兄弟赴前苏联参加世界第一届鹌鹑学术年会。在这次会议上，刘永行上台作了《关于鹌鹑育种以及中国鹌鹑养殖业现状及技术情况》、《关于猪饲料、鹌鹑家畜饲料的科学报告》的讲话。

在短短的十数年时间内，希望集团就做到了亚洲第二大饲料产销企业，仅次于泰国正大集团。在上海的一次《中国货币》企业家峰会上，泰国首富、正大集团总裁谢国民说："中国有太多的值得敬佩的企业家，我特别佩服刘永行和王石，我在泰国经常听到他们的故事。"坐在不远处的刘永行听到此言连忙谦虚地称"谢谢"。

差点夭折于"倒春寒"

突如其来的"倒春寒"

"钟书记，我们想把厂子捐赠给国家！"

1990年寒冬的某天，刘永行四兄弟手拿着签好字的捐赠书，一起来到新津县委找到钟广林。

此前的一天晚上，他们经过一个通宵的思考和斟酌，最后做出了一个痛苦的——把自己辛苦创业8年赚来的总共2000万资产的企业无偿捐赠国家。这位一直在幕后支持刘永行兄弟企业发展的县委书记，看完他们递过来的捐赠书，半天说不出话来。

沉思一会后，钟书记满脸凝重地对他们说："饲料厂是你们一手创办起来的好企业，我看谁也拿不走，国家不会不保护这样的企业。至于你们的顾虑和要求，不是我一个人能说了算的，我们要开会，县委、县政府会给你们一个明确的答复。"

临别时，他还叮嘱："你们不要惊慌，搞好厂里的生产要紧。不要声张，至于现在有什么变化，咱们先看看，但我相信国家会一天天发展好起来的，我支持你们。"

"要让中国沉睡！"拿破仑曾如此告诫道。但《约旦时报》在1986年打

趣地评论道："但是近来的事件表明，中国人不仅醒来了，而且可能得了严重的失眠症。"

中国改革开放的速度之快确实出乎所有人意料。出生于中国并在中国生活了 15 年之久的美国学者鲍大可，是一位典型的"中国通"。1988 年，鲍大可发表对中国改革开放的看法。他认为：中国 10 年的改革的步子之快是始料不及的，但同时也带来了不少社会问题。

比如老百姓的期望值变得更高，收入差距也越来越大，地区之间也如此，这都给进一步的改革带来了困难。日益严重的官僚腐败，也是改革滋生的一个大问题。老百姓不能确信，今后的改革是否还会继续给他们带来好处，因此，假若中国政府不处理好来自底层的情绪骚动，整个社会就可能发生动乱。

鲍大可的观察和预测很准确。事实上，仅仅在一年之后，他所担心的事情就发生了。

1989 年，对中国来说是一个政治紧张、经济疲软的年份。通货膨胀、官员腐败、民工热潮等诸多难题都在这一年加速发酵。因为前苏联和东欧等社会主义国家政局的持续恶化，让国内一些人开始担心：如野草般疯长的私营经济也会让社会主义中国"变色"！此种担忧最终导致了中国经济出现了"倒春寒"现象。

1990 年 2 月 22 日，北京一家报纸发表了一篇有来头的长文《关于反对资产阶级自由化》。文章提到一个问题：搞资产阶级自由化的人，有没有经济上的根源？有没有一种经济上的力量支持他们？

文章直接点破：私营企业和个体户就是资产阶级自由化的经济根源。文章还厉声质问：推行资本主义的改革还是推行社会主义的改革？资本主义的改革，说到底，是取消公有制实现私有化，取消计划经济实现市场化。

其后，关于姓"社"姓"资"的争议日益激烈。"左"的思潮开始重新抬头，甚至有人把"以阶级斗争为纲"的论调又提了出来。在这种思潮的影响之下，自1981年以来规模和力度最大的、针对私营企业的整顿运动开始了。整顿首先从严厉打击私营经济偷税漏税开始，然后又对国营体系外的新兴企业进行清肃，其中家电业被视为"通货膨胀、市场失控"的罪魁祸首。

"金钱诚可贵，生命价更高。"26岁的千万富翁李书福，突然发现自己在那段时间变成了人人喊打的"过街老鼠"。惊慌失措之间，他匆匆把年销售额已达4000多万元的北极花冰箱厂捐赠给了当地的乡政府，然后只身一人跑到深圳读书去了。

在这股"倒春寒"中，年广久以贪污、挪用公款罪被捕入狱；王廷江、蒋锡培等被"吓坏"的私营企业家，纷纷把自己的企业送给当地政府，以求退财消灾；而在民间经济发达的广东、福建等省，则出现了大量私营企业主携款外逃的高潮……

在巨大的压力和紧张的社会气氛之下，一时间，个体户和私营企业主很多人都歇业了。据《中华人民共和国经济史》数据显示：到1989年下半年，全国登记注册的个体户和从业人员分别比1988年上半年下降了15%和15.7%。到1989年底，私营企业从1988年的20万家减少到9.06家。1990年几乎没有增加。1991年才稍有恢复，为10.7万家。

"从明天起，做一个幸福的人/喂马，劈柴，周游世界/从明天起，关心粮食和蔬菜/我有一所房子，面朝大海、春暖花开！"1989年1月13日，诗人海子在自杀的两个月前，写出了自己最具影响力的诗句。但幻想中的温暖抵抗不了现实中的冷酷，感性的诗人和理性的商人在这一年一起陷入了绝望之中。

幸运的四兄弟

正积蓄力量准备和国外的饲料巨头决一"死战"的刘永行兄弟，突然

之间感觉到了一股紧张的气氛。他们发现，不久前来视察的各级领导和采访的媒体记者还络绎不绝，但突然之间不见了踪影。

一天，几个员工跑来向董事长刘永行汇报，有一家与希望集团竞争失利、陷入困境的国有饲料企业，在自家厂门口贴出一幅大标语："坚决坚持社会主义方向"！这显然是冲着他们来的。

当时外面传言，雇工 7 个人以上的私营企业是整顿的重点对象，而希望饲料厂此时已经雇用了 100 多个农民，自然是重点中的重点了。有朋友说他们："赶快收手吧，要不然来次再次'解放'，把你们弄去枪毙都不知道怎么回事。"

"我们怎么就不是社会主义方向了呢？"刘永行很苦闷。他指着古家村刚刚由希望饲料公司出钱铺成的一条 1500 米长的水泥路以及村里跟着他们一起致富的农民新盖起的小楼说，"这难道还不是社会主义方向吗？"

但事态似乎越来越严重。隔了几天，成都市一位领导来到新津饲料厂，和以往的领导视察不一样，这次他是特意来查看公司缴税情况的。看完后，这位领导露出了不悦之色，非常不满意地责问县里负责人："希望饲料厂怎么只缴这么一点税？他们是不是在逃税？你们打算怎么处理？"

兄弟四个感到了巨大的压力！性急的陈育新马上拿着支票跑到县税务局，对局长说："我们的税金都是按你们的要求缴的，缴税时双方都是确认无讹的。现在如果说我们逃税的话，那我就把支票放在你们税务局，你们认为要缴多少就直接填支票好了，这样我们总不会再有逃税的可能了吧……"

这位局长对希望饲料厂的税收情况很熟悉，自然不肯收这本支票。他安慰道："这只是领导的一面之辞，他也没有经过调查，你们的税帐是清楚的，不用担心。"

在税收上没找出太大的毛病，但过不多久，又有人直接找上门来发话了："你们的经营违背了国家的有关法律，雇用的工人多达 100 多个人，属于剥削。按照有关规定，经研究决定关掉希望饲料公司。"

刘永行兄弟感到十分震惊，也百思不得其解——他们带领农民致富，给100多个人安排了就业机会，也为国家交纳了大笔税收，并且击败了洋饲料品牌，为什么对这样的企业说关就要关掉了？

自小就对政治充满畏惧的刘永行兄弟，知道个人微薄的力量在强大的国家运动面前，不过是螳臂挡车。留得青山在，不怕没柴烧！他们最终决定，还是把企业无偿交给国家，只要不关门并继续让他们经营就好。

在一片风声鹤唳之中，传来了一个让他们惊喜万分的答复："国家不缺这点钱，国有企业多得很，你们创下的企业还是归你们所有，由你们经营。希望饲料公司在你们手里经营比交给国家经营好，增值更快，这样于国于民都有利。"

1991年底，正是姓"社"姓"资"的争论到了最尖锐的时候，成都人大委员会主任何郝炬来希望视察。随行的新华记者对希望公司与正大集团的竞争表示了极大兴趣，在详细采访了解后，回去写了一篇文章《四兄弟创造"希望"敢竞争超过"正大"》。1991年12月8日，新华社《内参选编》刊发了这篇文章，立即在全国各级领导层中产生了重大影响。

另外，香港《资本家》杂志、英国BBC电台及《世界日报》、《星马日报》、《天天日报》、《南华早报》、《联合报》等都以惊诧的笔调报道了"希望"这颗突然升起的希望之星。

后来有人分析说，当时政府这样处理，可能和希望公司已经形成的影响力有关——经过刘永行四兄弟几年的努力，希望公司已经成为中国私营企业中的一面旗帜，在国内外都有了一定的知名度，如果处置不当，可能在全国产生爆炸性的影响，也会在国际上引起不好的反响。

刘永行兄弟一方面感谢媒体在需要的时候伸出了援手，一方面也感到特别心酸，因为私营企业在当时没有得到应有的地位。

2004年，有记者这样问刘永言："希望集团哪个阶段最困难？"

刘永言仍心有余悸地说："1990 年最困难！当时有人要清算私营企业主，我们不得不把全部财产 2000 万捐献给国家，都签好字送到县委，结果没有批。如果批了，希望集团可能就不存在了，我们兄弟的命运就是另外一回事了。"

南巡讲话驱散改革阴霾

开始局部性扩张

"二哥，二哥！你快看看这篇文章。"

1992 年 4 月的一天，刘永好拿着一张报纸，兴冲冲地走进了二哥刘永行的办公室。刘永行一看，那篇文章的题目是：《东方风来满眼春》。

一直负责营销和对外宣传、接待工作的刘永好，对政治风向的嗅觉特别灵敏。他兴奋地说："看来政策要变，我们大发展的时候真的要来了！"

当时，刘永行兄弟正碰上了一件特烦恼的事情——1991 年，四川内江的东兴饲料厂的厂长就主动找上门来，希望与他们合资。此之前的 2 年时间，这个饲料厂因为激烈的竞争陷入巨亏之中，最后连工资都发不出来了。但他们在 80 年代末刚刚改造完成一条不错的生产线，却让刘永行兄弟十分满意。

在整个 20 世纪 80 年代中后期，国营企业的改革一直是政府的心头病。从 1984 年起，各项改革措施年年花样翻新，从利改税、承包制、政企分开，到优化组合、股份制、租赁制，药方开出了一帖又一帖，却罕有成效。

在国家诸多政策倾斜和大量资金注入之下，国企仍然面临着生产回升缓慢、效益下降、亏损翻番的惨淡局面。而到了 20 世纪 90 年代初期，此时的国营企业改革再也没有原来那种"一改就灵"、"一包就活"的意气风发，更多的时候，它带有一种悲壮而无奈的气息。

此时，国企只得低下高贵的头颅，与生机勃勃的私营企业或乡镇企业进行联营合作成为一种无奈之举。

各取所需的双方迅速达到一致：东兴饲料厂把他们的固定资产、原材料和国有土地的使用权一次性有偿转让给希望公司，而职工则以借用的方式保留，由希望公司来安排和管理。

但是这个方案在报批时，却遭到了内江市粮食系统领导的断然否定。

最主要的原因，是当时对于姓"社"姓"资"的争论正是异常激烈的时候，地方官员自然对私营企业充满了忌讳与警惕；其次，当时另外有一家外资企业也盯上了东兴饲料厂，虽然他们的报价比希望公司的要低，但是地方官员认为，引进外资可以当作一项政绩来上报，同时外资还能享受很多优惠政策。

为此事，原来的厂长和职工很是不满，厂长甚至为此辞职。此事在四川引起了巨大震动，新华社的《经济参考报》还专门为此发了信息，质问"为何宁与外商，不与国人？"

其实早在 1991 年 8 月 10 日，刘永行兄弟就在成都注册成立了"成都希望有限公司"，陈育新出任董事长兼总经理。1991 年底，希望公司的发展超出了刘永行兄弟的预期，销售额首次突破了 1 亿元大关，同时完成利税 1000 万元。

当时，他们在新津建立的两条饲料生产线已经是满负荷运转，但仍跟不上市场的需求。在工厂的门口，彻夜排队等待拉货的汽车蜿蜒排成长龙，最长的竟然要等上 28 天。

发展现状逼着他们开始考虑一系列问题：**是安于现状还是进一步扩张？以什么样的形式扩张？是在新津继续上第三条生产线还是到外地去开**

厂？是专注于饲料生产还是进行多元化投资？

尽管兄弟四个有一定分歧，但他们最终还是达到一致意见：把新津的饲料生意复制到外地去。考虑到当时地方保护主义特别严重，他们决定先在四川省境内试试。

先易再难，第一站选择了重庆。重庆希望公司一共投入 1300 万元，占地 42 亩，设计年生产能力 10 万吨的建设工程，从选点、审批、征地、设计到施工建设最后竣工验收，总共只花了 5 个月。重庆市的一个领导来看了后，夸奖他们的建设速度是一个奇迹。

重庆希望公司刚成立的时候，总共只有 30 个人。干部们和仅有的几个销售人员一起背起饲料下乡，用原来已经取得成功的那一套销售方式开始进行推广，结果在川东一下子形成了"希望饲料"的热潮，当年就在当地市场取得了销量第一的成绩。第一年重庆希望公司的利润就达到了 1000 万元，基本上收回了投资。

重庆希望公司顺利进行的同时，刘永行兄弟又开始在四川境内寻找其他投资的机会，后来确定了绵阳希望项目。重庆和绵阳两个地方都是希望公司的独资项目。虽然重庆和绵阳两个项目的建设速度快得赶上了火车，但仍然跟不上饲料行业如火箭般的发展速度。

而当时，在全国各地，国营饲料厂因为在与正大集团之类的外资企业的竞争中纷纷败下阵来，不少企业陷入了困境，这让刘永行兄弟产生了靠兼并国企来加快自己发展的想法。但出乎意料的是，这种合资兼并国企的设想却在刚迈出第一步时便遭遇了重大挫折。

时势造就英雄

"从内心的最深处来说，我对邓小平充满了尊敬。可以说，我的人生中每一次重大的转折，都与他所推行的政策有关。"刘永行曾经如此深情地感叹道。此言不虚，刘永行兄弟的创业历程，几乎成为了改革开放后实施的相关重大政策的最好和最鲜活的注脚。

"天时人事日相催，冬至阳生春又来。"1992年，中国改革开放在经过短暂的停滞后，又进入一个新的发展阶断。

在《中国30年——人类社会一次伟大变迁》一书中，作者库恩如此写道："邓小平始终渴望中国能够稳步走上发展壮大之路。他对'天安门事件'后由于保守者影响而放慢改革步伐很不满意。1992年初，这位88岁高龄的领导人决定把问题摆到台面上来……他深知为了建成一个与世界强国平起平坐的强大中国，必须迅猛扩大它的经济基础，为经济注入新的活力。"

1992年1月18日，邓小平开始了他的第二次"南巡"。与1984年第一次"南巡"的相对谨慎相比，这一次邓公热情洋溢地称赞了特区经济发展所取得的成绩，并提出"发展才是硬道理"、"基本路线要坚持一百年"等旗帜鲜明的观点。

针对一段时间来姓"社"姓"资"的争论横加干扰，造成改革开放难以开拓新的局面的现状，邓小平说："改革开放迈不开步子，不敢闯，说来说去就是怕资本主义的东西多了，走了资本主义的道路。要害是姓'资'还是姓'社'的问题，判断的标准，应该主要看是否有利于发展社会主义社会的生产力，是否有利于增强社会主义国家的综合实力，是否有利于提高人民的生活水平。"

这"三个有利于"的标准，一下子驱散了姓"社"姓"资"的争议造成的阴霾。

邓小平南方谈话后，国务院把那些年颁发的约束人们经商行为的文件都找了出来，不是废止就是修改，共计有400多份。风气既开，各地群起响应中南海的风气，几乎把所有的禁令都取消了。

正如其后两会期间刊发的长篇通讯《东方风来满眼春》的标题所渲染

的一样，全国又掀起了一股新的下海经商热。当年，全国房地产公司增加了 10 倍，贸易公司增加了 100 倍。仅北京一地，每个月新开的公司便以 2000 家的速度递增，以至于半年后，全市库存的工商执照全部用完，只得紧急向天津市调运一万个救急。

《人民日报》甚至在当年发表了一篇题为《要发财，忙起来》的文章，人们不再回避"钱"字，"恭喜发财"成了见面问候的口头禅。

1992 年的下海潮，还有一个重要的特点，就是官员和知识分子下海创业的增多。据国家人事部统计，1992 年辞官下海者有 12 万人，不辞官却又投身商业的人超过 1000 万，另外还有数以百万计的教师、学生和科技人员在经商。他们从人才、资源等各方面大大加强了个体、私营企业的实力，再加上政策不断开放，个体、私营企业迅速成长为能够左右工商界的一股巨大力量。

而在邓小平南巡的 8 个月后，1992 年 10 月 12 日，党的第十四次全国代表大会在京召开。十四大报告明确提出：在所有制结构上，以公有制包括全民所有制和集体所有制经济为主体，个体经济、私营经济、外贸经济为补充、多种经济成分长期共同发展，不同经济成分还可以自愿实行多种形式的联合经营。

这份报告对私营经济有两个突破：一个是私营经济不再纯粹是配角，而是和主角们一起"共同发展"；二个是公与私互通、可以"联合经营"——而此之前两者是泾渭分明、水火不容的。

十四大结束之后的 1993 年 3 月 29 日，第八届全国人民代表大会第一次会议通过了宪法修正案，将社会主义市场经济写入宪法，实现了新的突破。

正是当时一系列的利好政策和日益宽松的社会环境，让希望公司有希望踏上了全国扩张的道路。

刘永行曾这样说："我们是幸运的，希望公司是幸运的。在 1992 年，这种幸运又一次照顾到了我们。正当我们想要开始在全国范围内扩张自己事业的时候，邓先生的南巡讲话发表了，这直接促使了我们希望集团在全国的扩张。"

借助天时进行全国扩张

"经营企业"和"杂交组合"

"谋事在人，成事在天。天不助吾，不可强也！"公元 234 年，一直心怀"兴复汉室"壮志的诸葛亮，在出川对魏国发动最后一次北伐时却功败垂成，不禁如此仰天长叹。

而在诸葛亮饮恨殒命的 1758 年之后，雄霸川内的刘永行兄弟也开始酝酿谋划逐鹿中原的大计。从小就熟悉三国故事的四兄弟，自然不会轻易重蹈诸葛亮的覆辙。他们清醒地知道，有利于自己的"天势"已经来了——那就是邓小平南巡讲话后再次激荡起来的强劲的改革风潮。

位处中原腹地的河南省浚县，县领导早在报纸上看到过希望公司的报道，早就有与他们合作的想法。但在 1992 年之前，他们觉得时机一直没有成熟。等邓小平南巡讲话的文件一传达，他们立即赶到成都找到刘永行兄弟，提出在当地合办饲料厂的建议。

双方达成协议：双方总资本 300 万，希望公司出 93 万，浚县政府以 42 亩土地作价 100 余万，希望公司的技术和品牌占 25％的无形资产。这种合作方式，成为希望公司出川以后的建厂合作模式。

在当地政府的大力支持之下，这家名为中原希望的公司当年盈利就超过了 100 万，把投资建厂的钱全部赚了回来。

在这一阶段的摸索试验过程中，刘永行兄弟形成了企业经营管理的两个重要理论：一个是从"企业经营"提升到"经营企业"的新高度；一个是"杂交组合"理论。

杂交，在《辞海》上是指遗传性不同的生物体通过交配，使优良性状结合于新个体的过程。杂交育种在农业上广泛应用，杂交水稻、杂交猪都显示出比母体、父体更为突出的优势。深知育种学的刘氏兄弟，把杂交从生物学引到社会学、经济学领域，就是将国有企业雄厚的固定资产、购销渠道、人缘关系及技术管理人才，同私人企业适应市场经济的经验、机制、商标和资金，组合进新的企业里。

刘永好这样总结："这姓公的三大优势同姓私的四大优势'杂交'在一体，就不是叠加效应，而是惊人的指数效应了。"

从 1991 年开始掀起了国营企业的"生死讨论"，越来越多的学者和官员主张，对半死不活的国企不如直接让其"安乐死"、"红白喜事一起办"。1993 年，朱镕基发动了"四大战役"：清理三角债、汇率改革、税制改革和国企改革。

其中，国企改革的重点是"抓大放小"——政府将主抓那些有成长潜力、具备资源优势的大型企业及盈利能力强的产业，而将其他为数众多的中小企业全部赶往市场，任其自寻生路。正是在这种改革的思路下，才有了山东诸城"陈卖光"之类的地方官员。

据统计，当时有 32 万家国有企业，列为大中型企业的有 1.4 万家，其余都是被"分食"的对象。而对私人资本和国外资本来说，这也意味着，一场即将绵延 10 多年的资本盛宴已经悄然拉开序幕。据学者仲大军在 2005 年的一次演讲中估计，大约有 4、5 万亿元的国有资产通过改制向社会出售，转变为私人资本和改制成本。

而此时，经营饲料让刘永行兄弟从产业链的下游上升到产业链的上游，市场空间骤然增大，他们拥有的数条饲料生产线，有如印钞机一般，为他们带来了滚滚财源。

从 1989 年到 1993 年，刘永行兄弟通过饲料企业的生产经营，净资产已经从 1000 万元迅速膨胀到 1 亿元。完成了原始积累的刘永行兄弟，挟带着雄厚的资金实力、丰富的经营管理经验、良好的声誉和品牌效应，精神百倍地也投入到了这场资本盛宴之中。

1993 年初，刘永行兄弟成立了希望集团公司，由老大刘永言任董事会主席、老二刘永行任董事长、老三陈育新任总经理、老四刘永好任总裁兼法人代表。1994 年 3 月 15 日，希望集团成为首家在国家工商局注册的私营企业集团。希望集团的诞生给刘氏兄弟的事业发展带来了无限生机。

在当时，私营企业成立集团公司，是闻所未闻、前所未有的。翻遍之前所有政策，既没有提倡也没有反对，这与他们在 1982 年申请创办电子厂的情况一模一样。但改革开放已经进行了 10 年之久，当时的社会已经非此即彼的二元思维逻辑，不再把政策提倡与反对之间的宽阔地带视为禁区，而是放手让人在此从事多种创造性的试验，让实践冲破束缚。

刘永行 刘永好
首富长青

全国性布局扩张

"一个企业通过兼并其他竞争对手的途径成为巨型企业，是现代经济史上的一个突出现象。没有哪一个西方大公司不是通过某种程度、某种方式的兼并而成长起来的，几乎没有一家大公司主要是靠内部扩张成长起来的。"

这是美国"信息经济学"和"管制经济学"的创始人乔治·斯蒂格勒的名言。刘永行兄弟在全国的扩张证明了这一点。他们走出四川，先后在上海、江西、安徽、云南、内蒙古等 20 几个省、市、自治区开展国有、集体、外资企业的广泛合作，3 年时间之内就复制了 27 家企业，迅速开拓了全国市场。其中，希望集团在上海市场的拓展，可谓经典之作。

美国哈德逊研究所的学者曾经预言：同珠江三角洲比，中国的长江三角洲对全国经济的辐射和带动作用要大得多。在未来的 5 年到 10 年内，以上海为中心的长江流域，将是世界经济增长率最高的地区。

而中国改革开放的总设计师邓小平也曾说："上海人素质好、条件优越。我的一个大失误就是搞四个经济特区时没有加上上海。要不然，现在的长江流域就大不一样了。"

为了弥补这个遗憾，国家决定启动浦东开发的战略决策。1990 年 4 月18 日，时任国务院总理的李鹏在上海宣布，中国政府决定开发开放浦东。这一决定，也把开发浦东从地方战略构想提升为国家重大战略决策，从此引来了世界的目光。

其实，刘永行兄弟的眼睛早就盯上了上海，但在 1992 年之前，饲料行业对私营企业是一个禁区——上海一直规定饲料厂要向养殖户发放饲料票，但只有国营企业和外资企业才能从政府获得饲料票的计划。1992 年初的一天，刘永行从报纸上看到一条小消息：上海宣布取消饲料凭票供应制度。他们觉得，时机终于来了，于是马不停蹄地奔赴上海开拓市场。

但在全国信心满满地进行扩张的刘永行兄弟，却在上海遭遇了意外。希望集团位于上海马陆的饲料厂，自 1993 年 3 月份投产一直到 6 月份，饲料的销量不尽人意，几乎是销不掉。

一天晚上，那个厂的总经理急得睡不着觉，于是在深夜 12 点钟给刘永行打电话诉苦求救。

刘永行问他："为什么别的地方希望饲料都销得很好，而到了上海就不行呢？"他说："因为我们是四川人啊。上海人觉得四川人都是来这边打工的，没有听说是来当老板开厂的，人家对我们的东西信不过……"

这样说来说去一直说到凌晨四、五点钟，刘永行有点生气了，就对他说："那么我们回到最根本的事情上来说，你那里的饲料有没有做过针对性试验，能不能帮农民赚钱？"

在得到肯定的答复后，刘永行果断下达指令："他们不买我们就送！让他们看看我们的饲料能不能帮他们赚钱？我就不信这么好的东西他们会看不到效果。"

想不到的是，当时带有一时情绪的指令，却很快使上海的销售局面打开了。因为当地农民拿着希望集团送的饲料回到家里喂猪，发现其性价比是所有饲料中最好的，于是回头客越来越多。

第一年，合资的一方上海市嘉定县马陆镇就收回全部 200 万的投资，并分利 400 万；希望集团除了收回 1000 万的投资以外，还盈利 1000 万元。于是刘永行乘胜追击，第二年又在上海市浦东投资 1000 万建立了第二个饲料厂。

希望集团又在马陆镇扩建，占地达 3000 亩。1993 年 7 月 24 日，当时的中共中央政治局委员、上海市委书记吴邦国视察马陆镇时，并题写了"上海希望私营经济城"。上海市的领导思想十分开放，考虑到本埠没有一家大型的私营企业，因而很欢迎希望集团来沪放样、造势。正是因为地方政府官员的热情邀请和大力支持，才让刘永行于 1999 年将自己的东方希望集团总部迁往上海浦东。

希望集团在上海取得的巨大成功，在全国引起了震动。全国各地寻求合作的人纷至沓来。其中最典型、收获最大的，就是刘永行与刘永好在 1993 年 5 月进行的"中南七日行"。

"你们是希望集团总裁和董事长吗？这是我们粮食局局长，有事与您协商。"1992 年 5 月 14 日，希望集团董事长刘永行和总裁刘永好受武汉和南昌两家国营饲料厂之约，正乘飞机经湘入赣准备前去洽谈合资事宜。但他们在长沙刚下飞机时，便被早已等候在机场的湖南省汨罗市粮食局局长中途"拦截"了。

原来，汨罗市办的两家国有饲料厂因为连年亏损，让主管部门心急如焚，他们热切地想和希望集团这种效益良好的私营企业"联姻"。刘永行

刘永行 刘永好
首富长青

098

得知局长的来意后，马上跟着他赶到汨罗市并连夜进行了考察。翌日，双方就签定了合资协议。

5月15日晚，两兄弟又赶到了湖南省邵东县，买下了另外一个连续亏损了5年的饲料大厂。直到第4天，刘永行兄弟才到达此行的目的地江西省南昌市，与对方签定了拟议中的合资合同。

短短一周时间，刘永行兄弟以火箭一般的速度，与湘、赣、鄂三省四地签下4个协议、并购了5个工厂。

"碎石下的种子"

1994年2月，国有蚌埠饲料公司与希望集团合资后，2个月开始扭亏为盈，当年盈利达1000万元。1995年全国市场疲软，但仍盈利1200多万元。而合资前的1993年全年利润仅5.4万元。

刘永行在饲料业获得了巨大成功，又在安徽全椒面粉厂的经营中首战告捷。在河南浚县领导的一再邀请下，他走进了浚县面粉厂。他精力充沛地爬上了高高的车间大楼，到每一层楼的机器旁观看，他不时用手抹去仪器标牌上的粉尘，记下重要的数据。经过分析研究，他断定"这个厂能赚！"当即让人与对方商谈合作事宜。

同样的设备同样的人，为何仅仅换了一块公司的牌子，就能产生如此巨大的效益？

有人总结出这样四点原因：一是"希望"商标的效益；二是用工制度砸破了"铁饭碗"；三是灵活的分配机制紧密联系着员工与企业的利益，调动了大家的积极性；四是强化管理，按规章制度办事。

"合资后干部管人的事少了，不需要再整天与人无休止地扯皮纠缠。"这是一位希望合资公司干部的感受。

"多数亏损的国营企业实际上能赚钱，国有资产都能增值。"刘永行根据自己的经验如此断定。而美国经济学家斯蒂夫·汉克则根据"官僚机构双倍法则"阐明了这个道理：生产同样的产品或服务，公有企业需要支出2倍于私营企业的成本，也就是说，一个公有企业出售给私人之后，大体可以节约一半成本。

在刘永行兄弟进行全国扩张的时期，正好碰上很多国有企业破产重组，地方政府都急于盘活土地和厂房资产，因此特别欢迎有实力的私人企业去并购，并给出了很多优惠政策，所以这让刘永行兄弟扩张的成本比较低。

但刘永行认为，自己不是在乘机捞国企的油水："我们没有这样的意图，做下来也不是这样的效果。东方希望先后兼并了40家国有饲料厂，一般都会留有30%－40%的国有股权，意图在于让国家分红。最多的国家股权分红已经达到当初地方政府投资的10倍左右，少的也有6、7倍。另外，在兼并中有一部分国有资产变现，转向其他领域去增值，也比长期沉淀在亏损、倒闭的状态中好。"

"这其实不是一个经济奇迹，而是一个政治创造。"刘永行后来总结道。

邓小平的改革开放政策就像一把大锤，将一块大石头砸碎，而希望集团就如同碎石下面的一粒种子，迎着渗入石缝的雨水成长。

第四章

分流：家族企业现代化嬗变

....

"一根筷子呀，轻轻被折断
/十双筷子牢牢抱成团/一个巴
掌呀，拍也拍不响/万人鼓掌
哟，声呀声震天，声震天……"

——傅笛生：《众人划桨开大船》

随着企业越做越大，产权背后的利益问题
就愈发凸显，如果处理不当，利益之争就会冲
破血缘关系的坚固堤岸，在你争我夺中最后导
致亲情荡然无存。刘氏兄弟这次分家，算得上
中国企业史上最精彩最完美的"亲兄弟，明算
账"，也让大家各自走上了自己感兴趣的发展
领域。

"母亲突然离开了我们……悲痛伴着泉涌的泪水，往事一幕幕浮现在眼前……"1993年，刘母离开了人世，这对她的儿女们不啻是重大的一击。

大儿子刘永言在万分悲痛中写下了声情并茂的《怀念母亲》一文：

母亲常常告诫我们：要为人正直，宽厚待人，为国争光，为民造福。

今天，希望集团已经成为了全国最大的民营企业。

我们不仅成了精神上的富有者，而且也成了经济上的富有者。

正当希望事业前程似锦时，亲爱的母亲却永远、永远地离开了我们。

您的追求和理想，您的未竟事业，由我们完成！

母亲，我们永远怀念您！

创业养鹌鹑时，刘永行兄弟在全中国最大的农贸市场——成都青石桥大街租了一个很大的店铺，母亲一直帮他们看守着店铺。整条街的人都知道她，叫她郑妈妈、郑婆婆，人缘特别好。她每天起早贪黑、废寝忘食地为这个店铺忙碌着，一守就是10年，日复一日地在店铺中叫卖着儿子们喂养出来的鹌鹑和鹌鹑蛋。

刘永言后来深情地说："母亲10年来守摊点的收入，就是现在希望集团最宝贵的原始积累。"

在创业过程中，刘母是一个关键性的人物——她既是刘家兄弟创业的领头人，又是他们事业的好帮手，更是他们利益的平衡木和矛盾的灭火器。母亲给了他们很多鼓励和关爱，教他们怎样去善待员工、邻居和客户。

刘母在世时，她老人家的意见虽不具有决定性的作用，但很有影响力，尤其在四兄弟各自品行的评判上以及兄弟利益平衡方面，刘母充当着举足轻重的角色。刘氏兄弟很少有不可调和的分歧，偶尔出现了分歧和争执，最终也会由刘母来协调处理。母亲是维系兄弟四人关系最好的纽带和润滑剂。

随着刘母的逝世，四兄弟分家也随即提上日程。

确实，随着企业越做越大，产权背后的利益问题就愈发凸显，如果处理不当，利益之争就会冲破血缘关系的坚硬堤岸，在你争我夺中最后导致亲情荡然无存。创业初期产权的模糊不清，也正是中国大部分家族企业事后出现纷争的最主要隐患。

正是及早地预感了此种危险，兄弟四人在1993年就及时采取了措施。

其实早在一年之前，正当希望集团的猪饲料业蒸蒸日上时，兄弟们的价值观和兴趣发生了较大的分歧。

老大刘永言，已经悄然转向了自己从小钟爱的科研事业。刘永言说："攒钱并不是我的初衷，我的一己之长被埋没会是我终身的遗憾。以前想搞科研是环境不允许，资金匮缺，那番辛酸一言难尽。如今万事俱备，我没有理由放弃我的半生追求，科技兴国才是我真正的事业和目的。我觉得知识和智慧是我最大的财富，在21世纪的前半叶，如果能将我此生积累的知识转化成有利于社会进步的生产力，哪怕是倾其所有、赴汤蹈火，我也在所不惜。失败了我可以从头再来，只要我人在、智慧在。"

而从1993年起，为了吸引投资，全国各地纷纷建立开发区，在工业用地上推出优惠政策，由于规划失控，最终演变成了一场愈演愈烈的"圈地运动"。正是在这股热浪的冲击之下，老三陈育新一心准备进军房地产领域。只剩下老二刘永行和老四刘永好初衷不改、目标一致。

于是，希望集团被划分为三大产业领域：刘永言向高科技领域进军；陈育新负责现有产业运转，并且开拓房地产市场；刘永行和刘永好一起到全国各地发展分公司，复制"新津模式"。对于产权，兄弟四人并没有斤斤计较，而是选择了最简单的方式——平均划分资产。

从此之后，刘氏家族产业"黄金搭档"的主角便由"陈育新＋刘永行"变成了"刘永行＋刘永好"。刘永行擅长内部管理，刘永好则擅长对外公关与谈判，他俩人的合作堪称是最完美的组合。

1993年第一次产权明晰之后，在5月份，仅用7天的时间，兄弟俩人便横跨湖南、江西、湖北三省，签下建立4个饲料场的协议。这一年共建立起10家饲料场，个个盈利。到了1994年底，希望集团在各地的分公司已经发展到27家。

但短短的两年过去后，勤思爱学的刘永行和刘永好各方面的能力都在迅速提高——刘永行对外交流的潜质激发了出来，而刘永好的内部管理功底也更加成熟，并且当时的刘永好如日中天、声望高涨，于是原本互补的能力和风格开始在企业决策方面产生了重叠和分歧。

"分家是从传统家族企业向现代企业的演进，这是主动的选择，也是理性的选择。"刘永好说。于是在1995年，他们再一次召开了只有五兄妹参加的董事会，决定进一步明晰产权。这标志着刘氏兄弟正式分家。

日本有学者早就提出过"分家理论"：**当一个企业发展到一个顶峰就必然要走下坡路。要保持其持久增长，必须要裂变成几个分支，寻找新的增长点。企业在不断裂变中保持旺盛的活力。关键是如何平稳分家，搞不**

刘永行　刘永好

首富长青

好四分五裂，搞好了群雄并起。"

王石曾经对刘永行如此评论他们兄弟的分家："一般企业在年销售额达到 20 亿的时候，会有一个坎儿。你们希望集团的这个坎以分家的形式出现。你们顺利地迈了过去。"

十双筷子牢牢抱成团

众人划桨开大船

"一根筷子呀，轻轻被折断/十双筷子牢牢抱成团/一个巴掌呀，拍也拍不响/万人鼓掌哟，声呀声震天，声震天/一加十十加百，百加千千万/你加我我加你，大家心相连/同舟嘛共济海让路/号子嘛一喊浪靠边/百舸嘛争流千帆竞/波涛在后岸在前……"

1993 年 1 月 22 日，中国农历鸡年的除夕夜，中央电视台正在播放春节联欢晚会，歌手傅笛生一曲《众人划桨开大船》，唱得全中国人激情喷发、壮志盈胸。

如果要用一首歌来形容希望集团刘永言、刘永行、陈育新、刘永好四兄弟辉煌的创业历程，那么这首《众人划桨开大船》无疑是最合适的。正如歌曲所唱的那样，四兄弟如四双筷子一般牢牢抱成团，大家血浓于水、手心相连、同舟共济，齐心合力划桨开动"希望"这艘大帆船在商海中劈波斩浪。

后来的新闻报道给公众带来一个错觉：刘氏兄弟在 1982 年开始创业时，似乎是齐刷刷地一起辞去公职下海创业的。

实际上，虽然陈育新在 1982 年就开始创业了，但直到 1983 年 10 月

16 日，他才正式与新津县农业局签订停薪留职合同、率先下海，成为当时四川省停薪留职的第一人；第二个下海的是老二刘永行，于 1985 年向新津县教育局提出了"备案除名"；老大刘永言于 1986 年才辞职；老四刘永好更是拖到 1987 年才舍弃铁饭碗，当时刘氏兄弟已拥有千万财富。

虽然辞职分先后，可刘氏家业是兄弟四人共同创造的，彼此都付出了极大的辛苦和智慧。时至今日，兄弟四人没有一个能说清楚，当初凑起1000 元时各自的出资比例，因为大家凑钱时根本没想到以后能分到钱。当时亲情远远高于利益，大家不分彼此，一派其乐融融。没人计较位置、没人在意名利，兄弟四人组成了一个"共产主义大家庭"似的家族企业。

在四兄弟中，老大刘永言是决策核心，起到了一言定乾坤的作用——1983 年夏天，决定扩展业务养鹌鹑就是他的主意；而当兄弟四人在 1984 年遭到一次重大挫折时，也是老大铁了心要搞下去，才使灰心丧气的弟弟们恢复了信心和勇气。老二刘永行精于技术和管理，是经营的主心骨。老四刘永好则能说会道，后来主要负责跑供销和对外宣传。但在创业时期，老三陈育新付出的代价无疑是最大的，他几乎一个人扛起了创业初期的巨大风险和繁重劳动。

那时，刘永言和刘永好都在成都工作，刘永行则在新津县城上班，孵化工作只能由陈育新停薪留职操办。刘氏产业的诞生地就是陈育新乡下的家中，他把整个家当全部押了上去。也正因此，希望集团的雏型命名为"育新良种场"，陈育新任场长兼法定代表人，刘永行任副场长。

第一次分红，兄弟几个每人分得了 180 元，刘永行于是买了一辆 80 元的旧自行车。刘永行腿脚不便，自行车成了他代步的工具。但没过几天，他却把自行车送给了三弟陈育新用。

刘永行认为三弟的损失太大了，心里非常过意不去："这一次创业遭遇重大挫折，使我深深体会到了什么叫做沉重的压力，三弟为了事业把自家的房子都搭上了，分的那点钱怎能弥补他家的损失呢?"

把事业放在利益的前面

兄弟几个互相关心，对自己却极为自律。

刚开始养鹌鹑的实验在刘永行家进行，夫妻俩每天都要捡蛋和记录蛋的个数，但一家人却没有任何人吃一个自己养育出来的鹌鹑蛋。

那时刘永行的儿子才几岁，有时想吃蛋，他都不让，宁肯让妻子上街去买鸡蛋给儿子吃。养鹌鹑收入的钱全部用于场里的投资，刘永行从来不私自花这笔钱。

刘永行虽然对良种场里的东西公私分明，但对自家的东西却总爱"假私济公"。那时，夫妻两人一个月的工资加起来也不过 70 多块钱，但全家省吃俭用从牙缝里挤出来的一点钱，却被刘永行几乎全部用来购买有关动物营养方面的书籍了。

刘永行的无私有时到了极端的地步：他把自己的书架改装成养殖鹌鹑的笼架，并毫不犹豫地送给了到他家来请教的养殖户；他甚至拿出了家里的棉被来给电孵化作保温用，而在他自家的床上，垫的却是一捆捆稻草。

等企业规模慢慢变大以后，刘永行愈发严以律己。他在厂里规定，任何职工和家属在购买饲料时不得有"走后门"的行为。

一次，来厂里买鹌鹑饲料的客户排队长达一二里，刘永行的妹妹也挤在中间。她一看这么多人，也知道二哥"不通人情"，就跑去找二嫂郑彦初帮忙，二嫂没想太多，亲自带着妹妹去找人开后门买饲料。但饲料刚称好，就被刘永行发现了，他竟然一点情面也不给，当着众人的面就严厉喝斥自己的妻子，非得让她把称好的饲料倒掉。郑彦初气得大哭，转身跑了回去，晚上也赌气不做饭。晚上，刘永行回到家里，有点像做错事的孩子，乖乖地把饭菜做好，并对妻子好言相劝："不是我故意给你难堪，厂里订的纪律，我们不带头执行，还怎么去管别人？"

刘永行还有两个亲戚原来在厂里工作，他们感到自己有"靠山"，做事情时比较松懈，没有按承包合同完成销售指标，于是被在工作上"六亲不认"的刘永行毫不留情地炒了鱿鱼。

有一年春节，一个客户送来了两筐鞭炮，儿子欢呼雀跃，特别想玩，但被刘永行一把按住了，说这是公家的东西，不让家里人动它。在除夕那天，他亲自把这两筐鞭炮送到了厂里，让没回家过年的工人们一块燃放观赏，而另外再自己花钱去买了一些鞭炮送给儿子。

对家里人，刘永行不但"明争"，而且有时还"暗夺"。有一次，一位朋友碰到郑彦初，便问她："腊兔的味道怎么样？"郑彦初被问得一头雾水，经过了解才明白，这位朋友在前一段时间曾托刘永行给她带了两只腊兔。她回家一问，才知道自己的老公提都没提这事，暗地里把腊兔送到厂里的食堂给工人们吃了。在刘永行家，后来形成了一条"霸王条款"——凡是亲友送来的东西，厂里人人都有份。刘永行对自己妻子解释说："我们在员工面前要为员工做出榜样，不要沾染占便宜、搞特权的坏习惯。"

第二次创业转型养殖鹌鹑时，兄弟几个刚开始约定是按出资的多少分配股权。由于刘永行和陈育新出资较多，再加之两人在艰难起步阶段出力最多，因此大家都曾口头约定他俩占大股。但到了 1988 年事业蒸蒸日上、财富有如岷江之水滚滚而来时，刘永行和陈育新又主动提出"利润平均分配"的原则。

刘永行对此有着清晰的认识和长远的打算："虽然我们在希望的早期投入多一些，但是在希望已经发展起来的产业中，这点投入实在不算什么。况且我们下海创业求的本来就是发展，而不是多要集团盘子里已经有的那一点菜。我们四兄弟在创业初期，确实是做到了把事业放在利益的前面，如果我们中的任何一个人有一点点私利的想法，希望就做不起来。"

劝退各自的媳妇

在 20 世纪 80 年代的中国，很多企业是建立在兄弟姐妹共同创业的基

础之上的，当时血浓于水、同甘共苦、不分彼此，共同利益淹没了个人利益，亲情纽带高于股权关系。这对于创业时期的企业，是具有很大积极作用的。

那时企业"身单力薄"，需要"打仗亲兄弟，上阵父子兵"似的团结，如果过早地明确利益关系和规则，大家患得患失容易使血缘关系生疏，难以形成共同的目标。正如刘氏兄弟所说，最初只想把蛋糕如何做大，并没有花很大精力分切眼前的蛋糕。

对于刘永行兄弟而言，创业初期之所以能保持良好的合力，除了兄弟几个人的互相谦让以外，还有一个重要的原因，那就是从企业里劝退各自的媳妇，让她们回家看孩子。

四兄弟当时都已经成家娶妻、生儿育女，都有着各自的小家庭。创业初期，各自的媳妇都或多或少地参与到企业的具体事务当中来了。兄弟们认识到：母亲是这个大家庭的家长，她看到并兼顾的肯定是这个大家庭的整体利益，而各自的媳妇即使再通情达理，她们更多是看到各自小家庭的局部利益，如果稍一计较便会心态失衡，从而导致整个大家庭成员之间出现裂缝。

在刘永行主动放弃原本属于他的股份这件事上，妻子郑彦初对他的埋怨即是一个典型的例子。

郑彦初对刘永行的这种过于无私当时很是不理解："我当时心想永行真是傻'到位'了，早知如此我们卖掉那电视机干啥？所有积蓄全部投入进去，目的就是想多拥有股份，可是钱没分到手，他倒又有了新的'发明'……"

对于当时在财力和精力上投入得最多的刘永行和陈育新来说，他们的妻子有这样的想法，无疑是自然而然和可以理解的。但从企业后来发展的进程来看，前期投入较少的刘永好则发挥了巨大的作用、做出了巨大的贡献。这证明了刘永行的前瞻性眼光。

刘氏兄弟认为：由四兄弟加小妹组成决策层已经足够了，如果夫人们再参与到决策中来，会惹出一些不必要的麻烦。于是，四兄弟便开了一个"大男子主义和霸权主义"味道十足的会议，一致通过了"让各自媳妇回家看孩子，今后不得参政议政"的决策。

1992 年 3 月底，刘永行与刘永好一同去美国考察。4 月底，刘永行先行回国筹建第二家分公司，而刘永好则继续留在美国试图寻求海外发展。临行前，刘永行对自己的四弟承诺："我在国内发展的所有分公司，你回来后都有你一半股份。"

回国后，刘永行一鼓作气地建起绵阳、昆明、浚县 3 家分公司，同时准备进军上海，一个集团的雏型于 9 月份形成。刘永好受到二哥所取得成绩的鼓舞，在不久后也返回国内加入了全国扩张的行列。

夫唱妇随推开财富之门

"家有贤妻，男儿不误大业。"这是中国民间流传的一句俗语。用它来概括刘氏家族的创业史再合适不过了。

希望集团之所以能发展壮大，除了兄弟们的团结合作以外，也和他们妻子的倾力倾心相助有极大关系。刘永行与妻子郑彦初、刘永好与妻子李巍便是典型的代表，他们一起上演了一出夫唱妇随、同甘共苦、磨合成长的好戏。

对于家境贫寒、出身不好的刘氏兄弟而言，在当时人们世俗的目光中，郑彦初和李巍无疑是委屈下嫁的。当时，刘永行是街道办的小厂内一位没有前途的穷小伙子，而郑彦初则是县教育局端着铁饭碗的姑娘；刘永好虽然在当老师，但不过是一名来自小县城的中专生，和毕业于华西医科

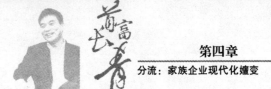

大学的女医生李巍相比真是相形见绌。但她们都义无反顾地选择了刘家兄弟这只"潜力股"。

刘氏兄弟当时一无所有，有的只是美好的诺言。刘永好就曾向李巍许诺道："我要帮你实现一个女人所有的梦想。相信我，这一天不会太远。"

"嫁鸡随鸡、嫁狗随狗。"从某种角度来说，这是中国妇女的一种美德。在做了艰难选择后，郑彦初和李巍就不再退缩、全力付出。她们甚至有过"倒贴"的决心和行动。

郑彦初父母苦口婆心地劝女儿："街道办的小厂常常发不起工资，到时你怎么生活呢？"为此，郑彦初认真地做了几天的调查，去问那些成了家的人，算了算一个月的柴米油盐要花多少钱？最后她得出结论：假定他拿不到工资，按照当时的生活水平，两个人生活靠一个人的工资维持也勉强过得去。

婚后的李巍则鼓励刘永好报考电大。刘永好上电大期间，正赶上李巍怀孕。为了给刘永好改善生活，李巍经常腆着大肚子去很远的市场，用省下的粮票换几两肉给刘永好开小灶，自己却舍不得吃一口。那时候，她每个月的工资才 40 多元。为了多挣钱，她甚至腆着大肚子去单位的招待所洗床单，常常双膝跪在水房的地上用刷子刷洗，一干就是三、四个小时。

"结婚后，我脑子里全是刘永好，觉得他就是我的一切。"李巍说。1982 年春节刘永行兄弟四人决定创业，需要启动资金 1000 元。当时刘永好和李巍每月工资合起来才 70 多元，上哪儿去凑这笔钱？看着刘永好愁眉苦脸的样子，李巍毫不犹豫地卖掉了自己省吃俭用、好不容易托人买来的英纳格手表。

一位成功的男人背后，往往有一位受尽寂寞、委屈、失落、担忧而又必须委曲求全的妻子。在经历了"小鸡危机"后，郑彦初一度禁止刘永行再接触生意。但大哥刘永言不久后又上门来撺掇二弟一起养殖鹌鹑，郑彦初心里非常不满，恨不得立即抓出几只鹌鹑将它们摔死。

后来刘永行准备辞职，郑彦初也坚决反对的。她认为，自己的丈夫好不容易才考上大学并得到这份不错的工作，现在说丢了就丢了，将来一定会后悔。为此，她和刘永行争吵了好多次。一次，刘永行做了最坏的假设："当初你和我结婚的时候，我只是一个电器维修工，现在你就当我是一个农业养殖专业户，我们重新再来，好吗？"郑彦初不出声了——她知道自己再也阻挡不了去意已决的丈夫。

因为担心妻子反对，刘永好也试探着问李巍："我要是辞职当农民，你会怎么看？"李巍愣了一下，说："不管你做出什么选择，我都会支持你。""如果我失败了怎么办？"刘永好又问。李巍回答："没关系，还有我，你是为了这个家去拼搏，不管你失败还是成功，你都是我的男人，我们两人的命运紧紧相连！"

为了支持丈夫创业，郑彦初在上班之余揽下了家里的一切细活粗活。有一次，她看见刘永行一个人把一袋袋饲料扛到三楼，怕永行扛得太重损伤了他幼时摔伤的腿，于是带着不满 10 岁的儿子，都抢着去帮他抬这些自己原来根本抬不动的饲料。

在安装孵化设备那段时间，刘永行把家里所有的棉被、棉垫都拿去做了保温材料，郑彦初只好在乡下拉回一些稻草垫床。由于工作太忙，于是刘永行把年幼的儿子送到一个朋友那里寄读。从小缺少父亲陪伴的儿子，开始对父亲有了意见。为了安慰儿子，郑彦初就经常买些东西带给儿子，说是爸爸买的。

有一次，郑彦初去厂里找刘永行，可是他忙碌得连抽身招呼她的时间都没有。郑彦初等不及了只好挤上前去，刚想开口讲话，却被一个劲大的妇女用手臂把她拦到后面……郑彦初步行几公里走到厂里，却一句话都没说上又走了回去，心里很不是滋味，但她亲眼目睹了丈夫是如何辛苦忙碌，不禁对丈夫产生了几分同情和理解。

当刘永行的事业发展到了一定的规模后，郑彦初再一次向丈夫建议他

刘永行 刘永好 **首富长青**

"收兵"："一个人好比一只麻雀，一座粮仓对他是没有用。"面对妻子的苦口婆心，刘永行仍然不为所动。郑彦初心里不能忍受在丈夫心里任何事物比自己还要重要，她就哭着告诉丈夫："我情愿过清贫的生活，宁愿不要那些钱了，我不愿像现在这样生活！"但刘永行不停地安慰她，说人活着总要干一些有意义的事情。

郑彦初逐渐明白一个事实：丈夫现在奋斗的目的早已不是有形资产的积累，更使他魂牵梦萦的是振兴民族饲料工业的理想和希望的事业，任凭自己尽最大的努力也已经阻挡不了丈夫迈开的大步了。

印度圣雄甘地说过一句名言："心若改变，态度就会改变；态度改变，习惯就改变；习惯改变，人生就会改变。"郑彦初觉得，既然改变不了丈夫，那就试着改变自己。在受尽委屈后，她仍不断地鼓励自己：做一个可爱的好女人！郑彦初后来终于下定决心，辞去公职当起"专职"的家庭主妇，以支持丈夫的事业。

为了开发市场，脑瓜灵活的刘永好想到了去重庆开发市场。因为走得太匆忙，刘永好甚至连换洗的衣服都没来得及带。时值盛夏，刘永好这一待就是半个多月，身上那件衬衣不知被汗水浸透了多少次。等他回家时，李巍竟然第一眼没认出自己的丈夫来——他头发又乱又长，面容又黑又瘦，衣服更是肮脏邋遢，简直像一个逃难的人。李巍刚叫了一声"永好"，就忍不住流下了眼泪。那一刻，她感到心特别地疼，觉得自己的男人太不容易了，突然之间萌发了辞职的念头，决定和嫂子郑彦初一样放弃自己的事业，全心全力去帮助丈夫一把。

李巍在日记中这样写道："回家也是一种爱，是一种更宽容的爱。太太一定要学会平衡好自己的心态。夫妻就是一个共同体，生活就像是在踩跷跷板，一头起来、另一头就要下去。而女人，一定要是配合平衡的那一头，这样，感情和日子才能和谐稳定。"

1995 年，刘永好去美国准备开拓国外市场，为了让丈夫在国外安心工作，李巍全力承担了家庭和事业的两副重担。当时，读小学六年级的女儿正在升学备考，李巍不但要负责做好三顿饭，晚上还要陪她去补课，补完课回到家已是夜里 11 点。等女儿睡下，李巍还得骑几十分钟自行车到郊区的办公室，给在国外等着的丈夫发送公司每天工作进展的传真。刘永好看完，再将新的工作指示传真给李巍。忙完这一切，往往已是凌晨一两点钟。

李巍又骑着自行车，独自穿过深夜里空旷无人的大街，回家睡觉。她就这样日复一日地忙碌了一年左右。

等刘永好回国时，发现自己的妻子变得瘦骨伶仃、憔悴不堪，他一把将妻子紧紧搂在怀里，心疼和内疚一齐涌上心头："都怪我不好！让你跟着我受这么多苦！"李巍却毫无怨言对丈夫说："能跟自己最爱的人在一起奋斗，吃苦受累也是一种幸福啊！"

希望集团扩大以后，刘永行和外界的联系愈加频繁，有些社交场合需要带着妻子前往。这时，郑彦初才发现自己水平有限，很难准确地表达出内心的想法。"我很着急，就趁丈夫不在家时把报纸上的内容当作自己的想法，把椅子当作听众在家里练习，通过练习自己确实能够顺利地交流思想了。"郑彦初在希望科研所主持的小规模园林的规划，还在市里得了奖，这让她更加有了自信。

有一段时间压力特别大，刘永行兄弟甚至准备放弃这个企业不做了。为了帮助自己的丈夫释放压力，郑彦初去中科院的心理研究所学了心理咨询与治疗专业的函大课程，然后又自学了《发展心理学》、《EQ》、《管理心理学》等。她用这些知识试着对刘永行进行心理分析，帮助他认识自己、培养他的自信。

刘永行从小有一个心理阴影——因为上小学时不爱发言，老师就当着他面向他父亲"告状"，说"永行可能有点口吃，你要注意"。这无疑是一

种极强的暗示，让刘永行从此觉得自己真有口吃。妻子常常安慰他："你现在成为企业家了，必须要培养自己的社交能力和表达能力，你其实能够很好地表述自己，你只是没有实践罢了。"

一次，刘永行在全体员工面前发表了演讲，回来后，郑彦初热情洋溢地表扬了他，这让忐忑不安的刘永行兴奋得像一个孩子一样，连连问："真的吗？真的吗？"

随着年龄的增长，刘永行开始对这份相濡以沫的感情也有了更深厚的认识。有一天走在大街上，他偶尔听到一句歌词："我能想到最浪漫的事，就是和你一起慢慢变老"，当时心中涌上颇多感慨："我们就这样生活了三十几年，她人生中最青春最美丽的时光是陪我度过的，我人生中最年轻最有朝气的时光是陪她度过的，我们一同经历过那么多事情——快乐、艰辛、悲伤、兴奋，甚至包括争吵，我们一起养育孩子，看着我们的孩子一天一天长大，然后陪着慢慢变老。"

少年夫妻老来伴。刘永行越来越看重家庭生活，只要不加班就回到家里和妻儿守在一起。他感慨道："我想任何一个经过生活磨练，经过创业艰辛，以及经过商战中枪林弹雨般激烈竞争的人，都会明白感情的重要。"

汽车之父福特曾说过："只要能和我太太在一起，来世变成什么都无所谓。"一天晚上，刘永好夫妻吃完饭后又像以前一样手牵手出去散步。他们走到一处很黑很僻静的地方，李巍有点害怕，于是刘永好背着她，不知不觉来到一处田野。星空下，李巍定睛一看，竟然是一处荒郊野坟，她吓着了："永好，怎么走到坟地来了？"刘永好开心地笑道："不对吗？我们永远手牵手，你走不动的时候我就背着你，你害怕的时候我在身边保护你。我就是要和你一起走向今生生命的终点呢！"

一年中秋佳节，新希望团举办酒会，李巍登台进行了一场声情并茂的演讲："我想在这里告诉我的丈夫刘永好，你不但是一个事业成功者，还是一个成功的丈夫——你让我实现了一个女人所有的梦想！"台下的刘永好不禁泪流满面，为了他当初立下的诺言终于能够实现。

在公开场合，刘永好曾多次说："妻子是我的金钥匙，是她让我打开了财富之门。"

私营企业登上政治舞台

从养猪倌成为副部级"高官"

"啊！我相当于副部级了？"

1993 年 10 月，当有人告诉刘永好，全国工商联副主席可以享受副部级待遇时，42 岁的他吓了一大跳，因为此前，他不过是一个养鸡、养鹌鹑和养猪的专业户而已。

刘永好不禁回想起来，仅仅在 9 年之前，他还在成都的鸡鸭市场为抢占一个摊位而与小贩们争吵、拌嘴；仅仅在 5 年之前，新津县土地局的一位小小的科局长，也能扼住他的脖子让他喘不过气来；仅仅在 3 年之前，他还因为私营企业主的身份在政治上备受歧视，自己的企业也差一点遭遇灭顶之灾……

其实，兄弟四人中最早出名的是陈育新。

在创业的前 10 年，代表企业出头露面的几乎全是他，荣誉光辉集于他一身：1984 年 12 月 1 日，陈育新以全县第一的身份出席了新津县第四届专业户代表大会；1985 年 12 月 3 日，《四川日报》刊登署名文章：《陈育新帮助乡邻走致富道路》；1986 年 11 月 15 日，陈育新被省政府授予"四川省农业科技致富能手"称号；1986 年 11 月，陈育新相继当选为四川省政协委员和四川省人大代表，并受到了国务委员、国家科委主任宋健的接

见；1987 年 3 月 6 日，陈育新被中国科协授予"全国科技致富能手"称号；1987 年 3 月 15 日，陈育新随国家科委考察团出访欧洲，考察欧洲的养殖业……

当时记者来采访，如果陈育新不在，刘永行就顶替他出面接待，对记者说："我就是陈育新。"

但从 20 世纪 90 年代开始，陈育新开始慢慢从公众场合隐退。他自我评价："我是一个做事情的人，如果给我一个技术的任务让我去干好，我会很有兴趣，但是我不太擅长与人打交道。"

在 1993 年全国政协会议召开之前传来一个消息，本届政协将吸纳一批私营企业家为政协委员，四川省拟定安排刘氏兄弟的老三陈育新作为代表。但陈育新更喜欢干实事，不愿在公众场合抛头露面，便提出让其他三位兄弟选一人。当时，老大刘永言醉心于钻研科技，一心想成为大发明家；老二刘永行是饲料方面的技术和管理专家，正热衷于在全国开拓分公司，对抛头露面的事也没有兴趣；此时，从小就喜欢出风头而又擅长外交的老四刘永好，便成为最为适合的人选。

正是兄长们的谦让，从而让刘永好迅速上位。

到 1993 年底，陈育新又主动提出不做法定代表人，经董事会通过，由刘永好出任。从此，刘氏家族的外部形象聚焦于刘永好身上，他的三个哥哥全力支持四弟树立公众形象，任何记者采访均老四出面，集团业绩都归功于一人，就像当年树立陈育新一样。而三位兄长则各忙各的并自得其乐——刘永行全力主抓向全国拓展分公司，在生产管理与开拓市场方面显示出突出才能；陈育新则把刘氏产业的基地管理得井井有条，并开始向房地产市场拓展；刘永言在高科技攻关与开发上也取得长足进展。刘氏家族又进入一个红火时期。

每个人的一生都有许多改变命运的关键点或转折点，而对于刘永好、对于希望集团、甚至对于中国的私营企业，这个关键点或转折点在什么时候？

最佳答案是：1993 年。这是命运对刘永好格外垂青的一年，也是中国的政治舞台开始为私营企业开放的一年。

"私营企业大有希望！"当刘永好把他的报告标题刚刚念出口时，台下就爆发出一阵热烈的掌声。1993 年 3 月 25 日，刘永好作为非公有制经济界的代表当选为全国政协委员，并在第八届政协一次大会上作了主题发言。这是刘永好第一次站在中国政治和权力最高殿堂——人民大会堂的讲台上发言，他兴奋的心情，堪比 27 年之前的那一次北上"朝圣"之举。

当年 7 月，由当时的中央政治局委员、上海市委书记吴邦国题名的"上海希望私营经济城"聘请刘永好担任名誉董事长，20 多家传媒争相采访"中华饲料王"。上海电视台王牌节目"三色呼拉圈"的主持人连打 7 个电话邀请，破例用 1 小时的黄金时间播放他的专题节目。

10 月，刘永好当选全国工商联副主席，在 19 个副主席中他是中国大陆唯一的私营企业家。他从一个养猪倌一跃成为很多人眼里副部级的"大官"。

登上政治舞台

作为一位私营企业家，刘永好当选为全国政协委员和全国工商联副主席，这不但意味着刘永行兄弟和希望集团站上了一个更高、更宽、更广的发展平台，也同时意味着中国私营企业家的政治通道"豁然开朗"。

北京某家报纸就此评论说："历史已经把非公有制经济代表推到参政议政的前台。"此之后，私营企业家担任全国工商联副主席，越来越成为惯例性的政治安排。

更使刘永好终生不忘的，是他作为国家星火成果获奖代表，于 1994 年 3 月 18 日在北京人民大会堂受到江泽民、李鹏等中央领导的接见。他握着

刘永行 刘永好 **首富长青**

总书记的手激动得心都快跳出来了。

身份的变化，使刘永好的人生舞台一下子扩大了不知多少倍。这对于一向擅长外交的刘永好来说，真的是如鱼得水。1993 年 11 月，他赴港参加第二届世界华商大会，作为大陆首次派往这个国际盛会的代表，刘永好又开始和来自全球的企业家们交起了朋友。1994 年 4 月 23 日，刘永好作为全国政协友好访问团成员出访亚非欧 6 国……

由于刘永好活跃于各种社交场合，加上其在公关方面的天赋，使得希望集团的知名度也大大提高。

对于国家宏观经济的状况研究多了，想问题也就更加深刻，这对把握企业发展的大方向无疑是至关重要的。创建民生银行即是一例。

1993 年，刘永好与 41 位政协委员共同提案，希望成立一家主要由民营企业家投资、主要为民营企业服务的银行。

其后，时任全国工商联主席的经叔平整整思考了一周时间，方才修书一封，直呈时任国务院副总理兼中国人民银行行长的朱镕基。在那封信函里，经叔平陈述了"为什么要以民营企业为投资主体"、"为什么不能让国家做大股东"等诸多敏感问题。2 天后，朱镕基批复："请人民银行予以考虑。"

1995 年 5 月，全国工商联得到了央行颁发的许可证；1995 年 6 月，中国民生银行筹备组成立；1996 年 1 月 12 日，中国民生银行挂牌运作，刘永好、张宏伟等民营企业家携资参与，经叔平担任董事长，刘永好为副董事长；1999 年 5 月起，刘永好成为占股比 9.99％的第一大股东……

接踵而来的荣誉，使刘永好几乎为之眩目。但这一切，都离不开他后面的那座巍峨的大山——希望集团。1982 年创业开始时的 1000 元已经发生"热核聚变"：到 1994 年，希望集团拥有企业 32 家，产销饲料 120 万吨，产值 17 亿元，利税 1 亿元，形成了饲料、养殖、食品、电子、房产、建筑一体化的大型集团公司。希望集团还夺得 11 项国家级、15 项省级大奖，用熠熠生辉的金奖和特别金奖，跻身全国民办科技企业十强。

1994 年，中国企业史上发生了一件大事，那就是酝酿已久的《公司法》终于在 7 月 1 日正式颁布。这标志着，中国的企业终于步入与国际惯例接轨的规范化管理时期。

而于"中国公司元年"创办的企业，到这一年也正好迎来了 10 周岁。朝气蓬勃的中国企业家们正处在一种亢奋之中：三株的吴炳新和飞龙的姜伟迅速崛起，史玉柱正在布置他在保健品市场"三大战役"，刚刚把珠江冰箱厂变身为科龙集团的潘宁正雄心万丈地四处攻城略地，海尔的张瑞敏喊出了"海尔是海"的口号……

也有不少在此时陷入了困境。这一年，王石因为多元化扩张陷入困境，正面临董事会的"逼宫"。他愤怒地宣称这些资本家是"门口的野蛮人"，但冷静之余，他开始收缩战线、踏上房地产的专注化之途；而 50 岁的柳传志正陷入了他职业生涯中最黑暗的低谷——他一手创办的联想集团成长乏力，并肩战斗多年的合作伙伴反目成仇，他自己也得了美尼尔氏综合征被折磨得痛苦不堪……

也就在这一年，希望集团登上了中国饲料行业百强企业之首的宝座。根据希望集团的科技和经济综合实力，《中国私营经济年鉴》将它排列为中国最大的生产型私营企业。

刘永行 刘永好 首富长青

分头并进抢占市场空白

两兄弟再分家

"我和四弟一起操作重复工作很多，发展思路、点子也不尽相同，与

其浪费头脑思维，不如每人各一块，分头布点，抢夺发展佳机。"在和刘永好面对面地办公、肩并肩地一起奋斗了两年后，刘永行再次提出了进一步明晰产权的建议。

随着刘氏兄弟在全国各地的扩展，引起了国外饲料巨头的严重关注，皆视希望集团为最强大的竞争对手，而国内不少私营企业也尾追其后进入饲料行业。在腹背受敌的情况下，希望集团必须加快步伐，不然生存空间会越来越小。

刘永行坦言："时至1995年，我们已经建立了26个分厂，市场提供给我们高速发展的机会不会太多了，至多四、五年。"在这种急迫的形势下，刘永行认为，企业的经营在一定程度上是需要独裁的，需要企业家的直觉，兄弟分家后单独行动，更利于快速抢占市场。

与其互相牵制，不如各奔前程。1995年3月，在刘永行的建议下，希望集团召开了一次"绝密"的董事会，只有刘氏兄妹五人参与。会后，五个人最终达成彻底分家的决定。

经此次董事会决定，从1995年4月13日开始，总部所有下属分公司的资金与资产全部冻结，不允许公司间流动，也不允许总部调拨。仍然是"资产平均分配"原则，全国27家分公司一分为二，划为东北与西南两个区域，刘永好坐镇西南，刘永行掌控东北。两人独立开展市场，但可以共用"希望"牌饲料的品牌资源。

1995年5月15日，刘永好和刘永行在董事会文件上正式签字。文件正式规定：两个片区禁止跨区域开拓，干部的互相流动必须得到双方的认可，董事会成员今后的开支不得在集团报销。

从此之后，创业期间产权极端模糊的刘氏兄弟在一夜之间划分得清清楚楚：老大刘永言创立大陆希望公司，老二刘永行成立东方希望公司，老三陈育新建立华西希望公司，而老四刘永好成立南方希望公司。新津原有的产业四兄弟平分，但每人让出一些股份给了五妹刘永红，仍主要交给陈育新经营。

刘永好事后也曾如此总结：

"我们兄妹几个都很优秀，有创业激情、能吃苦耐劳，很多地方都值得互相学习。正是这种互补型的团队组合，保证了原始积累的实现。创业时，我们考虑的是如何不倒下去，企业发展壮大了，面对着金钱、荣誉和掌声，看法就会不一致。虽然是亲兄弟，也不可能每件事情都磨合得很好，何况每个人都很能干。

我们是家族企业，产权这么大一定要分清，否则以后会很麻烦。我们这代还好，是四个人一块创业，大家又都是亲兄弟，很多事情都能说得明白，但下一代、再一代呢？恐怕问题就多了。现在我们可以设主席、董事长、总裁、总经理四个职位，四兄弟各司其职。但假设再来一个人，我们就不知道安什么职位了。

这说明一个企业有多个中心是不妥的，我们必须建立董事会领导下的授权、分权制度，走现代企业制度体系。"

如何处理好家族企业利益与亲情关系？刘永好认为必须过好三道关口：第一关是分银饷；第二关是论荣辱；第三关是排座次。值得庆幸的是，希望集团比较顺利地过了这三关。

因为是刘永行主动提出了分家，所以他让四弟在工厂和人员方面先挑选。刘永好于是挑选了相对比较成熟和最先发展起来的南方区域工厂，而北方13家比较新的工厂则留给了刘永行。

保留母体，各行其是

当然，分家也并非没有一点怨言。从刘永行妻子郑彦初事后写的一篇文章中，可以隐约见到她的某些看法："当我们付出一分时也总希望有一

刘永行 刘永好 **首富长青**

分的收获，可是生活并不是那么如意，尽管我们的出发点非常良好，但也难以避免不被人理解和接受，并且有时我们难以满足所有人的需要。我也经历过这样的事情。1995 年我被一些事情所困，正难以平衡自己的情绪之时，紧接着又是希望集团划片区管理，丈夫管理东方希望。划给东方希望的多数是新建的公司……"

刘永行自己也隐约提起这些事："在分家过程中，为了一些具体的事务，比如这个员工或那个员工跟谁之类的，一些争吵也是不可避免的，这成了媒体中希望集团不和而分家的主要证据。"

但这些情绪都只算得上偶尔跳溅起的些许微澜。从事后的效果来说，刘氏兄弟这次分家，算得上中国企业史上最精彩最完美的"亲兄弟，明算账"，也让大家各自走上了自己感兴趣的发展领域。正如刘永行所说："分开以后，我们之间的关系反而变得简单而有弹性。"

树大要分权，这是自然规律。在家族企业中，不合则分，即可以避免同根相煎的悲剧，同时也可以尽量避免出现"城门失火，殃及池鱼"的连锁反应，让整个家族企业毁于一旦。

陈育新对此深有感触："我们兄弟间有个最大的特点，就是我们中间很少有人相互附和，除非大家意见一致。既然没有人能够充当国王，也没有人甘愿充当臣民，各自为王就是必然的结果。这里没有无奈和被迫的万分，假如不同齿距的巨轮拼装成一台机器，那么内部的磨损将不仅影响效率，而且还会使机器寿命缩短。"

耐人寻味的是，分家后的刘氏兄弟仍是保留了"希望集团"这个母体，在其中兄弟股份均等，由刘永言任集团董事会主席、刘永行任集团董事长、陈育新任总经理、刘永好任总裁。希望集团新津基地，则委托陈育新全权管理，他每年会从基地的盈利中拿"工资"，如果当年效益好，董事会还会适当给他"奖励"。

目前，新津基地原有的饲料厂仍是当地最大的饲料企业，基地生产的

"美好"牌肉制品也是西南地区肉类第一品牌，二者每年能为集团带来数十亿元的销售收入。

在一分为四时仍留下"希望集团"这个母体，这种设计，既包含有对共同创业的那段艰辛岁月的缅怀，也包含着对长辈的尊重与纪念，让分家后的四兄弟仍然笼罩在血浓于水的亲情氛围之下。当时，刘永行在资金上比较艰难，分别向刘永言和陈育新借了总计七千万元左右的资金，用以全国扩张。

分家后，兄弟们的企业经营理念和方法迅速体现出来。当时，刘永行的东方公司设在成都高新技术开发区，刘永好的南方公司设在成都未来的金融中心。从哥俩儿总部地点的选择各具匠心，也体现出俩人发展思路的迥异：刘永行试图走一条自己积累自我发展的道路，战略核心是实业稳步扩张为主，资产运作为辅；而刘永好想探索资本经营的新途径，快速聚合资本以迅速扩张。

刘永行的东方公司通过资产运作，与30多家亏损的国有企业建立资产纽带。其中，1/3采取兼并收购形式，2/3采取合资控股形式。这种大规模的扩张，使东方公司下属企业的数目短短几年从13家增加到60多家，资产规模增加4倍，所创利润占据集团利润总额一半。

刘永好的南方公司的下属公司也达到30多家，同时向多领域出击。南方公司已涉足房地产、制药、金融、外贸、印刷、化工、广告等八大行业，产业跨度之广，实属罕见。

"新希望"引发的小小波澜

各房点灯各房亮。兄弟分家后，小家庭的关系也变得易处理了，企业的财产完全由自己决定，可以自由分配给自己的妻子和儿女，与集团总部没有关系。

刘永行 刘永好 首富长青

124

但分家后，在刘永好成立新希望集团并运作上市这一件事上，兄弟四个有着不同的意见。1997年初，刘永好得到了一个上市的指标，于是以南方希望公司下属的几家企业为基础成立了"新希望集团"，这家希望集团的"孙子辈"公司一亮相，第一个惊人之举就是积极准备在深圳发行股票上市。刘永好的意愿是加速传统家族式企业向现代企业制度过渡，成为社会化的股份公司。

为了"新希望"顺利上市，刘永好开始大规模的宣传，"新希望"顿时名声雀起。由于当时兄弟们分家的事并没有向公众公布，而"新希望"的宣传却在有意无意中给公众留下一些模糊概念，让人容易误认为"新希望"是希望集团的"发展与超越"，有的甚至以为希望集团改名了，而且大家也容易把"新希望"与希望集团的资产与盈利状况混为一体。三位兄长认为这样做不太妥当。

对于上市问题，刘永好的三位兄长原本就持有不同看法，认为当时正值金融风暴时期，上市时机不太好，希望老四要慎重，多估量一下上市带来的负面效应。但老四刘永好仍坚持己见，三位兄长不好再阻拦。不过，他们提出，在"新希望"与希望集团的对比性宣传上，一定要严格区分，不要让人误认为是希望集团上市。

正是在这种情况下，才有了1997年11月4日希望集团刊登在《经济日报》和《中国证券报》上的一则不足300字的公告："根据希望集团董事会的决议，希望集团下面只设大陆、东方、华西、南方四个二级实业公司，分别由刘永言、刘永行、陈育新、刘永好负责。并同时决定，自1997年6月3日起，由刘永行董事长出任集团的法人代表，代表希望集团对内对外活动；由陈育新总经理主持集团的日常工作；刘永好不再担任集团的法人代表。"公告明确指出，新希望集团只是希望集团下属南方公司的一个分支结构。也是由于这则公告，才让两年前刘氏四兄弟分家之事由隐藏不露到天下皆知。

短短的 300 字，却引起了新闻界的普遍关注，大家充满了强烈的好奇与各种猜测：这个中国大陆最富有的家族企业到底发生了什么？刘永行兄弟之间是不是彻底翻脸反目、分道扬镳了？

中国首富投身光彩事业

成为中国首富

几乎就在刘永行兄弟分家的同时，一份香港出版的杂志，把他们推上了全世界舆论的焦点。

1995 年 2 月，美国《福布斯》首次发表了一份不太成熟的《1994 年度中国内地亿万富豪排行榜》。这份富豪排行榜率先在香港出版的中文杂志《资本家》上刊出。还列入富豪榜的共有 19 人，前 10 名分别是：刘永好、刘永行兄弟（6 亿）、张宏伟（5 亿）、冼笃信（5 亿）、牟其中（3 亿）、张果喜（3 亿）、罗中福（3 亿）、罗西峻（3 亿）、李晓华（2—3 亿）、热比娅（2 亿）、宗庆后（2 亿）。

让人惊讶的是，这张榜单上的人全部是私营企业家，而且是第一次以赤裸裸的财富的形式向国人展示自己的实力。在那样一个"万元户"、"十万元户"都让大家觉得稀罕的年代，却突然冒出了这么一小撮人，竟然拥有了让人难以置信的亿万财富，这在有着"不露富"传统的中国大地上，自然会引起一场不小的震荡。

要知道，在 1949 年至 1976 年之间的历次运动中，私人财富是可能引来种种仇视、打击甚至危及生命的"不祥之物"。即使是改革开放之后十几年时间里，私营经济的发展和个人产权的保护也历经了波折。

刘永行 刘永好 首富长青

"共产党国家有了资本家。"有外国媒体如此惊呼。

西方人开始相信，邓小平当年提出"让一部分人先富起来"绝非是喊喊口号而已。在此之前评选的全国优秀企业家，要么是国有企业里的改革型企业家，如马胜利；要么是知名的乡镇企业家，如鲁冠球。而《福布斯》的这份富翁排行榜，却从另外一个价值评估标准给出了一个新的答案。这无疑给了社会主义国家的人民强烈的刺激。

正因为这种"曝富"行为所引来的巨大社会震荡，富人们如惊弓之鸟般对这些富豪排行榜惟恐避之不及。中国内地的富豪排行榜在仓促问世之后又归于沉寂。

但也就是从此开始，一个人拥有财富的多少渐渐变成是否成功的最重要的价值标杆。在一个物质化的商业时代，人们也许真的需要一个更为直接而易于计算的评价方式。所以5年之后的1999年，一个叫胡润的英国小伙子才又开始鼓捣起这件看似没谱的事情，并一直持续至今。

在刘永行兄弟被评为中国大陆首富之后，《经济学人》专门采访了他们。文章写道："在采访中，刘永好先生避开了关于他是否是一个资本家的问题，他说，'这些问题关乎理论；我对理论还没有进行过深入学习'，他还特别强调了希望公司的博爱之处，包括一些扶贫的计划，以此证明他的'社会主义市场经济'性质。希望公司的总部在四川省会成都的郊区，两排低矮的房子。刘先生的车很普通，中国产的大众桑塔纳汽车，招待客人也如普通农家一样，白米饭、蔬菜和一些牛肉，这很难让人想到刘是一个有钱的人。刘的十多岁的女儿则不同，穿迷你裙，喜欢比萨、煎鸡和汉堡，西方消费文化已经深深影响了近年来在美国就学的她。"

"假如有人以追求物质财富为目的，则我们可以相信，他将逐渐丧失生产物质财富的才能，最后总有一天跟兽类一样，对物质财富既无鉴别能力又不会使物质财富生产发展。"法国的政治思想家和历史学家托克维尔曾如此告诫那些创富者。

拥有巨额财富的刘永行兄弟也深知：财富越多，荣誉越大，责任也越重。

投身"光彩事业"

1994 年 4 月，刘永好出席全国工商联七届二次常委会。当时，国家刚刚制定了一个"八七扶贫攻坚计划"，要求在 20 世纪末最后 7 年内基本解决全国 8000 万贫困人口的温饱问题。在中央统战部五局局长胡德平的建议下，刘永好会同其他 9 位全国工商联常委、私营企业家联手提出《让我们投身到扶贫的光彩事业中来》的倡议。

他们宣言："作为私营企业家，我们是想赚钱，但也想对社会做回报、做贡献，这样的行为是光彩的，得人心的，受欢迎的。"这项倡议得到全国政协、中央统战部领导的支持和非公有经济人士的热烈响应。

刘永好和其他私营企业主之所以对光彩事业这么踊跃，还和 10 年之前的一件事有关：1983 年 8 月 30 日，胡耀邦、万里等党和国家领导人，在中南海会接见了 300 多名全国集体经济和个体经济的先进代表。在此次座谈会上，胡耀邦即兴发表了《怎样划分光彩与不光彩》的长篇讲话。

胡耀邦说：从事个体劳动同样是光彩的，一切有益于国家和人民的劳动都是光荣豪迈的事业；凡是辛勤劳动，为国家为人民做出了贡献的劳动者，都是光彩的。胡耀邦鼓励个体、私营老板们干光彩的事，做光彩的人。

正是因为有了胡耀邦等党和国家领导人的支持，在当时遭遇非难的非公有制经济才能继续存在和发展。10 年之后，已经茁壮成长起来的私营企业主们，没有忘记当初胡耀邦总书记的鼎力支持，大家"致富思源、富而思进"，决定为国家的扶贫事业贡献自己的一份力量。

光彩事业推动委员会成立后，王兆国任主任，刘永好任执行主任。他们提出来的目标是：到 20 世纪末，培训 7000 人，办 700 个项目，开发 70

刘永行 刘永好 **首富长青**

128

个资源。但事实上，后来大大超过了原先的这一设想。

1994 年 7 月，刘永好随中央和统战部领导到四川凉山彝族自治州考察，确定投资 1500 万，在西昌市兴建一座年产 10 万吨的饲料厂。当地政府热烈欢迎，将此列为当地的第一号工程。希望集团派出 500 名技术人员和工人组成建筑施工、设备安装队伍，仅用 63 天，一座上万平方米具有现代化设备的工厂便耸立在西昌市的一块洼地上，被誉为"中国光彩事业第一号工程"。他们招收 200 名贫困地区的青年就业，对他们进行科技生产和现代管理培训。新厂试产 15 天，产出了 2000 吨供猪、牛、鸡、鸭、鱼食用的饲料，产值达 400 万元。

希望集团一边建厂，一边派出由技术人员组成的扶贫科技小组，深入到凉山的贫困山区，行程万里，散发科技资料 45 万份，扶植专业养殖户 100 多个，向数十万民众普及科学养殖和商品经济知识。5 年后，西昌希望饲料公司培养出 500 个科技养殖示范户，带动凉山州 1.5 万贫困户通过科学养殖而脱贫。

1995 年 1 月，希望集团投资 1500 万元，又建一家"光彩事业"扶贫单位——贵阳希望饲料有限公司，建立了一座包括 1200 万平方米厂房、2600 平方米库房等配套设施的工厂，也只花了 3 个半月时间。年产饲料可达 10 万吨。

在贵阳的贫困山区，30 名希望集团的科技人员翻山越岭，为农户传授技术，使 2000 名农户走上科学养猪致富之路。一位苗族老人育猪 26 头，年收入 2000 元。老人激动地说："我几十年才看到致富的希望，感谢共产党，感谢'希望'。"

1996 年初，刘永好参加了由中共中央统战部和国务院农业部在南昌召开的"光彩事业"及农业科技成果产业化座谈会。会后，希望集团又在赣南老区投资 2400 万元，兴建一座年产 20 万吨饲料的光彩扶贫工厂；在永丰县投资 1500 万，兴建一座年产 12 万吨饲料的扶贫工厂……

从 1994 年到 1999 年，希望集团先后投资 3.7 亿元，在全国 10 多个省区兴建了 20 家扶贫工厂，每年向农民提供上百万吨希望饲料，让利 3000 万元左右，帮助近 20 万农民走上了致富之路，而这些企业也创造了 20 多亿元的良好收入。

除希望集团之外，到 2004 年底，全国有 1.6 万多名非公有制企业家参与其中，实施扶贫开发项目 11800 个，到位资金 813 亿元，同时捐赠资金 96 亿元，兴办公益事业 1 万多项，兴办光彩学校 1 千多所，培训人员 271 万人，安排就业 311 万人，帮助农村 538 万贫困人口摆脱了贫困。

纵观刘永好发起的光彩事业行动，其特色是奉行科学式扶贫、互惠式扶贫、产业化扶贫。刘永好认为，私营企业有科技、资金方面的优势，贫困地区有资源和劳动力的优势，两个优势结合可以互惠互利。"光彩事业"就是要走开发性扶贫的新路子。这么看来，"光彩"不同于一般扶贫救灾，只是雪中送炭；"光彩"有科技投入，变"输血"为"造血"。

光彩事业受到了国家领导人的赞扬和联合国的肯定。江泽民早在 1996 年就为光彩事业题词："发扬中华民族传统美德，促进共同富裕。"胡锦涛也在讲话中称赞："光彩事业的倡议很好，希望付诸行动，为国家八七扶贫攻坚计划做出贡献。联合国官员在考察过中国的光彩事业后高度评价说："像光彩事业这样有明确宗旨、有成熟理念、有全国性组织，以群体行为持续不断开展扶贫的，在国际上绝无仅有。"

刘永好因此于 1997 年 9 月获得"全国十大扶贫状元"称号，当年 11 月又获得中国光彩事业奖章。

光彩事业成立 10 年之际，诗人苏叔阳写了一首抒情诗发表在《中华工商时报》上："十年前那十位侠肝义胆的梦想家/今天在什么地方耕耘/你们可曾留意/当年插下的播梦的枝条/如今已蜿蜒到哪块土地……"

第五章

群涌：四兄弟企业大放异彩

"如果你在一株树上添加足
够多的新树枝（变化），并且聪
明地修剪掉枯枝（选择），那么
你可能使其长出生机勃发的枝
条，且它们极有机会在持续变
化的环境中枝繁叶茂。"

——吉姆·柯林斯：《基业长青》

自从1995年明晰产权后，刘永行和刘永好
便开始忙着跑马圈地。而对于他们而言，1998
年前后无疑是"最好的时期"、是"希望的春
天"！就在这一年，他们提前完成了在全国抢
位布点的任务。接下来，他们开始开拓第二主
业，进行了重大转型。

　　"辉煌的人生是一个不断刷新自己的过程。过去的希望已成为现实，现在提出新希望就成为瓜熟蒂落的事。所谓新希望就是新目标、新梦想，就是要走出四川的崇山峻岭，进入江汉平原，继而奔向大海。我们的目标是大海而不是沟塘堰塱，不能浅尝辄止，也不能知足常乐，要坚忍不拔、九死不悔，不达目的决不罢休。"

　　1996 年 3 月，在新希望集团成立大会上，刘永好作了一番激情四溢的发言。

　　自从 1995 年明晰产权后，刘永行和刘永好兄弟便开始模仿指挥"四大战役"时的伟人毛主席，把一幅全国大地图挂于成都希望集团总部的墙上，每天主要做的就是一件事：在地图的空白处画红圈、插红旗！

　　两兄弟唯一的区别是——二哥以梦为马，在长江以北摇旗驰骋；四弟拿笔做刀，在长江以南割土划地。长达四、五年的时间内，他们一直忙着跑马圈地。

　　虽然集团内部也有人不断投诉各个企业的管理问题，但由于产品的利润实在太高，为了尽快在全国抢占空白市场，兄弟俩无暇他顾，只能暂时把企业管理置于建厂布点的后面。刘永行后来曾回忆起那段在地图上策马奔腾的扩张岁月："一个工厂的运输范围是 200 公里，200 公里范围划个圈，没有被圈到的空白地区就是下一个工厂的范围。"

而在中国经济发展的这个大舞台上，像刘永行兄弟一样的私营企业家，身份已经从微不足道的"配角"变成了不可或缺的"联合主演"——在 1997 年 9 月 12 日召开的党的十五大中，有这样一句改变他们身份成分的话："非公有制经济是我国社会主义市场经济的重要组成部分"。

但 1998 年在中国改革史上是带有几许悲壮色彩的一年。在 3 月料峭的春寒中，新上任的国务院总理朱镕基在答香港某位记者问时，慷慨激昂地说了一段后来很闻名的话："我感到任务艰巨，怕辜负人民对我的期望。但是，不管前面是地雷阵还是万丈深渊，我都将一往无前，义无反顾，鞠躬尽瘁，死而后已。"

在改革开放 20 周年的当口，从中央决策层到思想界、企业界，每个人都感受到改革向深度推进的艰巨，同时，又对这场变革将把这个国家和自己的命运带向何方有着莫名的亢奋和迷茫。

著名的经济学家吴敬琏引用狄更斯《双城记》开篇的话称："这是最好的时期，也是最坏的时期；这是智慧的时代，也是愚蠢的时代；这是信任的年代，也是怀疑的年代；这是光明的季节，也是黑暗的季节；这是希望的春天，也是希望的冬天；我们的前途无量，同时又感到希望渺茫……"

而对于刘永行和刘永好兄弟而言，1998 年无疑是"最好的时期"、是"希望的春天"！就在这一年，他们提前完成了在全国抢位布点的任务，在地图上展眼望去，已经是全国江山一片红了。

如何保护住用自己的智慧、汗水换来的胜利果实？这是当时和刘永行兄弟一样做大起来的民营企业家牵肠挂肚的事情。

就在 1998 年，任全国工商联副主席的刘永好，参与组织了一次很有意义的行动：在保育钧的提议和经叔平的支持之下，1998 年 3 月，在全国政协九届一次会议上，全国工商联将题为"关于健全财产法律制度，依法保护各类财产的合法权益"的提案作为第一号团体提案递交全国政协。这份最早关于私产入宪的提案，被誉为"开共和国历史先河"。

当然，事情并非推进得那么一帆风顺，真正要实现私产入宪，则要等到6年之后了。

但在1999年3月15日第九届全国人民代表大会第二次会议上通过的宪法修正案中，把第十一条中的"国家保护个体经济的合法的权利和利益"修改为"国家保护个体经济、私营经济的合法的权利和利益。"这意味着，像刘永行兄弟这样的"大块头"的正当权利，也受到了国家最高法律的保护。

在1995年第一次戴上"中国首富"桂冠的6年之后，刘永行兄弟再一次荣登"2001年福布斯中国富豪排行榜"榜首，拥有的财富高达83亿元人民币。比起6年之前的惴惴不安，这次刘永行兄弟显得分外从容坦然，在面对媒体时宣称，自己的资产是阳光下的财富。

而就在这份榜单公布不久前的2001年7月，江泽民在建党80周年大会上第一次将私营企业家定位为"有中国特色的社会主义事业建设者"。这是执政党第一次承认民企的政治地位。此后不久，全国有近600位个体经营者和私营企业家相继当上了"劳模"，并有了入党的资格。

创富者也是劳动人民一分子，也能成为"劳模"，受到了法律的保护，并且不再受到政治上的歧视！刘永行兄弟一样的私营企业家，迎来了一个更开放、更宽容的发展时代。

必须站在变化的前面

东方希望迁往上海

"我加入世贸组织后/一夜风流的消息/在四处传播/社会越发繁荣/我

刘永行 刘永好 首富长青

的生活/越发滋润/但风平浪静的日子/决不是好日子/真理和定义/都在假扮高潮……"

80后网络作家莫小邪写了一首叫《掌声响起》的诗歌，她感性的笔触直接切入了商业社会繁杂的肌理深处。

自从1995年刘氏兄弟分家后，刘永行的饲料产业版图被划分在长江以北地区。由于从成都总部出发到各个工厂的路途相对遥远，加之当时的上海领导向他发出了盛情的邀请，于是在1999年4月，刘永行决定突破"盆地效应"，把自己旗下的东方希望集团正式搬迁到这个长江入海的城市。

从岷江流域到长江流域，刘永行胸中还激荡着一首更宏伟的狂想曲——1999年中美签署双边协议，扫清了中国加入世贸组织的最大障碍；两年后的2001年，中国即将正式加入世贸组织。刘永行认为，世界上最大的饲料市场在中国，世界上最大的饲料企业也应该诞生在中国，他希望自己能够摘取这项世界桂冠。

要实现这一目标，刘永行眼中看到的是大洋彼岸的竞争："我们的竞争对手是跨国大财团和国内新兴的高科技饲料企业，我们将总部迁到资讯发达、外资企业多的上海，是为了更靠近市场前线，又能更多地接受国际市场的挑战，锻炼我们与跨国财团的竞争能力。"

但出乎刘永行意料之外的是，财富之流也如滚滚长江奔腾而至——到1998年之前，刘永行兄弟基本上已经完成了全国的工厂布点，到1999年时，前期投资饲料工厂的资本正是大规模回笼的时候。

财运来了，挡都挡不住。"来上海不到一年，它便为我带来了一笔上亿元的大单。"刘永行忆及此事笑颜难掩，"当时一家韩国大型企业在中国急着下一个大单，他在上海的代表处找到我，经过连续一个星期的紧张谈判，我们迅速达成协议。我动身跟他们到韩国签好合同没几天，便接到报喜电话。就在这一周内，国际饲料市场价格经历了一轮暴涨，从1300美元一吨涨到了2500美元一吨，这意味着我一下子净赚5000万。"

刘永行觉得，如果还留在内地，这样的机会肯定丢掉了，因为这些跨国企业通常只在上海设办事处。这是他第一次切身体会到一个成熟商业环境的高度便利。

与外资企业建一个厂花一个亿并且资金一次性到位、两年时间建成的豪迈阔绰作法相比，刘永行兄弟则显得过分精打细算。自小崇拜毛泽东的刘永行兄弟，在企业扩张时采用的正是这位伟人所提倡的"多快好省"战略——建厂一次投资1000万，分3个月建成。而在这个工厂动工的同时，先从兄弟公司调运饲料进行产前销售，等3个月后这个厂正式投产时，已经渡过了亏损期。当年就可以把投资的1000万赚回来，第二年这1000万又可以变成另外一座新厂。而外企投资建设的工厂，需要2年建成，还得有2年的亏损期，等他们扭亏时，刘永行兄弟已经有10多个小厂在热火朝天地运行赢利了。

早在1995年，刘永行就预见到，饲料行业即将面临一场残酷的洗牌运动，由此他才提议和四弟分头行动，提出了要在1998年时在中国扩张到100个工厂。而正是由于刘永行兄弟这种"四两拨千斤"的智慧，帮他们解决了扩张所需要的巨额资金问题，顺利渡过了最关键的扩张期。刘永行说，作为一个低利润行业，很多企业就是被盲目借贷的银行利息拖垮的，而东方希望集团通过自身的滚动发展，在1999年前就建了120个厂。

刘永行对此很骄傲："我有能力用有效资金进行扩张，为什么还要用金融杠杆，为什么还要上市圈钱呢？不需要！到上个财年结束，我的负债一直是零！"

刘永行兄弟的战略布局与行进节奏，与饲料行业的发展局势和节点对应得十分精准：1995年以前，东方希望饲料的利润率高达20％以上，但到了1998年，由于饲料行业的竞争开始迅速加大，利润被迅速摊薄利润率一下子跌落至8％，1999年维持在6％～7％的水平。

1998年前，希望集团的主要对手是外资企业和国有企业，但作为行业

格局分水岭的 1998、1999 年，也就是东方希望搬进上海的这段时间，中国饲料行业的民营化进程以非常迅速而剧烈的方式完成了，短短的几年时间，便从 1998 年的 3000 家饲料厂迅速膨胀到 13000 多家，行业平均利润更是从 5% 直线降到了薄如刀锋的 0.5%。

此时，饲料行业的市场已成红海，对于刘家兄弟来说，寻找新的蓝海势在必行。

开辟第二主业

"你不能只是继续做以前行得通的事情，因为你四周的每样事情都在变化。想要成功，你必须站在变化的前面。"沃尔玛超市的继承人山姆·沃尔顿曾经这样警告安于现状的企业家。

占尽行业先机的刘永行，也决定以上海浦东作为进行第二次创业的起飞平台。策略主要有两个方面：**一个是对原有的饲料进行深耕；二个是寻找全新的产业机会**。

刘永行明白，东方希望的主业已经不可能再产生几何级数的财富聚敛效应了："一定要做第二主业，中国的饲料行业在全世界来说竞争最激烈，中国的饲料业已经进入到了艰苦抗战时期，整合期要 10 年。经过较充分发育的中国饲料市场，饲料业的利润率正呈逐年下降趋势，腾挪的空间愈益逼窄。欧美、韩国等饲料行业平均利润只有 1%，中国在 2001 年降到了 0.5%，东方希望集团虽接近 5%，但长远地看，要以利润增长率来填补今后几年国民收入呈刚性上涨留下的空间，非常艰难。"

当时国内 13000 多家饲料厂是严重过剩的，经过 10 年整合后至多剩下 1000 多家，到时会有 90% 以上的饲料企业倒闭，淘汰率高达 200%。其竞争之惨烈，将会远甚彩电行业。

至于自己的企业何去何从，刘永行直言不讳："正是因为饲料行业过于激烈的竞争，所以我们不应该再在低层面上去竞争，我们必须身体力行地去提高竞争层面，向高端行业进军，避让价格战。"

家有闲粮，心里不慌。1998年时，刘永行响亮地提出了"用20亿渡过难关"的口号。刘永行准备要用5年时间培育第二主业，反哺饲料业，为提前发动饲料业整合战进行最充分的资金储备。

刘永行是个未雨绸缪的人。对东方希望第二主业的考察，其实开始于1997年，5年中他总共看过上百种行业，比如说钢铁、轮胎、建材等等，一直在寻找一个最佳的投资机会。一直到2001年，他在山东看了信发热电集团的电铝一体化项目以后，才最后确定了新的主业方向。

刘氏四兄弟性格各异，各有特别突出的一面——老大刘永言是技术型的企业家、老三陈育新是实干型的企业家、老四刘永好是外交型的企业家，而老二刘永行身上兼有大哥钻研技术的因子，也有三弟的实干精神但又比三弟更开放激进，甚至在后来经营企业的过程中学会了四弟的外交能力从而在各种场合游刃有余。各具禀赋的四兄弟，在转型后也将踏上不一样的企业发展道路。

饲料大王变成金融家

刘永行的"不上市"

"国有企业的烂账/以及邻国经济的萧瑟/还有小姐们趋时的妆容/这些不稳定的收据/包围了我的浅水塘。"

诗人翟永明在世纪之末写下了这首《潜水艇的悲伤》，揭露了那个年代最真实的现状和情绪。

半死不活的国企、不健全的股市，给了那些野心家们一个全新和疯狂的狩猎场，他们开始了肆无忌惮的融资圈钱游戏，并直接诞生了大批"壳资源"和以此兴风作浪的庄家和资本大鳄。

"但凡是我们拿生命去赌的，一定是最精彩的。"这是曾经的资本枭雄唐万新自创的一句名言。1999年，正是他的资本游戏达到最疯狂的时候。从1996年起，唐万新创建的德隆集团旗下的"三驾马车"（新疆屯河、沈阳合金、湘火炬）的股价，如脱缰的野马般一路狂奔，到1999年更是撞上了"5·19行情"，德隆在中国股市上创造了让千万股民瞠目结舌的飘红纪录，因此赢得了"天下第一庄"的大名。

因为"5·19"井喷带来的一波股市大行情，也让吕梁、刘波、宋朝弟、宋如华等庄家疯狂起舞。"把自己变成野兽，也就摆脱了做人的痛苦"，中国股市沦落为没有道德底线的野蛮之域。

当时，唐万新旗下的"三驾马车"，在短短三、四年时间内，累计涨幅均超过了1000％，到2001年3月，德隆的庄家从这种坐庄活动中总共获利52亿元。

而东方希望集团闲置资金在最高时曾达到过10亿元人民币之巨，刘永行完全更有实力去股市上获利。但即使钱多得烧手了，他对于当时风行一时的股市炒作却没有丝毫兴趣：**"从股票二级市场上得来的钱不适合于我，我良心过不去。而且我也觉得它不安全，如果我也从二级市场上得到几十个亿，我会很害怕。我现在这样过得踏实。"**

其实，刘永行兄弟才是中国企业家最早进行资本运作的企业家。"从1991年就开始到现在兼并了几十个工厂。兼并难道不是资本运作吗？"但刘永行同时认为，资本运作必须与你的能力相适应，而且你必须有责任感，"用老话讲，就是你的良心得过得去。良心这个东西是人的价值观的最基本出发点，是人之为人的下限，没有这一点，人还是人吗？"

"我不是德隆，投资金融，实在没有什么可供想象的空间。"刘永行

"抱歉"地说。在没有找到支撑集团持续发展的第二产业之前，他投的都是一些闲钱，只不过是为了增加手头现金的利用率而已。比如他投资参股了光大银行、上海银行、民生银行、成都商业银行、民生保险公司、光明乳业、北京南山滑雪场等，总投资超过 2 亿元。

这些投资都是一种临时性的措施，既可以做长期的战略型的投资、也可以做资金的财务投资，都有好的前景，可以每年分红，而且有很好的退出机制，这样既可以实现闲置资金的增值，又可以在需要资金的时候容易变现。

"闲置资金是一种不事生产的罪恶资产。"正如美国辉瑞制药公司总裁约翰·麦基恩所说的那样，作为一名企业家，是绝对不容许资金在自己手里深沉闲置起来的。但金融业也决不是刘永行的"正选"，因为投资金融业的回报率并不见得比投资实业高，而且刘永行也喜欢踏踏实实地做实业。

"我给企业做过 15 年规划，因为这样不会急功近利，不至于做事情太毛糙。"刘永行认为，真正的财富是建立在实业、产品经营的基础上，通过资本市场的放大，使得它集中到优势企业手上，让优秀的经理人来掌管，使它增值更快，从而为股东和社会创造价值。"我们现行的管理机制是背离这个原则的，所以一定要调整。不调整就会出现一种谬论：赌博可以成为社会价值增加的源泉。"

刘永行甚至连公司上市都不感冒，认为完全没有那个必要："圈到钱以后你干什么？没有明确的投资方向，那会成为一个包袱的。……一些大股东甚至把上市公司变成自己财务部。把钱提走固然可怕，更可怕的是把钱稀里糊涂地变成固定资产，这些钱一旦'固化'就基本上意味着退不出来了，现金流就有断裂的危险。"

与四弟刘永好在金融界大张旗鼓的作风相比，刘永行幽默在说："我比四弟偷懒，不像他那样肯吃苦。所有金融投资和运作，概不参与具体事

务，全交给东方希望投资部操办，或委托证券公司代理。东方希望两次接受光大银行的股权，我均未参与具体谈判；在民生保险是第一大股东，但我还没有拜会过民生保险筹备组，也没有通过电话。"

刘永好的"爆米花理论"

相对于二哥刘永行的小心谨慎、如履薄冰的保守相比，刘永好则更加激进和富有冒险精神。

对于资本运作，刘永好有一套"爆米花理论"："**爆米花爆炸时体积会骤然增大，一般3至5倍，大的有10多倍。我们通过研究发现，一些垄断行业逐渐放开时，会产生类似爆米花爆炸时的效应。放开会带来巨大的膨胀，而这里面有超额的利润。这样的机会曾在上世纪六、七十年代的香港、台湾出现过，现在大陆正在演绎同样的故事。这样的机会不多，一定要好好把握。**"

在刘永好眼里，金融业便是这样的典型垄断行业。他坦言，自己一生中抓住了两个机会：刚刚改革开放的时候进入到饲料业，刚刚金融放开的时候进入到金融业，这才获得了巨大的发展机遇。

刘永好分析，金融领域一直是由国家完全垄断经营，随着中国加入WTO，国家已允许外资的金融机构逐步介入，但有一个时间表，有三、五年的"渐变期"。金融领域在对外资开放之前，会先向内资开放。在积累了产品经营经验之后，刘永好终于亮相于国内金融市场，开辟"试验田"，寻找"起跳点"，从银行、信托、租赁、保险到证券，几乎无所不包。

1999年3月11日，通过一年多的运作，刘永好的"新希望"股票在深交所上市，总股本14002万股，上市可流通股3600万股，上市后很快融资4个亿。新希望农业股份有限公司上市可以认为是刘永好进入资本市场的标志。在民生银行上市之前清退不良资产的过程中，刘永好利用在工商

141

联内信息灵通的优势，通过他间接控股的新希望耗资 1.86 亿元、分三次从原民生银行股东手中收购了共 1.38 亿股，抢得了 2001 年上市的民生银行第一大股东的地位。此外，他女儿刘畅的南方希望后来也位居民生银行的第 10 大股东。如今，刘永好每年在民生银行坐享的分成就达几千万。

民生银行上市后，刘永好的第一大股东地位一度受到外姓的威胁。于是，四兄弟再度联手，共同出资收购民生银行的股份，以取得对民生银行的控股权。

这种联手控股的方式也被移植到了民生保险的投资中。东方希望总共投入了 7500 万元，新希望投入了 6000 万元，虽然单一的出资皆少于浙江万向的鲁冠球和山东泛海的卢志强，但刘永行和刘永好兄弟的股份相加，却占有绝对控投优势。

此后，新希望集团又成为联华国际信托投资公司的主要发起人和股东。2002 年 2 月 18 日，中国人民银行上海分行批复福建联华国际信托投资公司正式成立。新希望对联华信托现金出资 1.3 亿，资金已于 2002 年 7 月到位，占总股本的 36％，仅次于持 42％股权的福建省政府。据说刘永好是在 15 分钟内敲定入股这家号称"全国最干净"的信托公司的。

2002 年 12 月，金鹰基金管理公司成立，新希望出资 2000 万元获得 20％的股份，为并列第二大股东；2003 年 5 月 28 日，东方基金管理公司获准筹建，南方希望出资 1800 万，占注册资本的 18％，与另外 3 家公司并列为第二大股东。

2003 年伊始，刘永好又在上海成立了注册资金 5.7 亿元的新希望投资有限公司，由其女刘畅领导，专门用来做金融领域的投资并开展国际合作。至此，在刘永好的精心布局下，完全打通了"银行—保险—信托—基金"的金融产业链条。按照市场内的惯例，人们也送给他的"资本王国"一个名号——新希望系。

刘永好抓住机会，果断进入，分享这些由膨胀带来的巨大收益。投身

刘永行 刘永好 **首富长青**

金融业，让刘永好实现了产业资本和金融资本的结合，不仅增强了新希望抗风险的能力，而且使新希望踏上了快速发展的快车道。但他也与自己的二哥刘永行一样，坚持不涉足二级市场。

人们蓦然间发现，刘永好已经从"饲料大王"变成了"金融家"。刘永好也这样感叹过："七八千人搞饲料，利润两个亿；七八十个人房地产，回报两个亿；七八个人搞金融，回报差不多还是两个亿。"

从投资学的角度而言，资本应当向最能增值的地方流动。产业资本发展到一定阶段后进而寻求与金融资本的结合，是产业发展的一般规律，国外也不乏产业资本和金融资本结合的经典案例。在国内，新希望不是寂寞高手，海尔、联想、泛海等的产业资本也已加入金融行业。

尽管如此，中国产业资本走向金融资本，还只是刚刚开始。在产品经营过程中已获得成功的传统企业，若能将其已经积累起来的经营经验成功嫁接于金融企业的经营活动之中，对金融企业自身的发展大有裨益，而且有助于改善金融企业公司治理结构。

现代公司资本结构理论的研究结果表明：公司的发展首先应当依赖于自有资金，只有自有资金不足以维持公司发展时，公司才应当采取外部融资的方式，而外部融资方式的选择顺序依次为债务、可转换债券和股权融资，这种由内及外的融资方式最有利于企业发展。

所以刘永好称："经营饲料是一分一分地挣钱，经营品牌是一角一角地挣钱，而资本运作却是一元一元地挣钱。"

但也必须看到，产业资本走向金融资本也会带来经营的风险。

一来金融业放松管制的历程，必然是金融业平均利润率下降的过程，不具备规模优势的金融企业其生存空间将越来越小；二来不规范的关联交易的扩大，产业经营的风险被转化成金融经营的风险，危害程度会迅猛扩大。

因此，进军金融企业的产业资本，在追求收益的同时也要清醒地意识到面临的风险。唐万新、黄光裕等人便是前车之鉴。

房地产：傻子都能赚钱

房地产初"试水"

"搞房地产傻子都能赚钱！"刘永好曾经这样自嘲道。房地产业一直被人们形容为"暴利孤岛"。从 1998 年至今，凡是玩房地产的都赚取了大把大把的钞票。热衷于多元化投资的刘永好，自然不会放过这块暴利的领域。

其实早在 1992 年，刘永好就关注过这个新兴的领域。当时海南涌起了炒地皮热，几百亿元热钱带着投资者的梦想洪水一般涌入这个地方，一幕幕的财富故事在这个 34 万平方公里的岛屿中轮番创造、上演。当时只有650 多万人口的海南，却突然在一夜之间冒出了 2 万多家房地产公司，平均每 80 个人就有一家房地产公司。1991 年海南的房地产均价才 1400 元/平方米，到 1992 年猛增至 5000 元/平方米，而到了 1993 年上半年达到7500 元/平方米的顶峰。

真是疯狂！在那里，几十万在几个月内变成几千万的故事不是虚构的神话。有一次，刘永好在朋友的极力怂恿之下，携带着巨资来到海南准备投资。他想看看，到底是什么样的土地有这样神奇的力量？

但聪明的刘永好一踏上海南就感觉到不对劲——不过是一块地皮在几个人手里就炒成了天价，而自己的钱是靠卖饲料一分钱一分钱脚踏实地挣出来的。他凭自己的经验判断：这样"击鼓传花"的方式并不产生社会财富，此地不宜久留！于是，他匆忙把刚开办的公司注销，并把自己买的一

栋别墅卖了出去，然后断然抽身而去。

不久，海南房地产大战硝烟散尽。至1993年宏观调控时，曾在一天之间有200亿资金瞬间撤离海南，其速度之迅猛一如它们当初奔袭而来。整个海南岛顿时变得满目疮痍——整个岛上剩下了594万平方米的空楼，1135万平方米的"半拉子工程"，255亿元的不良资产和债款，以及2万多公顷的闲置土地。"天涯、海角、烂尾楼"成为海南岛三大景观。而刘永好因为及时刹车，不但没有受到损失，而因为转卖那栋别墅小赚了50万元。

但刘永好对这个行业一直保持着高度关注，认为房地产的发展在中国是一个大势："改革开放解决的第一个问题是12亿人吃的问题，这给我们提供了巨大的商业机会，这段时间凡做与吃有关的产业都效益较好，我们抓住这个巨大的市场，取得了巨大的成绩。但是随着生活水平的提高，住的问题正日益凸显。

同时，刘永好也敏锐地看到了房地产业中的问题所在："住宅业方面地区性的品牌企业不多，全国性品牌更少。绝大多数的地方早年靠政府投入、靠垄断性的土地资源，垄断了房地产开发，奠定了房地产开发的基础。但这种政府化或者垄断化的开发手段，随着市场化进程会逐步弱化，而外资投资的、民间投资的或者混合所有制投资的房地产开发企业正在逐步成长，大有后来居上的趋势。"

刘永好决定做这样一个"后起之秀"。连二哥刘永行都觉得，自己的四弟不搞房地产开发是一种人才浪费："我弟弟是个社会活动家，他擅长交际，而房地产正是需要与各方的良好关系，所以，他在这一方面能发挥所长。"

正式进军房地产

为了熟悉房地产业务，刘永好出差在外时，只要听说当地有成功的楼盘，一定亲自前往考察。

1998年初，刘永好在对美国西雅图的访问中得知，西雅图被联合国评为"最适合居住的城市"，遂从中受到极大启发，马上开始思考什么是新希望进军房地产的目标，开发商应为消费者提供什么样的产品？他带着思考成果回到成都，不久便提出了一系列震动成都地产界的雄心勃勃的理念："把房地产办成最大的'成都造'"，"再造一个新成都"，"把成都建设成'中国的西雅图'"。

刘永好的雄心壮志，是要将成都建设成全国最适宜居住的城市。1999年3月全国两会期间，刘永好联合8位全国政协常委作了《关于将成都建成全国最适合居住的城市的提案》。

1999年初，新希望集团与成都市统建办连手开发建筑面积40万平方米、投资超过12亿的"锦官新城"，最鼓舞人心的业绩是3天时间销售了1.4亿元。刘永好的目标是将这里打造成一张城市的名片。其后新希望在华阳还有一个2000亩的房产项目，总投资13个亿，定名"南方新城"。

值得一提的是，作为中国西部的重要城市——成都，在2009年底正式提出了建设"世界现代田园城市"的宏伟目标。成都的这个城市定位，并不是平地起楼，而是有着坚实的基础。

在成都的规划中，有个"三阶梯"发展理论——从1999年西部大开发战略启动到2003年，是"全城谋划"阶段；从2003年到2009年，是"全域统筹"阶段；自2009年底，成都在总结西部大开发10年发展经验的基础上，进一步把战略视野拓展到全球，进入了新的"全球定位"阶段。

而刘永好的产业理想，正是发轫于成都"三阶梯"发展理论的最初期，极富远见地契合了这座城市的发展规划。

2000年，应时任大连市市长薄熙来之邀，刘永好在大连的星海湾修建了风格独特的新希望大厦，并取得了该市销售冠军的成绩；2001年，刘永

刘永行 刘永好 首富长青

好非常幸运地在上海一个极好的地段购到了地皮，打造"世纪全景台"。这段楼花因为鸟瞰整个世纪公园而受到上海市民的青睐，销售前景令人乐观。

2001 年 8 月，刘永好参加了在海南举行的"21 世纪博鳌房地产论坛"。在论坛上，他发表了《房地产联合起来》的倡议，得到了与会者的鼓掌赞同。在演讲中，他宣称，新希望集团将在未来 3 年内拿出 30 亿砸向房地产市场。而到 2002 年底，新希望的房地产产值已经超过饲料的产值。早年做过饲料生意的房地产大亨王石，曾这样对刘永好说："能把饲料做好的人，在中国做什么行业都能赚钱。"

2003 年，新希望集团在昆明投资 20 亿元建设了"昆明大商汇"项目，总规划建筑面积 80 万平方米，由国际建材装饰城、国际茶城、国际商务公寓等功能板块构成，是以多个专业市场、大卖场和商业步行街为主体的复合型商业项目，通过人流、物流、资金流、信息流的聚集，形成了多种业态组合、规模效应巨大，面向西南，全面辐射东南亚地区的超大型商业中心，它开创了集团在大型商业地产开发的先河。

此后，新希望集团又在南宁、绵阳建设起同类的大商汇，致力于改善当地的城市面貌和商业格局，提升城市定位，促成项目和城市的和谐相容。

和房地产有高度关联的旅游业，也是刘永好重点关注的领域之一。早在 1997 年，刘永好就盯了四川的九寨沟与稻城亚丁。然而当他付诸行动时，这两块"肥肉"已有人捷足先登了。

但一直想进军旅游产业的刘永好并未放弃。2000 年 4 月 30 日，刘永好本来准备去美国西部及澳大利亚悉尼做旅游考察，但由于时间太紧未办好相关手续。于是，刘永好立马做出新的决定，利用五一期间 7 天长假去各景点考察其真实情况。他的首选是有"桂林山水甲天下，阳朔山水甲桂林"美誉的阳朔。其间，最让他难忘的一件事，是阳朔景区内一位农村小伙子，竟因为当地漂亮的景色而娶到了一位漂亮的美国姑娘。这让刘永好看到了桂林山水巨大的市场影响力与吸引力。

经过数个月的反复论证后，2000 年 10 月，刘永好派出了发展部总经理到阳朔去与阳朔政府进行正面接触。其后，经过了一番与竞争对手的激烈竞争以及与当地政府长达 2 年的谈判后，2002 年 1 月，刘永好终于与阳朔签订了 8 公里遇龙河以及遇龙河畔 303 亩土地 50 年经营权的框架协议。

但他仍为整个桂林山水最核心、最知名的月亮山、美女梳妆等景点不在此内而耿耿于怀，因此，刘永好又再接再厉，继续与阳朔方面谈近 2000 余亩的阳朔两大公园和阳朔一家宾馆的相关合作事宜。经过艰辛谈判，双方定于 2002 年 4 月 15 日签订阳朔两大公园及一家宾馆 50 年的租赁协议，其中就包括了桂林山水中最著名的月亮山、美女梳妆、骆驼过江、榕树公园等一批最好的景点。新希望准备在入主桂林山水后斥资 10 亿元进行全新包装，目标是把阳朔打造成沿海旅游休闲度假的后花园。

一时间引来舆论纷纷扬扬，"将最优美景点纳入账下，中国首富十亿包装桂林山水"、"刘永好吃定桂林山水"等各种报道见诸报端。有媒体引用《关于加强风景名胜区保护管理工作的通知》的相关规定开始质疑刘永好此举的合法性。

这个规定明确指出："风景名胜资源属国家所有，必须依法保护。各地区、各部门不得以任何名义和方式出让或变相出让风景名胜资源及景区土地。"

媒体的曝光和质疑，让这一触动政策底线的计划被置于公众的注视下，刘永好只好叫停，接近 1 年的努力付之东流，开创旅游大场面的雄心也受挫。

刘永行 刘永好
首富长青

148

"买得便宜草，烧成灰底锅"

相对于其他三兄弟对房地产表现出来的强烈兴趣，老二刘永行却一直意兴阑珊。这与 1995 年底刘永行第一次试水房地产却被呛了一大口水有关。

1995 年，在浦东区粮食局的盛情邀请下，东方希望集团和对方成立了上海希望房地产开发公司，东方希望出资 2160 万元现金入股，占 60％的股份，而浦东区粮食局以其名下新雅酒店的股份和银良公寓的土地入股，作价 1440 万元，占 40％股份。

但刘永行一进入后，才发现这是一个"烂泥潭"——银良公寓的土地产权并未办齐，在法律程度上不能作为一个合资公司的资产，并且这块土地在开发过程中已经多次作为银行贷款进行了抵押，抵押额已经远超土地本身价值……

刘永行见势不妙，果断决定退出。但当时东方希望已经把 1000 万的现金划给了对方账户，要想"倒拔蛇"已经难于上青天。最后双方约定，对方用原来合资饲料厂的股份分红来偿还。

可是到了 1999 年，粮食局原任局长被免职后，新任领导对此根本不认账，甚至把东方希望告上了法庭，认为房地产投资是其自己的失误，不应该由合资饲料厂来偿还。

东方希望在一审中败诉，双方在你来我往缠斗了一年多后，上海市第一中级人民法院才在二审中做出浦东粮油总公司赔偿 538 万元给东方希望的判决。

虽然赢了官司，但刘永行却进行了深刻反思，觉得自己在房地产方面没有经验，却贸然涉足其中，十分的不理智。他从这场官司中也看到了自己的弱项，那就是不擅长和官场的人打交道。

他觉得，在不透明的环境中，去做房地产交易成本太高，机会成本也太大。尽管他对自己的四弟刘永好及好友王石很钦佩，但他自己不想在此多耗精力了。

在其他领域的投资方面，刘永行也表现出了相当的谨慎。当时，不少地方的国有企业主动邀请他前去考察投资，有的甚至作为零资产把企业双手奉上，只要他接下手来运行就行。这是一份长长的名单，光东北三省就有一百多家。

但美丽的陷阱太多，稍不留神就可能遭遇灭顶之灾。刘永行曾经在东北和别人投资办厂，但因为不慎，终于被在当地盘根错节的"地头蛇"强吞了东方希望这条"过江龙"。即使赢得了官司，东方希望集团也没拿回一分钱赔付款，几百万元打了水漂。

"买得便宜草，烧成灰底锅。"这是四川人的一句俗话，意思是讽刺那些贪图便宜从而得不偿失的人。通过一系列教训，让刘永行牢牢记住了这句话。

刘永行 刘永好 **首富长青**

渴望更多"阳光富豪"

四兄弟的财富观

在全世界影响力颇大的美国《福布斯》杂志，在20多年时间内对两位中国的企业家始终怀着高度的兴趣，他们就是刘永行兄弟。

自从1995年就把他们当作"共产党国家的资本家"的典型推出后。1999年恢复中国富豪排行榜后，刘永行兄弟又连续2年高居榜眼的位置。另外，他们还在1999年和2000年连续两年被《福布斯》评选为中国大陆最成功50名商人的第一名。

其实他们仍然算得上"创富冠军"，因为排在他们前面的是荣毅仁家族，是经过了好几代人上百年的财富积累，而刘永行兄弟创造了83亿的个人财富只用了短短的十几年时间。

他们的经历，更富有时代的特性和代表性。由刘氏兄弟创建的希望集团先后被国家权威部门评为：**中国500家最大私营企业第一名；全国民营科技企业技工贸总收入百强第一名；国家级星火示范企业；中国最大私营制造企业百强第一名；中国饲料工业百强第一名。**

在中国企业史上，2001年称作"刘永行年"一点也不过分。就在这一年的10月底，刘永行和刘永好兄弟登上《2001福布斯中国富豪排行榜》，并再次成为中国内地的首富。当年的12月底，刘永行又当选"2001年CCTV中国经济十大年度人物"。

对待财富，刘永行有着超人的洒脱："最开始我们的追求很简单，就是要改变贫穷的生活状况。实际上早在10年前的时候，我所拥有的财富已经足够一生之用。后来积累的财富对我个人的生活已经不会产生影响，处在现在这样的状态你就可以超脱，不会因为损失一点财富而感到要上吊，也不会因为又赚了一笔钱而兴奋不已。从某种程度上说，你可以把它当成一种游戏，是你人生乐趣的寄托，但并不是你生活的全部。"

与此前富豪们对个人财富的讳莫如深相比，刘永行兄弟对财富表现出了相当的从容和坦然。刘永行认为，财富是促进企业发展的必要资源："对现在的我来说，它是社会财产，尽管在法律上它现在归在我的名下，但长远看来，它并不属于我一个人。它是我们所有员工所创造出来的，它将被用来继续增加社会财富，用来培养更多的人。当然现在我对这笔财富拥有支配权，我也珍视这样的权利，这是因为我认为由财富创造者来支配财富对于整个社会来讲更有效率。如果现在把它分散了，它就无法发挥更大的效能。"

但财富累积到一定程度，对刘永行兄弟个人来说，财富本身已经不重要了，用财富去改变周围的环境、尤其改变其他人的生存状况、让朋友和企业员工的自身价值得到体现、让他们不断成长，变成了他们此后最大的追求。

刘永行说："为什么我们还要不断努力？因为我觉得和全体员工一道把企业继续做好、做大，让财富继续增值，这其中有无限的乐趣。而且财富本身还将不断给社会创造出新的价值。在希望集团这几年的发展过程中，我们培养出数以千计的百万富翁。"

作为中国创业和创富的先行者，刘永行对后来者也提出了自己的劝告：

"民营企业创业初期是靠胆量与拼搏，其中也在少部分人领先聪明才智抓住双轨制下的机会获得发展，随着社会的发展，现在单靠胆量和机会，甚至是利用双轨制下的政策机会的可能性越来越少，这是历史的必然。民营企业应该脚踏实地，坚苦创业的传统不能丢。

另一方面，要顺时代潮流而动，去探索，寻找新的发展机会，不断创新，还要用现代科技武装自己，像掌握最新的生物科技和 IT 技术，跟上时代发展的潮流，企业发展才更有后劲，不落伍，才更有发展前景。"

"阳光首富"的时代意义

2001 年 12 月 30 日，刘永行登上了"2001CCTV 中国经济年度人物"颁奖台。与他一起登台领奖的人还有：吴敬琏（经济学家）、张瑞敏（海尔）、鲁冠球（万向集团）、倪润峰（四川长虹）、卫留成（中海油）、王文京（用友软件）、宁高宁（华润国际）、马蔚华（招商银行）、史玉柱（巨人集团）。这份名单，几乎汇集了中国一代最杰出的经济人物。

"他的创业经历，让我们看到了艰苦奋斗创造财富的神话；他从饲料

刘永行 刘永好 首富长青

业向制造业、金融业等领域多元化拓展，让我们看到了民营企业家富而思进的生命力；他对财富的理性认识，让我们看到了积极的财富观念和财富本身价值相等。"大会对刘永行的创业路程做出了高度评价。

而大会上一个互动环节，让观众们见识到了刘永行的质朴和对自己事业的热爱与执著——主持人拿出一张照片，请刘永行核实一下，照片上他在亲口尝试猪饲料的事是否属实？

刘永行回答道："因为这是一种职业习惯，我们想，既然是我们要对我们的产品负责，我们要对我们的产品了解，所以有了新的原料，我都要亲自尝一尝，看看是什么口味，可以体会一下猪是吃了什么样的口味。"

就在刘永行兄弟戴上中国首富桂冠的第二年，社会上对财富的"艳羡"和崇敬之情突然有了变化。2002 年，一份关于富豪偷税的调研报告在社会上广为传播。这份报告称："目前我国每年流失的税款大致在 1000 亿左右，其中的大部分被一些富豪收入私囊。"报告的结论是："对于社会转型时期出现的高收入阶层，相当一部分积累下来的财富来源于游离于社会监管体系的灰色地带。"

时任国务院总理的朱镕基发表了"富人也要交税"的讲话。于是，那些富豪排行榜上的人成了税务部门"按图索骥"核查纳税情况的重点对象。作为"出头鸟"的刘永好，以高姿态做出了回应——他在集团内部做出决定，其个人也要领薪水，并依法缴纳个人所得税，甚至决定要补交 1000 万元的个人所得税。

到了 2003 年，更是社会仇富心态集中爆发的一年，这一年的 1 月 22 日，山西海鑫钢铁集团掌门人李海仓在办公室被同乡枪杀；2 月 12 日，浙江"皮革大王"周祖豹在家门口被乱刀捅死；8 月 17 日，甘肃地产商刘恩谦在兰州被枪杀……

此类事件令有关部门非常震惊。《中华工商时报》引用中共中央统战部、全国工商联年初的一项调查称："我们并不讳言先富阶层中，确有有愧于建设者称号的人和事，但这只是极少数。正确认识和评价先富阶层，对于整个社会主义建设事业的持续稳定快速发展，是有百利而无一害的。"

无可否认的是，随着最近几年经济高速增长后，社会各阶层的鸿沟越来越大，贫富不均的现象也越来越严重。以至于香港知名报人林行止宣布，有感于香港社会贫富差距加剧，他不愿再做盲目的市场信徒，他声称中国只有制定一套在"向钱看"与社会公平之间平衡发展的政策，其崛起才对提高人类福祉有积极意义。

其后短短几年时间，曾在富豪榜上紧挨着排在刘永行兄弟后面的杨斌、仰融、顾雏军等相继出事，这让人们对刘永行兄弟这样的"阳光富豪"更加渴望。

2002年的美国《福布斯》杂志"全球版"，又将刘永行作为封面人物隆重推出。著名的经济学家茅于轼以兴奋的心情写了一篇《幸运的刘永行》。

他在文章中写道：

"20多年前我们开始改革时，民营企业根本上是没有的。

由于邓小平号召大家解放思想，冲破了意识形态的障碍，同时又受到农村家庭承包制成功的鼓励，民营经济从无到有，从小到大，现在已经发展到超过半边天，成为支持百分之七以上增长率的主要力量。

他们在创业之初没有得到任何来自政府的帮助，全都是凭着自己微薄的积蓄，艰苦奋斗，铢积寸累，最后得以成功。他们的努力还往往得不到大家的理解，更谈不上支持和同情。其中的艰辛局外人是很难体会的。

现在民营企业家刘永行登上福布斯杂志的封面，说明全世界都承认他的成功，我们中国人自己更应该向他祝贺。"

刘永行 刘永好
首富长青

构筑大农牧业的平台

从金融投资、到房产开发、到商贸物流、再到化工能源，似乎每一个重大的商业领域无处不见刘永好的身影。人们甚至认为，刘永好的创业之本——农牧业将逐渐被新兴的热门产业所取代。正当此时，刘永好却抛出一句掷地有声的承诺："新希望要做世界顶级农牧企业！"

其实，在刘永好心中，一直有一个"大农牧业"的构想，农牧业始终是新希望的根基和主业。"两心一点、四轮驱动"是刘永好在 2002 年便为新希望集团确定好的产业格局。

"两心一点"指饲料及其上下游产业、金融与投资两大利润中心，而"四轮驱动"指公司目前投资经营的四大产业板块带动企业的高速发展，即饲料业、乳业、金融投资业、高新科技产业（生物工程项目、华融化工项目、饲料级磷酸氢钙项目）。

一家具有国际背景的著名公司，为新希望量身定做了在乳业上的一套 5 年发展规划，该方案将"构筑大农业产业化事业平台"作为新希望发展战略的根本支撑点。这个支撑点的基本框架包括：以饲料为基点，打通上下游产业链，形成种植业（饲料原料）－饲料产业和养殖业－食品及乳业两大相对完整的产业体系。

蓝图已定，于是，在新世纪最初的 2 年，刘永好实施了一系列让人眼花缭乱的投资计划：

2001 年 10 月，新希望集团突然控股四川乳业三强之一的阳坪乳业公司，迈出了进军乳业王国的第一步；

2002 年 4 月，新希望与安徽白帝集团、安徽中坤云想公司共同出资组建安徽白帝乳业公司，控股安徽乳业第一品牌白帝；

8月8日，新希望集团控股的四川新希望农业股份公司与重庆市最大的乳品企业——天友乳业签订合作协议，新希望出资4940万元，获得49％股权；

8月9日，新希望重组西南地区主要骨干乳品企业——华西乳业有限公司；

8月22日，新希望投资2400万元，与长春苗苗豆乳集团有限公司共同组建长春新希望乳业有限公司；

8月23日，新希望与杭州四季青乳品厂签署正式协议，共同投资组建杭州新希望双峰乳业有限公司，其中新希望投入资金2100万元；

8月26日，新希望与南通天成保健品有限公司签署正式协议，共同组建江苏新希望天成保健品有限公司，其中新希望以货币投资4080万元，占51％的股权；

9月4日，新希望与河北天香乳业有限公司签署正式协议，投资1600万元与其共同组建河北新天香乳业有限公司，新希望占80％的股权，同时拟投资12311.25万元与河北天香乳业合资兴建"奶牛养殖产业化及超高温灭菌乳"项目；

9月21日，新希望与浙江田园集团共同出资组建杭州新希望美丽健乳业有限公司，新希望出资6000万元，占注册资本的60％；

2002年年底，由新希望投资1.2亿元入主的云南"蝶泉乳业千吨奶一期工程"已在洱源县正式启动，并动用500万美元的外汇成功引进一条国内目前最先进的前处理生产线，整个项目建成后，蝶泉乳业将会成为国内单体液态乳品加工能力最大的企业……

在列强环伺的乳业中，新希望避实击虚，先从四川基地开始，对乳业品牌进行了快速整合，初步奠立了西南王的地位，然后北突吉林、河北、

山东，东进安徽、江苏、浙江，在战略布局上形成了三角之势，对北京三元和上海光明两大乳业消费市场形成合围之势。

至此，刘永好的"乳业帝国"逐渐浮出水面，随着生产规模和销售渠道的形成，新希望已经由全国的第三方队跳跃至第一方队。2002年11月，刘永好本人也被推选为中国乳业协会的副理事长，成为中国乳品业的主流人物。

新希望资本的乳业之旅，另一个着眼点就是打通乳制品上下游产业链，坐镇中心而掌控全局，在中国构架一个互为呼应的大三角奶源基地，三基地分别以四川雅安新阳坪、云南邓川和北方某省为中心。

虽然贵为"2001年福布斯中国富豪排行榜"上的首富，但这样迅猛的开疆扩土，在短短一年中付出了4亿多元的收购成本，也难免捉襟见肘。

于是在2002年10月26日，新希望农业股份有限公司召开临时股东大会，商讨并通过了发行8亿元5年期可转换公司债券的方案，希望通过发行8亿元可转债融资来投入公司重点发展的乳业、兽药等行业，并对原有的饲料项目进行技改，可实现公司大农业发展计划的同时，快速实施公司乳业和动物保健产业的发展战略。

2003年伊始，刘永好在上海成立新希望投资有限公司，并将新希望农业和民生银行的股份置入，以期重新整合资金链。

果不其然，2004年1月15日，在整合新阳坪乳业和华西乳业的基础上，组建成立了新希望乳业有限公司，两者优势互补、资源共享，整合后一举成为西南地区最大的乳品企业。

2003年1月，乐客多成为一场零售业豪华联姻的主角，背后则是新加坡、中国台湾的零售巨头以及内地的新希望集团、中国银泰投资公司等众多大企业和一帮台湾零售高手。此前，刘永好没有任何零售业的经验，而且上海的大型超市也已几近饱和，但刘永好仍然高调宣布进军零售业。按照刘永好的设想，新希望进入零售业，一方面看好零售业的发展前景，是纯粹的投资行为，更重要的是想通过对零售终端的开发和控制，为自己上游的乳业、肉食产品打开通路，上下游产业连为一体，拉长价值链条，扩大利润空间。只要有了好的渠道，新希望终于可以把他的乳品、肉制品等自有品牌便利地利用庞大的分销体系推广到全国。

其实这种投资方式，是刘永好一次去台湾考察时受到的启发。他发现，在台湾有一种新颖的合作方式，很多企业之间都是志同道合或者本身就是朋友。他们经营的行业不一样，有的是做纺织业、有的是做电子业、有的是做化工业，但他们之间共有的一点就是信任。为了让各自的企业得到更大更周全的发展，他们之间形成了一种"投资团队"的合作形式，也就是你投资给我、我投资给他、他又投资给你。这种投资结构的一大优势就是发展比较稳健，而且收益很好。由此，刘永好决定在国内也做一个尝试。正是受这种投资思想的影响，一向喜欢掌有绝对控股权的刘永好，才在这次乐客多的组合投资中甘愿处于配角的地位。

但是，乐客多在中国零售市场尚未掀起波澜，就很快出现了危机。而且，乐客多的遗留问题，还给新希望集团带来一些不小的麻烦。由新希望构想了从上游饲料产业，到乳品产业，再到下游零售业，乃至商业地产的"垂直整合战略"，但这个战略受到了现实的无情打击。

《基业长青》的作者吉姆·柯林斯把公司进化的过程形容为"抽枝和剪枝"："如果你在一株树上添加足够多的新树枝（变化），并且聪明地修剪掉枯枝（选择），那么你可能使其长出生机勃发的枝条，且它们极有机会在持续变化的环境中枝繁叶茂。"

刘永好也在不断地进行这样一种类似于"抽枝和剪枝"的劳动——尝试许多新事物，保留有效的部分，迅速放弃无效的东西。

相对于刘永好的激进，刘永行的扩张步伐则谨慎稳重得多。

"饲料业虽是传统行业，但也要拥有自己的核心技术。"身为饲料氨基酸第一大用户，不甘心在赖氨酸生产技术上受制于欧美发达国家，东方希望历时 5 年艰难攻关、终于研发成功。

2000 年，东方希望花费 1000 万元在北京房山区买下了一家濒临倒闭的发酵工厂，初步的生产能力达 3000 吨，这里俨然已是东方希望饲料赖氨酸生产基地。接下来是在山东建一家 1 万吨生产能力的赖氨酸工厂，如果竞争力足够，将扩充至 5 万吨规模，成为亚洲最大的赖氨酸生产基地。

刘永行说："依靠饲料板块本身制造的市场空间开发上游产品，这种相互的支撑可以起到事半功倍的效果。"

同时，刘永行又在饲料行业的下游大做文章。东方希望涉足肉食加工行业，1999 年沈阳鲜格味食品厂建成投产，这是一家年产高、低温火腿肠 1 万吨的食品厂。通过收购、租赁、兼并等方式，东方希望集团把安徽和四川共 4 家面粉企业收购旗下，准备组建一家全国性的大型面粉集团。

立足上海，放眼世界。自从 1999 年把总部搬迁至上海后，刘永行开始具备国际化的眼光。随着国内饲料业市场的高度饱和、严重过剩，刘永行及时调整转向，挥师杀入东南亚国家。在越南，总共投资 1000 万美元修建了 2 家饲料厂。

刘永行希望速度不要过快，边建设边总结，稳扎稳打步步为营，以探索在海外发展的经验。海外建厂最需要的是经验，操之过急是大忌，刘永行说："站稳脚跟后，将向缅甸、泰国、印尼等国渗透，建设 20 到 30 家饲料厂，如果成功，此模式将复制到非洲、独联体、南美洲国家。"

2002 年初，国家做出规划，我国 2010 年将生产 1.7 亿吨饲料，成为世界第一饲料生产大国。希望集团也很快拿出一个与国家规划接轨的计划：争取在 2010 年前将集团公司的生产能力扩充到年产 1000 万吨以上。

刘永行也进入了乳业，但与四弟的大张旗鼓相比，他只能算"玩票"性质。初到上海时，刘永行曾与上海光明乳业董事长王佳芬有过一次甚为融洽的交流。"当时只是随便聊聊经营心得，没想到，我不久就接到王佳芬电话，说是光明乳业准备增资扩股，问我愿不愿意参股。我当时一口答应下来，花 3000 多万买了 5% 的股份，现在已经增值了好几倍。如果没有到上海来，没有直接交流过，可能她要卖给我，我都不敢要。"

这也为刘永行埋下了一个伏笔——先以较小的代价切入乳业，熟悉行业的管理经验、运作方式，为自己今后更大资金进入乳业打下基础。

一场胆大包天的豪赌

刘永行 刘永好
首富长青

重工业化梦想

"成长是赌徒的游戏。"美国强生公司前 CEO 拉尔夫·拉森一语道破那些高瞻远瞩的公司从草创到步入辉煌的关键因素——那就是胆大包天甚至是非理性的欲求和目标。更让人难堪的是，制定这些胆大包天目标的人，并不认为他们是开玩笑，也从来不认为他们有做不到的事情。

2003 年是火热的一年。外有"中国制造"所产生的对外贸易的强劲拉动，内有以房地产为龙头所引发的旺盛内需，中国经济呈现不可遏止的上升势头。而与此相伴的，是对上游能源的空前饥渴。经过"抓大放小"后产生的大型国有企业，占据着绝大多数上游资源的垄断地位，由此出现了效益大涨、繁荣似锦的景象。

据资料显示，1998 年，国企盈利仅为 213 亿元，5 年后便狂升至令人瞠目结舌的 4769 亿元。中国铝业便是这些国有垄断企业之一。

上游的国有垄断企业和下游的民营企业泾渭分明，中间是难以跨越的楚河汉界。以东方希望的刘永行、复星集团的郭广昌、鄂尔多斯集团王林祥、铁本集团的戴国芳等为代表的民营企业，自然不甘心屈居于利润稀薄

的"轻小集加"领域。在他们的带领下，中国民营企业开始了一轮逆流而上的重工业化运动。

"铁本要在3年内超过宝钢，5年内追上浦项。"2003年3月的某天，铁本集团董事长戴国芳站在长江南岸的长堤上，用带有浓重苏南口音的普通话对前去采访的记者如此宣称。

其实野心更早降临到一向稳重的刘永行胸中。早在1992年，有一次刘永行去美国钢都匹兹堡参观时，看见某工厂里正在撤除两条生产线卖给韩国企业，他就敏锐地感觉到，世界工业生产体系正在转移，中国企业将会在重工业上有所作为。

从1996年起，刘永行就开始暗暗关注重工业中的每一个产业，汽车、钢铁、石油、轮胎、造纸、化工等他全部考察过。他甚至产生过一种冲动：去给王永庆免费当3年助手，学习一下他如何在重工业领域里打造从上游到下游的产业化链条。

当年王永庆准备进军塑胶业的时候，连台湾化学工业中最有地位和影响力的企业家何义，都觉得在台湾发展塑胶业无法敌过日本，因此不愿投资。带着"肯定要倾家荡产"这样的嘲笑，王永庆开始投资塑胶业，最后取得了巨大成功。

面临重大转型的刘永行，最终将目标锁定在重工业。和王永庆当初的遭遇一样，对于刘永行看好的电解铝项目，当时几乎没有人赞同他的观点，甚至连他一向敢于尝试新行业的四弟刘永好，也觉得二哥的想法有点疯狂——因为电解铝行业不单是一个高度垄断的行业，也是一个资金高度密集型的行业。如果不融资上市、不借助银行，光凭一己之力，二哥能成功吗？他提醒二哥，重工业难度太大，需要格外慎重。

但刘永行没有动摇自己的想法。为此，他准备了6年，攒下了20亿元的资金。这些钱用在电解铝行业，仍是不够充裕，但刘永行自恃曾经在饲料行业取得成功的"好快省"的产业扩张哲学，仍能让他在重工业中逢凶化吉。

"省一半、切一半、合作伙伴分担一半。"在规划的前期，刘永行就考虑到规避风险的问题，于是先把30亿的投资控制到15亿的规模，再去找一个合作伙伴共同分担，这样就只需要负担7.5亿元的投资，7.5亿元的投资还可以再切下一半，先投入一半。最后的结果是，一个项目，前期的投入只有3、4亿元。"饲料母体零负债，可以抽换其流动资金和固定资金来融资。另外要快，人家做3年，你1年就要完成。"

"投资可以多元化，但是主业不能多元化。"刘永行解释，在选择第二主业时，他一直在思考这样一个问题：如何与饲料业结合起来，更好地完善集团的产业链。

他强调，东方希望在包头的投资，并不仅仅只是铝业项目，而是一个精心设计好的产业链：依靠包头大量煤炭资源建设热电厂，利用电能生产电解铝，实现铝电一体化；同时，利用包头丰富的玉米，生产氨基酸，而热电厂产生的大量蒸汽也可用于氨基酸的生产；生产出的氨基酸又成为高科技含量饲料的原料，而玉米渣和饲料最终可用于当地牛、鸡等养殖业，从而形成"铝电复合—电热联产—赖氨酸—饲料"产业链。

刘永行进军铝业

直到2002年，刘永行才开始出手：

当年4月，他与山东信发集团共同组建信发希望铝业有限公司，占有51％股份；

10月，刘永行移师包头，成立了东方稀铝，先期投入25亿建成25万吨原铝生产规模，总投资150亿元，预计2008年建成后，年产100万吨原铝；

2003年7月，刘永行又联合其他3家股东，在三门峡市渑池县启动了

刘永行 刘永好 首富长青

105万吨氧化铝项目，进入电解铝业的上游——氧化铝，项目预计总投资近45.9亿元；

另外，他还和上海复星集团的郭广昌、唐山建龙钢铁的张志祥一起，准备在宁波大炼钢铁；

2003年7月，刘永行甚至联合万向集团等13家企业的法定代表人在北京合组公司，准备踏出国门，到海外去投资氧化铝厂……

正是由于他一系列的重拳出击，2002年的美国《福布斯》杂志"全球版"将刘永行作为封面人物，在题为《第一步饲料，第二步铝业》的文章中称："中国希望集团已经成为亚洲第二大饲料产销企业，每年产销额12亿美元，仅次于泰国正大。"

一向不喜欢搞关系、也不习惯借钱的刘永行，此时为了他的重工化之梦，一度和其他民营企业家一样，开始跑项目、跑贷款、去发改委审批。为了融资，刘永行甚至出售金融机构股权以便为实业融资，出让了公司在民生银行、光明乳业等公司的股权。一向不喜欢抛头露面、夸夸其谈的刘永行，在那一段时间也开始频频现身于各种论坛、年会之类的公共场所。

他一出场，就必谈党的十六大提出的"新型工业化"，必谈世界重工业从欧美日向外转移，必谈民营企业在中国重工业化进程中的市场地位、历史责任、竞争优势。

一向稳健的刘永行，也深知他这次重工业化之梦的危险程度，"一旦失误，几十年的积累就前功尽弃，所以必须一步成功。"刘永行的孤注一掷，自然引来了以郭声琨、肖亚庆领航的中国铝业公司的阻击。

于2003年4月4日正式挂牌成立的中国铝业集团虽然成立不久，但由于其特殊的成立背景，决定了其必然成为铝业的垄断者。

中铝集团成立的初衷是为了对抗美国氧化铝的进入，由政府牵头，通过兼并重组、走规模化经营的道路，将氧化铝、电解铝、铝加工及设计、生产、科研等联合在一起，由紧密层企业、半紧密层企业、松散层企业组成，包括了中国铝业股份有限公司、山东铝业公司、中国长城铝业公司、贵州铝厂、山西铝厂、中色第六冶金建设公司、中色第十二冶金建设公司等这些主要氧化铝生产公司。

当时中铝集团电解铝产量占全国总产量的70％以上，氧化铝产量占全国产量的100％。而作为民营企业的东方希望，无论在资金上，还是在政策优惠、上游产地原料来源、市场销售渠道等各方面都难与中铝集团相抗衡。

在铝业里有一句行话："得氧化铝者得天下。"正因为中铝对氧化铝的垄断，造成了刘永行在包头投资的电解铝生产长期受制于人，为了打通产业的上游环节，刘永行贸然进军氧化铝行业，在三门峡投资氧化铝项目。

据说，刘永行为了安抚中国铝业公司，曾经打算给其三门峡项目30％的股权，但这和中铝取得控股权的企图相去甚远。双方不欢而聚。肖亚庆的前任、原中铝董事长郭声锟对此表示："一不反对，二不评论，但是我们表示遗憾。"

据东方希望集团透露，在中铝的示意下，沈阳和贵阳两个铝镁设计院停止了对三门峡项目的设计工作。这意味着该项目被迫搁浅。

而更大的风险还在后面，刘永行将不得不接受他生命中最重要的一次考验。

刘永行 刘永好

首富长青

第六章

风浪：挫折困境中逆势成长

··

"面对国有资本，民营资本
只有始终坚持合作而不竞争、
补充而不替代、附属而不僭越
的立场，才能进退裕如、持续
发展。"

——冯仑：《野蛮生长》

　　想要不断地超越自己，是一件困难重重的
事情。从 2003 年起，刘氏兄弟的企业陆续陷入
了纷纷扰扰的麻烦、困境和磨难之中，比如非
典、宏观调控、民生银行股东争斗、四川大地
震等等。但幸运的是，刘氏兄弟碰上了中国经
济迅速腾飞的黄金时代。

"你一生中最难下的商业决定是哪几个?"

"四个。第一是下海创业,第二个是饲料业向全国拓展,第三个是分家,第四个是第二主业的选择。"

"哪一个最难?"

"都难。都是要超越自己,我希望每一次都能成功……"

在2004年的某次媒体采访中,有记者和刘永行进行了上述对话。但显然,想要不断地超越自己,是一件困难重重的事情。从2003年起,刘永行乃至刘氏家族都陷入了纷纷扰扰的麻烦、困境和磨难之中。

但幸运的是,刘氏兄弟碰上了中国经济迅速腾飞的黄金时代。美国《时代》周刊主编扎卡亚在2009年11月发表文章,称21世纪头10年影响世界最重要的事件,既不是2001年的"9·11事件",也不是随后发动的阿富汗战争和伊拉克战争,而是"中国的崛起"。

新世纪第一个10年,中国城市化以世界同期2倍的速度增长,拉开一场历史上规模最大的人口迁徙潮。一项预测表明,中国城镇人口将于2010年首次超过农村。

据统计数据显示:2000年中国的GDP总额为1.19万亿美元,排名世界第6位;到了2008年,中国的GDP已经达到4.64万亿美元,排名世界第3位。如果中国的GDP增长率维持8%的增幅,日本保持2009年第三

季度 2.1% 的增幅，那么，到 2010 年底，中国的 GDP 总额将超越日本成为第三大世界经济体。

早在 2004 年，哈佛大学教授傅高义就在美国的《财富》杂志发表了一篇题为《中国第一》的文章，警告日本"需要对中国崛起而成为一个世界经济强国作出反应"。

他在文章中写道："中国迅速从轻工业走向重工业，从低技术走向高技术。虽然中国存在严重问题，但中国领导人正在解决这些问题，没有迹象表明这些问题会阻止中国整个发展势头。中国很可能会继续更快地发展，并在亚洲获得比日本更大的政治影响力，日本应该做出调整以适应中国的崛起。"

对于像刘永行、刘永好兄弟这样的民营企业家最为担心的财产安全问题，在历经波折后也终于得到彻底解决——全国工商联分别于 1998 年的全国政协会议期间、2002 年全国政协九届五次会议期间、2003 年两会期间，三次提交团体议案要求立法保护私有财产的提案，直到 2004 年 3 月 14 日，全国人大十届二次会议通过宪法修正案，"公民的合法的私有财产不受侵犯"才被写入宪法。

这意味着，我国公民的私有财产权从一般民事权利上升到宪法权利，开始受到国家根本大法的认可与保护。

重工业化之梦遭遇调控

民企跟国企的较量

"一旦失误，几十年的积累就前功尽弃，所以必须一步成功。"一向稳健的刘永行，也深知他此次重工业化之梦的冒险程度，但世上从来没有回头箭，他只能勇往直前，以速度摆脱困境。

刘永行做得太大了，或者说是太过超前。除了刘永行，还有与他同时但规模较小的以铝电复合体形式进入上游产业的中小型投资企业。这些民资的企业，必然会产生大量的挤出效应，挤占了原来国有铝冶炼工业的发展空间，甚至是市场份额。

刘永行的"大胆进犯"，自然引来了"龙头老大"——中国铝业公司的阻击。

而相比起以东方希望为代表的民营资本，刚刚整合完毕的以中铝为代表的国企在竞争中处于效率上的下风，进而可能在市场上处于下风。在严重的危机感面前，控制了产业上下游的中铝当然会想到用手里的资源来挤走对手。这家掌握着整个铝业上下游产业链的国企是一个庞然大物，它除了产业上的先行之利之外，还手握几乎遍及整个中国的铝冶炼上游资源铝土矿。

这家代表着国家权力的公司早在数年前就跑马圈地，与国内几乎所有拥有铝土矿资源的省份都签下了合作开发协议；并且联合所有国有企业，包括拥有进出口权的国字号央企，协手抬升原材料价格，试图压缩上下游之间的价差，挤死竞争对手。

就在东方希望包头项目开工之后的一段时间内，上游的氧化铝价格从每吨 1600 元上升到 4800 元，他们试图让铝冶炼失去存在的空间。

中铝集团不但从地方上控制了氧化铝采矿权，而且还利用国家相关政策，在进出口方面加强了垄断。

对于国内电解铝厂购买氧化铝的方式，除了国内生产能满足一部分之外，还有 40％依赖从澳大利亚和印度进口。

但是自从国家两个法规出台后，进口氧化铝更困难了——2001 年 9 月，原国家经贸委、外经贸部、海关总署发布 2001 年第 17 号公告称，为

防止氧化铝进口过多，对氧化铝进口贸易实施重要工业品登记制度。

该制度实施后的结果是大多数电解铝企业无法按生产进度进口氧化铝，在这种情况下，国内部分电解铝企业将氧化铝的一般进口转变为来料加工方式进口。但是，2002年6月之后，来料加工方式又受阻碍。

国家外经贸部又发出一份《关于进一步加强氧化铝加工贸易管理有关问题的通知》，这项政策分别对氧化铝的一般进口贸易和来料加工贸易进行严格管理，将来料加工手册制度的审批权限由地方收至中央。

与此同时，刘永行在建设过程中还有一根软肋，那就是在投资建设过程中一直采取"边建设边办审批手续"的方法。因为如此大型的投资如果按部就班地走程序，不拖个一年半载是不可能的，一直奉行"好快省"原则的刘永行，这一次正好迎头撞上了扑面而来的宏观调控，在严峻的形势中，环保评审上的"小问题"一下子变成了大问题。

民营企业由边缘走向主流的时候，他们惯有的对规则界限大胆试探的行为方式，潜伏着很大风险。

宏观调控之殇

就在大家担心刘永行的包头铝业项目难以逃脱夭折的命运时，刘永行却突出奇兵，实施了后来令中铝巨头也目瞪口呆的"暗渡陈仓"之计——他趁2003年非典盛行、总部地处北京的中铝集团处于混乱之际，派出高管以闪电般的速度与河南省政府签订协议，在三门峡共同开发铝土矿资源。

2003年7月23日，河南省三门峡105万吨氧化铝工程举行了开工仪式的，项目预计总投资近45.9亿元。

此举无疑是在中铝的胸口上插了一把刀，因为三门峡市处于整个铝土矿资源的核心地带，业界的大致估计是中国铝土矿资源六成在河南，河南铝土矿资源六成在三门峡。这样的动作给了中铝一个大大的难堪，也硬生生地在央企垄断的大墙上撕开了一道口子。

正是中铝的抬价行为，倒逼出了刘永行更为狂放的产业野心，那就是打通整个上下游，形成"氧化铝－自备电厂－电解铝－铝制品"一条完整的铝电一体化产业链。

面对新进入市场的参与者，若不能"封杀"，最好的办法就是"招安"了。2004年新年伊始，中国铝业主席郭声琨在一次记者招待会上公开表示，中国铝业考虑入股刘永行旗下东方希望集团在河南三门峡市的氧化铝项目。

风雨欲来！据资料显示，2003年上半年，中国人民币信贷规模达1.78万亿元，已经接近于2002年全年的水平，与2003年全年1.8万亿元的调控目标近在咫尺。在高达31.1%增速的投资中，中央政府投资项目的总金额只有1848亿元，而地方政府的投资项目总金额却高达13224亿元。这无疑是一个危险的信号。

雷霆万钧的宏观调控转眼即至，国家随即推出了一系列抑制投资过热的政策。2004年初，铁本集团的戴国芳撞在了"枪口"上，在建的钢厂被勒令停建，戴国芳本人也被捕入狱；其后，郭广昌的宁波建龙钢铁项目也被迫下马，最后让国有企业控股；王林祥的煤电联产项目也遭遇难产⋯⋯

突如其来的宏观调控风暴也让大举投资铝业的东方希望集团资金链骤然收紧，刘永行寄予厚望的三门峡氧化铝项目被有关部门叫停。项目停建之时，正处投资前期，土石工程完成近半，前期投进去的数亿元资金已变成基建设备。而其在包头的电解铝项目也在2004年受到了巨大影响，遭到"无限期推迟"。由于这些项目前期投资的20多亿，都是刘永行累积的自有资金，因此才逃离了灭顶之灾。

但刘永行仍然在咬牙坚持。比如包头的电解铝项目，后来就从100万吨压缩到了50万吨。他自我开导："微观企业适应宏观经济，企业战术适应国家战略，局部利益服从整体利益。"

尽管屡屡遭遇政策障碍，但刘永行却绝不站在政策的对立面上，而仅仅对政策做了巧妙的批评："国家禁建低水平的没有竞争力的工厂、避免低水平重复建设这是对的，但是应该支持建设先进的、符合环保要求的、在西部能源产地的、有世界规模的、上下游整合配套的、资金效率高的、建设速度快的、能够代表中国与世界列强竞争的、并且一定能够战胜他们的工厂。"

刘永行进一步指出，东方希望做的就是这样卓越的工厂。

《基业长青》的作者吉姆·柯林斯认为，高瞻远瞩的公司最突出的一个特点，就是有胆大包天的目标。

比如二战后，波音公司的军方订单锐减，51000 名员工被裁减到 7500 名。面临重大转折，波音公司决定不惜一切代价进入民航飞机领域。为了开发喷气式飞机，波音公司进行了一场"成王败寇"似的豪赌——耗费了过去 5 年平均年度纯利 3 倍的资金去做研发，巨额的研发费用占到了当时波音公司整个净值的 1/4。

最终，波音公司赌赢了，发明了波音 707 飞机，从此世界进入了喷气机时代，也把原来强劲而守旧的竞争对手道格拉斯公司远远甩在了身后。

但在中国，一个类似的赌局，除了市场因素以外，还要增添更多市场以外的因素。刘永行便是一个最典型的案例。

财经作家吴晓波在《激荡三十年》一书的末章，对刘永行一样的中国民营企业家表达了心痛之情："相对于国有资本和跨国资本，对中国变革贡献最大的民营资本一直命运多舛。它们从草莽间崛起，几乎没有任何资源扶持，成长受到多重局限，并每每在宏观调控时成为整顿和限制的对象。"

吴晓波进一步质疑："垄断当然能产生效益，就好像集权能够带来效率一样，但垄断和集权并不能与市场化的、公平的商业制度并存。"

冯仑在其新书《野蛮生长》中写道："**面对国有资本，民营资本只有始终坚持合作而不竞争、补充而不替代、附属而不僭越的立场，才能进退裕如、持续发展。**"这是明智话，更是沉痛语，像刘永行一样坚韧的中国民营企业家们会长久地屈从于这一命运吗？

"一个为着自己使命而奋斗的人，连上帝都要为他让路。"这是在民营企业泰山研究院一次会议上，处于困难时期的刘永行在面对上述问题时一句斩钉截铁的回答。

进军零售业遭遇滑铁卢

2005 年 10 月 31 日，浙江乐客多超市台州店前人潮涌动，一百多名情绪激动的人涌向超市里面，强行从货架上"哄抢"货物。场面几乎失控，店长不得不拨打 110 报警。110 警察赶到现场后才了解到，这些"哄抢"货物的人原来是乐客多的供货商，因为长期以来一直被拖欠大量货款却得不到妥善解决，所以才会出现供货商围堵超市大门并强行撤货的过激之举。

当天晚上，政府不得不出面，强行下令乐客多关门。为了给供货商一个交代，政府当场要求超市店长给乐客多总裁沈建国打电话，沈建国在电话中承诺连夜赶赴台州。台州市政府 11 月 1 日召开会议，要求乐客多拿出一个明确的还款期限。

台州"哄抢事件"发生后，各地乐客多的供货商闻风而动，11 月 27 日开始，绍兴店、柯桥店、余姚店、南京店、上海七星店以及宝山店均遭遇来自全国各地供货商的哄抢。到 12 月上旬，乐客多在全国的 7 家门店全部关张。

"据我们所知，乐客多拖欠的货款余额就有 1.5 亿元之多，这些钱究竟到哪里去了。"浙江一名供货商大户很失望，自己的百万资金现在一分钱都没有着落。除了拖欠的货款以外，从媒体得到的银行资料显示，乐客多超市的实际控制方"世琥仓储"通过负债的方式将总的资产规模做大，同时，它还利用乐客多超市进行了大量银行担保——到了 2004 年年末，世琥仓储通过招商银行、浦发银行、星展银行、徐家汇信用社、农业银行等多家银行贷款 2.8 亿元，还有 3.5 亿元的超市应收账款。从世琥仓储成立到危机爆发时，收回的投资资金在 2.8 亿元左右，加上截留的回款，世琥仓储通过乐客多超市取得了近 10 亿元的资金。这个超市背后似乎有一个大大的黑洞。

投资乐客多是刘永好第一次闯进零售行业乃至商业地产界。2003 年 2 月 18 日，刘永好高调出现在上海乐客多大华店的成立仪式上，这让业界内外一片哗然。此前数年时间内，刘永好挟资本以令诸侯，与乳业巨头展开一场并购争夺战，并在乳品行业终成气候。然而，没有好的渠道，产品再好也卖不出去。

刘永好说："不能想象，一个不掌握流通环节的产业可以发展得很好。市场经济的要点是销售，如果销售不好，上游的产品加工做得再好也没用。新希望一向重视销售渠道。在农村我们有两万多个销售网点，卖饲料，在城市有数千个销售网点，卖牛奶。现在我们做超市，将使终端的业态更多元化。"

之所以进入零售业，刘永好主要基于两点考虑，一方面是看好零售业的发展前景，它是纯粹的投资行为；另一方面是想通过对零售终端的开发和控制，为自己上游的乳业、肉食产品打开通路，拉长价值链条，扩大利润空间。

此外，还有一个重要原因，就是新希望的核心产业之一房地产需要与零售业结盟凝聚人气。新希望旗下的房地产遍布成都、上海、大连等地，而高档社区正需要规模大、层次高的商业产业进入。

上海并不缺像乐客多这样的大型超市。600 平方公里内，上海已有林林总总 60 多家大卖场——外资有家乐福、易初莲花、欧尚，内资有华联、联华、农工商，还有沃尔玛这样的巨头虎视眈眈。乐客多初来乍到，充其量只能算是业界的小字辈。但在 2 月 18 日的乐客多大华店招商大会上，依然吸引了来自全国各地近 4000 名供应商参加，把偌大的上海世贸商城挤得水泄不通。那一天，作为大陆首富、国内知名企业家的刘永好，无疑是整个招商大会的中心人物。

当时，刘永好挖来台湾乐购卖场的元老沈建国担任总经理，并希望携同新加坡发展银行（DBS）、中国银泰投资公司共同投资组建乐客多商业发展集团。他的目标是 2 年内在上海、江苏、浙江等地兴建 10 个以上大型超市，到 2006 年总共建 50 家大型超市。

事实上，新加坡职总平价合作社（NTUC）与新加坡星展银行（DBS）两家公司并列为乐客多第一大股东，而内地中国银泰投资公司和新希望等只能算是小股东。新希望只投资，不参与任何公司日常管理，公司董事长和财务总监均由新加坡职总平价合作社的人担任，总裁由中国台湾人沈建国担任，其余重要管理干部均由大股东和沈建国先生选派。

乐客多商业发展集团为了规避外商直接投资流通领域的限制，决定在上海与中国银泰合资成立世琥仓储（上海）有限公司（下称"世琥仓储"），用于控制国内的乐客多超市店面的供货与物流。这个"世琥仓储"的董事长就是新加坡职总平价合作社（NTUC）主席、新加坡购物中心发展集团 Nextmall 董事长詹达斯，总裁为沈建国。

从一开始大家就没有把新希望当成是乐客多的主人之一，詹达斯强调新希望只是策略伙伴，新加坡职总平价合作社（NTUC）进入中国是希望将乐客多打造成新加坡在中国的零售旗舰。

让新希望集团感到不安的是，"世琥仓储"大手笔对新希望集团控股

刘永行 刘永好 首富长青

50%的超市店面进行装修，这样不得不让这些超市店面对"世琥仓储"进行大量负债。乐客多台州超市在 2003 年没有营业，仅仅装修就花了 7500 万元。乐客多上海七星店的财务报表显示同样进行了高达 7000 多万元的装修。

更让新希望集团难受的是，乐客多超市虽然开办起来，新希望集团旗下的乳品并没有成为乐客多超市主推的产品，而超市的控制权全掌握在新加坡人的手上。

2004 年年初，中国银泰投资公司从乐客多退出，而一直在乐客多董事会中没有席位的新希望集团，很快发现了情况不妙，在乐客多后续的增资扩股中，便放弃了继续投资。

"哄抢事件"爆发后，很多供货商希望由新希望出面主持大局。但是，这又谈何容易——毕竟，新希望掌握的只是上海乐客多一家超市的控股权，而整个乐客多商业发展集团的控股权掌握在新加坡发展银行和新加坡职总平价合作社手里，新希望在里面没有发言权。

2005 年 12 月 13 日，新希望集团致函 Nextmall 的所有董事，要求新加坡职总平价合作社（NTUC）和新加坡发展银行（DBS）举行发布会，澄清 Nextmall 股权结构和经营管理情况，并提供财务支持以应对危机，同时警告大股东不得将资金随意调离乐客多。

2006 年 1 月，位于上海、南京等城市黄金地段的 7 家门店乐客多最终由法国家乐福与中国台湾乐购接手，乐客多成全了家乐福进入中国 10 年来的第一个收购梦想。刘永好的零售美梦也随之彻底破灭。

刘永好从中受到了教训，事实告诉他这种合作方式在一段时间内并不合适国内市场。刘永好找到了问题症结所在："我并不是不能跟别人合作，但是在我们国家确实有一个很大的问题，那就是信誉危机。现在市场经济的秩序还没有完全建立起来，企业之间的三角债太多。在这样的格局下怎样把握自己的企业，做到少犯错误，是非常重要的。"

无独有偶，低调的刘家老三陈育新也几乎在同时大举进入零售业。2003年10月26日，成都某媒体出现了一则"豆腐块"大小的启事："结合中国西部零售市场的特点，由华西希望集团斥巨资组建四川美好家园连锁超市有限公司，现向社会招聘……"招聘的中高层管理人员有50多人，这显然不只是一二个店所能消化得了的。

有知情人透露，早在2000年，陈育新就有了进入零售业的打算，基本的想法是"现在市场的发展趋势是零售为王，制造企业受制于终端市场，所以控制终端资源，也就有了长线发展的本钱"——开零售卖场可以为刘氏兄弟旗下的火腿肠、面粉、牛奶、乳制品提供销售渠道。

当时，华西希望集团在机场路办公楼一楼的上千平方米的场地是空置的，陈育新有意将此做成一个零售卖场。曾经有数个业界大腕实地考察，但皆因为半小时内路人不过50的惨淡人流量而放弃。尽管如此，社区型的"美好家园"超市2001年2月28日还是开业了，卖场面积为1000平方米。尽管"美好家园"运营两年多没有为陈育新带来期望中的利润指数，但却让他近距离地摸清了零售行业的底细，遂决定大规模进入四川的零售业。

陈育新采取了一贯的谨慎态度。他从成都商界请来了权威人士，组成了近10人规模的"零售专家顾问团"，最终确定将发展方向指向了四川的二级市场。首先选的点在广安和内江，因为华西希望在这两个地区以前有投资，熟悉当地消费市场。搞定熟悉的地方后，陈育新庞大的计划是，5年内四川所有的二级城市都布下"美好家园"店。

"华西希望集团进军零售业不仅是只盯着零售业这一块，还为了打通整个农牧产业链。"据华西希望集团副总裁傅文阁的说法，不少饲料企业目前都选择了涉足养殖、屠宰、深加工领域，但该集团却认为无论农牧企业选择什么样的发展道路，企业最终的产品都要通过零售终端来实现其价值。

刘氏家族希望集团旗下的产业，包括美好食品、华西乳业、新希望乳

刘永行 刘永好 首富长青

176

业、阳坪奶粉等都会享受最优惠条件进入零售店，这无疑将为希望集团旗下的农牧产品打通利润链。

另外，陈育新旗下的零售业还将大大促进其房地产的发展。集团对零售业板块的发展思路是以商业为龙头，为基础，在条件成熟的时候，通过资源整合，适时发展商业地产。在美好家园规划的零售店中，蒲江、新津、彭山、仁寿等零售店，都是华西希望集团自己修建的商住地产，零售业态的引入无疑将大大提升房地产的价值。

在民生银行内斗中落败

本来神色自若的刘永好，慢慢觉得会场气氛有些异样，随着唱票结果的公布，他终于脸色大变，一怒之下拂袖而去……

这是发生在 2006 年 7 月 16 日民生银行临时股东大会上真实而生动的一幕。之前，民生银行某上海支行行长就已经通过自己的"上线"得到 3 条明确信息：一、董文标升任董事长；二、新引进外资银行高管担任行长；三、副董事长刘永好会被清除出董事会。

但当天参加第四届董事会改选的刘永好，似乎一点也不知情。被蒙在鼓里的刘永好输得很惨——投票结果是，虽然中小股民选刘氏者甚多，被唱票的最多，但总票数却倒数第三。

这戏剧性的一幕，将中国第一家股份制银行背后的两大民企阵营——新希望和东方集团的矛盾彻底公开化。

自 1999 年初民生筹备上市之后，它连续数年的高利润就吸引了无数仰慕者。包括刘永好在内的民生银行股东都坦陈，虽然当初大家都看好民生银行的未来，因为它是中国第一家民营银行，但是民生银行的出色营运表现仍然大大超出他们的预期，现每年赢利达数十亿元。当初股东们的原始投资，均已经膨胀了10倍不止。其中，以刘永好为代表的"希望系"与张宏伟为领袖的"东方系"更是全力拼争第一大股东达数年之久。

经叔平的董事长位置无可争议，可在众多股东中挑选出一个副董事长，就难以权衡了。中央统战部推荐的人选是刘永好，但刘所在的希望集团当时只是第13大股东，比他投钱多的股东有的是。股东们七言八语很不服气，后来统战部的领导对董事们说了句"没什么好争的，这就是'中国特色'"。

刘永好早在1993年便成为民营企业家中第一个全国政协委员，并于同年当选全国工商联副主席，在政治上靠得住、企业办得也不错，于是如愿当选首届副董事长。

刘永好在和其他股东争斗之外，同时也得罪了民生银行的管理层。民生银行曾经筹谋过一个非常优厚的激励计划，牵头的部分股东对管理层许以重诺，其中的核心是通过业绩激励安排，给管理层提供期权。

知情人士说，按此计划，在最乐观的情况下，管理层可一举实现对民生银行的MBO。但是，这一从未向外界披露的计划被刘永好否决了。刘牵头提出了一个"更温和的方案"，并在股东大会上得以通过。

新方案规定："每10股向全体股东公积金转增1.87股至2.43股，法人股将自己分得部分的80%分给流通股东，其余20%用做管理层激励。"

按照这个方案，等于排除了管理层MBO的可能性，管理层心中的埋怨自然油然而生。这导致了张宏伟、卢志强与民生银行管理层的"联合倒戈"，董文标在这此权力斗争中接任经叔平的董事长职位。自此，民生银行完完全全地进入了董文标时代。

2006年，88岁的经叔平因病欲从董事会中隐退，新希望、东方集团、泛海集团三大系之间以及三大系与管理层之间的平衡力量面临被打破。作为第一大股东新希望投资有限公司董事长、连续3届任民生银行副董事长

刘永行 刘永好 首富长青

178

的刘永好，本来是新任董事长的最热门人选，但出乎所有人意料之外的是，刘永好不但没有如愿接班，反而彻底清洗出董事会。

据接近董事会的人士透露，民生第二大股东中国泛海控股有限公司与第四大股东东方集团股份有限公司在董事会的影响力增强，成为本次刘永好出局的重要原因。而两家公司董事长张宏伟和卢志强则成为新一届民生董事会的副董事长。

在这次定夺乾坤的董事会之前，民生银行于 2006 年 6 月 27 日还在北京召开了第三届董事会第 4 次临时会议。这场会议由张宏伟主持，开得非常紧张，有两名独立董事和一名董事放弃出席。董事之一的安泰集团董事长李安民书面委托张宏伟代为投票，独董之一的北京航空食品有限公司副董事长伍淑清甚至临时请假并委托刘永好代为表决，亲疏立现。对董文标提名的中国民生银行副行长及行长助理人选，冯仑和王玉贵都投下了弃权票。

另外，民生银行的关联贷款也是矛盾的焦点之一。

在民生银行 2005 年年报中，披露股东关联贷款仅 11.75 亿元。到了 2005 年年底，这一数字也达到了 37.575 亿元。而在 2006 年的年报里，民生银行的主要股东在民生银行 2006 年的关联贷款，达到了 42.38 亿元。

其中，副董事长卢志强的泛海系及其关联企业在民生银行的关联贷款最多，达到 33.86 亿元，占关联贷款的比重达到 79.9％；另一位副董事长张宏伟所在的东方系关联贷款则有所下降，为 3.5 亿元。除了"泛海系"和"东方系"，其他股东的关联贷款合计约 10 亿元。

举目望去，只有刘永好的新希望集团等少数几家股东企业"没有湿了鞋子"。

在意外失去董事席位之后，刘永好发愤雪耻，使出了"狡兔三窟"之计——在数年时间的增持过程中，以刘永好为法人代表的四川新希望农业股份有限公司持有民生银行的股份达到 9.99％，以其女儿刘畅为法人代表的四川南方希望有限公司持有的股份达到 4.7％，以其二哥刘永行为法人代表的希望集团有限公司持有 2.37％——三家持股比例之和超过了 17％，拥有了绝对话语权。

"前度刘郎今又来"。2009 年 3 月 23 日，民生银行 2009 年第一次临时股东大会表决通过了增选董事的议案，刘永好惜别三年后再次出任副董事长。

"大家都想开快车，遵守交规就 OK。民营股东出于利益动力，积极争夺话语权没什么不对。在程序内博弈就是好事。"民生银行首任董事冯仑如此评价这一番争斗。

国有企业是有约束，无动力；民营企业是有动力，无约束。与崛起于市场底层的中国大多数"草根民企"不同，民生银行是在行政力量的许可、参与下，由尚带有一定官方色彩的社团主导创办的，因此一开始就混杂着民营与国有两种体制基因。在民生银行筹备阶段，全国工商联要求所有投资民生银行的股东签订协议，将自己在每年股东大会上表决权的 30％委托给工商联（这一特殊政策在民生银行上市前夕被废止），由经叔平代表行使。这一精心安排的治理结构，被董文标精辟地归纳为：民有、国营、党管。

这是民生银行自创立时即有的基因，恰是这种基因，导致了此后数年民生银行在管理层与上级机构之间、股东之间、董事会与管理层之间以及管理层内部出现了错综复杂的利益和权力博弈。

刘永行 刘永好 首富长青

兄弟携手援助地震灾区

2008 年 5 月 12 日下午，正在贵州出差的刘永好，与几位高管在贵阳

饭店的一间小会议室里讨论某项目方案。突然，所有人都感到地动山摇、头晕目眩。很快，有人收到短信："成都发生地震了！"

听到这个消息，刘永好从椅子上弹了起来，抓起桌子上的电话，迅速打给成都集团总部，但电话已经打不通。最让刘永好担心的是他们公司位于彭州的华融化工厂。如果地震严重，将导致化工原料泄漏，后果不堪设想。

刘永好又尝试着向北京、上海等地的同事求证，结果得到的答复都是肯定的。在一片忙乱中，刘永好立即指挥身边的秘书口授他的意见并编发短信："集团员工在保证人身和财产安全的前提下安排上班，并听从政府指挥！火速安排车辆向灾区运送火腿肠、饮用水、饼干和牛奶。至少一车，连夜起运！重点检查华融化工，看有无氯气泄出，确保工厂及人员安全！"这条短信很快被转发到新希望各位高管及负责人的手机上。

地震的当天，刘永言正好在成都的会议室开会。忽然之间，实木的会议桌剧烈地左右晃动，在座的人没有经历过地震，还不知怎么回事，刘永言喊了一句"大地震来了，快跑！"所有人才如梦方醒，迅速撤离。

2004 年 11 月，刘永言的大陆希望集团收购了茂县羌林大酒店后，开始着手把叠溪打造成国内唯一的地震灾难遗址公园（博物馆），为自己的酒店和旅游业再添一城。

然而，谁也没有想到，这个投资尚未变成现实，一场更剧烈的地震竟在现实中袭来，而这场地震的影响范围也远远超过了他们的想象。在与茂县音讯隔绝的 2 天，刘永言非常担心那里近千名员工的安危，他一天只睡三、四个小时，常常食不下咽。

5 月 14 日，与茂县电话终于接通后，电话那头的负责人刚要汇报损失情况，刘永言大喊："我不听损失，我要人人都安全！"在听到有伤亡后，这个在商海里驰骋多年的老将也忍不住悲泣不已。

地震发生后，作为大哥的刘永言对兄弟们非常惦念。直到这天晚上，刘家四兄弟才联系上，互相了解情况，也相互安慰。经历了这场地震，刘家四兄弟在分家 13 年后，重新携手合作，参与灾区重建——

5 月 14 日下午，经过连续 40 多个小时的异地指挥后，刘永好终于回到成都。新希望集团在四川有 18 家企业，45000 名职工中有近 3 万职工是四川人。让刘永好感到欣慰的是，在此次地震中，他们公司在职职工无一人遇难。

此前虽已得到华融化工厂无泄漏的可靠信息，但他顾不上休息，从机场回到总部办公楼进行简单视察后，立即驱车前往地震的几个重灾区。同时，刘永好派出 3 辆车，把他们公司的产品火腿肠和新希望牛奶，直接送到灾区。

刘永好说，对于援助规模，也是有过几次调整，"这种调整是随着了解信息的程度追加的，是有个过程的"。一开始他们提出，捐赠 200 万现金、300 万物资，后来捐出物资和资金各 500 万，累计向灾区捐赠价值达 1500 万的钱物。

在四川大地震之后，新希望是在地震当天晚上第一个将救灾物资送抵灾区的民营企业；也是第一个将 500 万捐款划入中国红十字会账户的民营企业

而地震发生后短短几天内，刘永行旗下的东方希望集团也通过上海红十字会，向地震灾区捐款 1000 万元。而在援助灾区的行动中，刘永行之子、33 岁的刘相宇险些丧命。

5 月 14 日，刘相宇以志愿者的身份步行进入映秀镇，询问灾区最紧缺的物资，帮助救援人员抬送伤者，与众人挤在临时搭建的工棚中过夜。次日凌晨，他捡了一辆无人认领的自行车，奔波在映秀镇帮助救援。几天后，他再次携带奶粉等物资驾车进入汶川，却在漩口铝厂地段遭遇了山体塌方。

刘相宇后来回忆当时的险境："满天都是灰和沙，我当时眼睛都睁不

开了，蒙着头就往前冲。"由于石块剧烈滑落，又来不及低头看，他跑了没几步便踩上了一块正往下滚的石头，脚下一空，人就往外倒了下去。"我当时脑袋一片空白。"刘相宇说，他只知道一个劲地往前猛冲。此时，一名解放军战士跳到了他跟前，一把将他扯了出来。

5月16日中午，老大刘永言得知有一条新的通道，可以从成雅高速绕行泸定、丹巴、金川、马尔康、黑水，至茂县，总行程近1000公里。一得到这消息，刘永言迅速拨付专项资金，购置药品、帐篷、水和食品等救灾物资，并安排车辆，组织集团各部门、各公司的负责人及员工组成抗震救灾抢险队，开赴灾区。5月18日下午，经过50多个小时的长途跋涉，6辆满载救灾物资的大车顺利抵达茂县，成为首批到达茂县灾区的救援车队。

在这次地震中，刘氏家族公司损失惨重。刘永言在重灾区茂县有1000多名员工和几座水电站，初步统计损失在4亿元。刘永好的公司损失约4000万元，而陈育新的公司损失500万元左右。刘永行的东方希望尽管总部在上海，但是在灾区也有一些工厂，损失也不少。

作为受灾企业，新希望也面临自救难题。"在生产不能停的情况下，原料供应更为紧张，头几天，我们主要是用自己的库存原料，因为原来库存方面有几天的存量。现在就不能指望库存了，我们也在加紧采购，和定点企业联系，加大采购力度。"刘永好说，"生产救灾物资不光是我们自己的要求，这也是国家给我们的任务，国家也希望我们加班加点，生产更多的救灾食品，支援灾区。"

不过，对于家乡重建，刘永好已有自己的设想，"拿出1亿元，建设'新希望新农村扶助中心'，帮助灾区灾民发展生产；再拿出1个亿做地震专项资金，研究地震灾害；收养5个地震孤儿，直到他们成人；我们还愿意帮助100个地震灾区的大学生，资助他们读完大学，如果他们愿意，可以在毕业后到新希望集团工作。"

刘永好说，他们的很多客户，在地震中失去了房子，同时还失去了养殖场地以及设施。因此，帮助当地发展规模养殖体系是最好的切入点。"饲料养殖体系是我们的'主战场'。"

在刘永好的规划里，帮助恢复重建有多种途径，主要有三种，一是组织、帮助农民建立规模的养猪、养鸡、养牛场地；二是建立养猪、养鸡合作社，新希望参股 20%，农民参股 80%；三是帮助成立养猪、养鸡担保合作社，例如形式可以是，新希望拿出 600 万元，政府出 400 万元，组成 1000 万元资金担保规模，向银行申请贷款，可以达到放大 5 倍或者 10 倍的资金效用。

此外，新希望的技术人员到当地去，如绵阳、江油、彭州等灾区，导入新希望的养殖模式，提供种源、技术、销售等支持。

"我们企业家，特别是民营企业家，要发挥自身的优势，做些实实在在的看得见、摸得着的事情，做一些真正对灾区、对百姓有帮助的事情，这就是我们民营企业家的社会责任。"

刘永好对于这一系列规划的期望就是，能让灾后重建工作具有可持续性。2009 年 3 月，新希望映秀镇定点帮扶计划正式启动。2010 年，新希望计划在川投资超过 30 亿元，进一步调整和提升产业结构。

2009 年腊月二十九，包括刘永好在内的 70 多个民营企业家带着超过 3000 万的资金，奔赴四川地震灾区，一切都是自发的，没人去红十字会登记，没人索要发票，他们心里想的只是大家分头分户，去给地震灾区的灾民送款，让他们过一个衣食无忧的春节。

刘永好选择了受灾最重的映秀镇鱼子溪村，他走乡串户，不仅给农民送去红包，还带去了腊肉、火腿肠、牛奶和汤圆。刘永好是地地道道的四川人，四川人的春节是一定要吃汤圆和腊肉的，这是习惯。

"我们帮他们做一些事情，我们一个企业可以帮一户，帮十户，或更多户，帮助他们到底，帮助他们发展生产，帮助他们搞规划，帮助他们解决暂时的困难和今后有可能出现的困难，帮助他们子女的教育，而且今后

刘永行 刘永好 首富长青

184

长大成人，我们可以帮助就业，培养他们回乡继续工作，或到我们企业工作，这就是一包到底。"

在吃年饭时，他把这些想法告诉了村支书，并承诺，可以带动更多的企业家联合起来，在映秀镇实行包干到户，一个企业包几家或十几家农户，一包到底，包一年、两年、五年、十年，包它发展生产。

让刘永好没有想到的是，大年三十在他陪乡亲们过年的时候，温总理也来跟乡亲们过年了。见到刘永好，温总理非常高兴，握着他的手连说"永好，你们农民企业家做得好。"在温总理即将离别映秀的时候，特别要求一定要找到刘永好，要和他告别。在总理的车前，总理再次握着刘永好的手，深情地说了声"谢谢"。

当时，刘永好便决定今后连续三年时间去地震灾区过年，看看有没有什么自己可以做的。2010 年的春节，他又带着全家和新希望的部分员工一起去了映秀，为当地的人带去了一些年货，给老人和孩子们送去了压岁钱，给新希望在当地技术帮扶的猪场送去饲料……

在"三聚氰胺事件"中崛起

向三聚氰胺说"不"

一场"三聚氰胺毒奶粉事件"不仅让一个知名乳企从辉煌迅速走向陨落，也让乳业巨头在 2008 年底纷纷交出了集体亏损的成绩单，整个中国乳业在这场"乳震"中元气大伤。2010 年伊始，中国乳业仍余震不断，严峻的形势考验着每一个成长中的中国乳品企业。

但在一片哀鸿声中，刘永好却"出污泥而不染"——在"三聚氰胺事件"发生后，新希望所属企业生产的各类乳制品，经国家、省、市三级检测，均未检测出含有三聚氰胺。即便是设在保定的新希望天香牛奶厂，距离三鹿的一个主体工厂只有 20 多公里，但在国家的若干次检测中，依然没有发现一点问题。

刘永好认为，乳品行业之所以出现这种问题，究其根源，一是现阶段落后的分散经营方式，不能有效地形成完整的农业产业链，质量无从保障；二是安全监管存在着制度缺陷，缺乏威慑力。

食品产业有两种模式：一种是市场导向的，把大量的钱用来做广告做宣传，委托加工，这样做见效快，但是原料供给体系的问题会带来安全隐患。"三聚氰胺事件"便是典型的案例，也为我们敲响了深刻的警钟。另一种方式是基地型模式，是以生产为导向，重视产业链的建设模式，就是从饲料抓起、从养殖抓起，这种模式的缺点是投资很大、周期很长，但好处是食品安全得到了解决。

"三聚氰胺事件"之前，刘永好虽然通过一系列收购也跻身于中国乳品企业前列，但与伊利、蒙牛、光明等企业相比，不是那么显山露水。因为新希望收购的企业，绝大多数是老牌国有企业，大多数企业已经有四、五十年的历史，这部分企业投资大、人员多、包袱重、市场推广相对差、见效慢。新希望在收购这些企业很长一段时间以来，日子并不好过。

但"塞翁失马，焉知祸福"。这些企业的发展有其历史渊源，它们都是自己养牛，牛场多、牛多、检测规范、自己能够控制奶源。刘永好进军乳业后反复说的一句话就是"做乳品首先要做奶源"。

2008 年发生的三聚氰胺事件，问题就出在奶源上。在当时，乳业发展进入了高烧期，群雄争霸，急功近利，众乳企为了抢占市场，营销策略五花八门，而最基本的奶源建设却被忽略了。从 1999 年到 2008 年，销量增长近 5 倍，奶牛的数量只增长了 3 倍。两者没有同步发展。中国乳业出现了一个怪现象"无牛谈奶"，且谈得很高调。

相对于将主要精力做市场、做品牌推广的市场型企业而言，这种生产基地型企业正是靠食品安全在"三聚氰胺事件"中却意外脱颖而出，使新希望乳业在消费者心中迅速扎根，给新希望乳业挤进乳业第一梯队提供了契机。

刘永好很骄傲地谈起："这次'三聚氰胺事件'，我们新希望的企业没有一个被查出有质量问题，我觉得是骄傲的。为什么没有被检出问题？这和我们崇尚企业的原则相关，我们提倡要做产业链、做基地性的乳业。"

争做中国鲜奶第一品牌

"三聚氰胺事件"后，新希望乳业明确提出了打造中国鲜奶第一品牌的目标。

什么是鲜奶第一品牌呢？

刘永好的解释是：第一不一定是卖得最多，但一定是做得最好。作为食品企业，一定是安全第一、奶源第一、质量第一、责任第一。

在整个乳业行业共同经历了这场大洗礼后，新希望乳业更加重视企业品牌资源的整合。

刘永好花费上亿元对旗下 11 个子品牌进行整合，将只保留云南蝶泉、昆明雪兰、内蒙古非常牛、河北天香、安徽白帝等 5 个区域性品牌，而四川华西、杭州双峰等品牌将逐渐淡出新希望乳业体系，此外公司还将推出一个全国性母品牌——"新希望"。品牌整合的目的就是要让乳业这个新希望集团业务板块中最薄弱的环节强大起来。

"三聚氰胺事件"爆发中期，继三鹿之后，蒙牛、伊利也陷入"三聚氰胺危机"之中，抽检合格的新希望乳业及时做出两大举措：一是积极帮助奶农消化奶，以减小奶农损失；另一方面，面对三鹿留下的巨大婴幼儿奶粉市场空白，新希望乳业适时推出了蝶泉婴幼儿奶粉，并承诺奶粉不涨价，满足广大工薪阶层的需求，成功树立了企业的高度社会责任感。

而在市场营销层面，一方面，考虑到城市型乳业特点，做鲜奶最大的销售渠道不是在现代渠道，而是传统意义上网点奶店的建设，因为现代渠道太长，周转太慢，而传统网点奶店的建设则正好能发挥城市型乳业的特长，费用花销小，对服务的要求较高。因此，新希望乳业确立了"增人、投柜、配车"，走社会化网络和自建网络双管旗下的策略。

另一方面，新希望乳业开始借势央视大平台，营造全国影响力。"三聚氰胺事件"之后，细心的消费者发现，在央视一套的黄金时段以及央视八套的剧场中，一向低调的新希望乳业频频露面，在一线乳企集体失声的情况下，无疑表示了其已经开始了借机突围。

据了解，这虽是新希望乳业首次登陆央视，却独家冠名了央视黄金强档，更一举成为央视合作企业。从中不难看出新希望乳业借势崛起、杀入一线阵营的雄心。

2009 年伊始，中国乳业迎来了并购第一案。新希望乳业以 6450 万元受让昆明市农垦总公司所持有的昆明雪兰牛奶有限责任公司的 42.9% 股权和"雪兰"商标。交易完成后，新希望乳业已经拥有雪兰近 94% 的股权。2008 年，新希望大手笔联手内蒙古"非常牛"，进一步加强了其在北方的力量，同时将深谙蒙牛、伊利发展模式的、以李成云为代表的非常牛团队收编，为管理团队注入了新鲜血液。

从规模上看，新希望乳业已经成为鲜奶领域的佼佼者，先后收购了四川阳平乳业、重庆天友乳业、安徽合肥白帝乳业、河北保定天香乳业、杭州双峰乳业、美丽健、青岛琴牌乳业、云南蝶泉乳业、雪兰乳业等品牌，初步完成新希望乳业在全国的布局。

对于新希望集团整个大农业体系，刘永好想强调的是其安全："我们的饲料是'国雄'饲料，种猪是'荣昌猪'、'海波尔猪'，屠宰加工环节是'千喜鹤'、'美好'，每一个环节都是名牌，形成一个'名牌猪肉产业

刘永行 刘永好
首富长青

188

链'。若干年后，居民通过识别品牌识别品质，购买猪肉肯定会选择品牌，不会和现在一样。"

其实，早在2008年3月的两会期间，刘永好就在自己的提案中表达了对食品安全隐患的担忧。在全国政协十届五次会议上，他提交了《关于支持现代农业产业链建设，促进新农村建设》的提案。

正是在这份提案中，刘永好以养猪业为例，指出目前我国畜牧业发展的核心问题，即小规模养殖模式难以抵御自然风险和市场风险，同时还涉及到食品安全隐患。刘永好分析道，分散的家庭养殖造成了食品安全监控根本无法展开，"全国有上亿个家庭在养猪，监管部门根本无法监督，食品安全问题也就没法从根本上解决"。

2009年3月3日，全国政协委员刘永好在接受记者采访时表示，《食品安全法》的通过，从源头上保障了农民利益。但他认为，《食品安全法》刚刚通过，今后要走的路还很长，作为食品生产企业，要谨记"做食品就是做良心"。如何才能让老百姓吃得放心，这是农业企业面临的一个非常重要的课题。

2010年春节过后，国务院任命了食品安全委员会办公室主任，一个正部级的实体机构即将开始运行。国务院食品安全委员会成立于春节之前，由副总理李克强挂帅，15个部门参加。这是中国首次以如此高层次的议事协调机构来应对食品安全问题。

而在此之前的半年时间内，食品安全领域大举措连连——2009年6月1日《食品安全法》开始实施；2009年下半年，食品安全风险评估专家委员会和食品安全标准评审委员会分别宣告成立。

刘永好认为，在政府加强监管的同时，企业都要静下心来踏实地把产业链做好做实，做有良心、有道德的企业，从源头抓起，这样，我们的食品安全才能得到最终的保证。

调动智慧抵御金融危机

危机下的有所为、有所不为

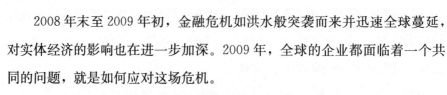

2008 年末至 2009 年初，金融危机如洪水般突袭而来并迅速全球蔓延，对实体经济的影响也在进一步加深。2009 年，全球的企业都面临着一个共同的问题，就是如何应对这场危机。

就在 2008 年的这个冬天，上门来找刘永行的人忽然多了起来。来者大多为地方官员和一些银行，他们是来为当地铝业、煤化工企业充当说客，希望刘永行能出手相救，挽救这些陷入破产困境的老国企、股份制企业和小部分私人企业。

摆在面前的机会似乎非常有诱惑力——那些找上门的、迫切希望被收购的厂子有四、五家，这包括电厂、氧化铝厂、电解铝厂、煤化工厂。这都是他苦心构造铝业产业链上下游的重要环节。而且，给的条件很丰厚：资产可以压缩，要价很低，贷款可以是长期的，"以前几十个亿、十几个亿的，现在几千万、一个亿就可以拿过来了"。

如果借助时机进行产业整合，孜孜以求的第二主业在短时间可以迅速做大。但是，刘永行目前为止一个都没看中。"现在是扩大的非常好时期。但搞不好就是个陷阱，我们不能陷进去，不能贪心，要非常非常冷静。"

对于这些送上门来的企业，刘永行保持着习惯性的警惕。刘永行表示，2009 年东方希望会暂时放慢对外投资的步伐。目前看起来像是扩张的大好时机，但金融危机的形势还不明朗，他宁愿多留点"余粮"，随时准备应付可能持续的不景气状况。

刘永行 刘永好
首富长青

　　在全球金融海啸的影响下，自2002年起一直盈利不错的钢铁、铝业等重型工业普遍陷入了全行业亏损状态。以电解铝为例，价格下降40%，大部分企业都处于停产、减产之中，很多濒临破产。而曾和刘永行争夺三门峡氧化铝项目控制权的行业老大——中国铝业刚刚宣布裁员一万人以渡难关。

　　而刘永行的阵脚不乱，源自之前的未雨绸缪——从1996年思考转型，到最后确定进入重型化工，再到2003年一波三折的宏观调控危机，对于可能遭遇的种种不测，刘永行们准备了8种模拟情景，从国家政策到行业周期等等，有的非常极端。"像这样大面积、全球性的经济危机是完全出乎意料。但是，大多都逃不出之前的假设。等困难出现的时候，不会太着急。"

　　谋定而后动，有所不为，也必有所为。

　　2009年11月17日，刘永行为重庆市带来了一个更令当地政府官员惊喜百倍的"大礼包"——筹备已久的东方希望集团黔江化工基地项目已正式奠基，这个PVC（聚氯乙烯）联合一体化项目总投资约100亿元，主要利用石灰岩矿及电力资源生产聚氯乙烯。

　　该项目建设工期为3年，建成达产后，可实现年工业总产值100亿元、利税25亿元，直接和带动相关产业解决劳动就业5000人以上。这是继涪陵、万盛后，东方希望集团董事长刘永行在渝布局的第三个化工项目。

　　刘永行觉得，在冬天来到的时候，不要怕，要努力去适应。"有困难的时候，接受它，要做好事情，不要抱怨。行业好的时候，那是运气，不是你有能耐，而要比别人更好；行业差的时候，大家不盈利的时候，你要盈利；等大家亏很多的时候，你不亏或者亏得很少，而且能很快度过低潮。度过眼前的困难，前面就是光明的。"

　　"困难之中，也是投资的最好时候，检讨失误的最好时候，做重大决定的最好时候。"刘永行说，低谷时期做的决定，常常比高峰时做的决定要有价值。

作为富豪榜上的"常青藤"，刘永行并不认为富豪在经济危机时期落榜就意味着企业经营的失败。

他强调说，一时一事不能说明企业做得怎样，金融危机之下，不能以企业现在经营的情况来评判企业家，而是要看长期的表现，"困难时期做得过去的，损失小的，将来一定能活得好。"

现代化农业的转型期

刘永行 刘永好
首富长青

在全球金融危机的影响下，我国养殖业遭受沉重打击——2009年上半年，整个行业销售下跌5.5%，行业内很多企业不得不停产、减产、裁员。2009年金融风暴愈演愈烈之时，又突然来了一个"猪流感"，猪肉价格从最高峰19元猛降到8元，猪价格下跌，所有养猪农民亏损，养鸡养鱼也无一例外。"整个农业受到很大的打击。"刘永好表示。

刘永好认为，这个时候应该抓农村经济的规模化、产业化、现代化、标准化，同时要抓合作经济组织。

刘永好所经营的企业恰好在四川灾区，震灾、金融危机、甲流对企业造成了一定影响。为此，他还提出了减法的理念。"做减法，金融风暴首先要减负债，使负债率在安全、可靠、信得过的水准。减库存，使我们库存适度减少。减非主业，把一些非主业，非控股，非主流的产业适度变小，卖出去，提升了我们这种应对金融风暴的能力。"

农业现在到了一个转型期——从简单的小农经济向规模化的现代经济发展，而在这个转型期中，农业企业大有机会。在当前的经济形势下从事现代农业，风险相对小，政策支持力度大，而且它是一个刚性需求的产业，所以抵御金融风暴的能力相对比较大。刘永好

据此得出结论：尽管金融风暴是个挑战，但对农业企业来说，面临的是一个机会。

经济危机对其集团影响大吗？刘永好说，新希望集团还算比较好，因为肉蛋奶这些农牧业产品是生活必需品，当然消费面会减弱。根据之前发布的统计数据，2000万农民工就业难，他们背后的家庭消费能力和意愿肯定会削减。我们公司坚持发展规模农业，已经连续3年销售额每年递增100亿元，2008年达到450亿元，2009年要力争再增100亿元。

他还透露了一个好消息：2009年公司不裁员，而且还将在现有6万员工的基础上，新增5000个就业岗位。

新希望集团董事长刘永好，形象地把近几年"猪"的经济状况比作中国的经济状况。

他说，2007年国家经济发展很快，猪价上涨，很多商人养起猪来，叫"猪疯狂"；2008年，我国遭遇冰雪灾害、地震，猪肉价格走向平稳，地震中出现了"猪坚强"；2009年上半年出现了猪价一跌再跌的现象，被比作是"猪恐慌"。就像经济发展一样，他希望下半年是"猪信心"。

"尽管现在的经济不是很理想，但是我们的肉蛋奶还是大家所需要的，这些最抗风险，因为它是实实在在的，不会因为金融风暴我们就不吃饭了，更不会因为金融风暴我们就少吃肉了。特别是国家在大力支持新农村建设的时候，我觉得这方面更有光明的前景，我们正在用这样的方式迎接新的挑战和进行新的发展。"

在金融风暴渐渐侵蚀实体企业的冬天，刘永好坚信他的农牧产业链正朝着生机盎然的春天迈进。

打造成世界级农牧企业

向世界级农牧业企业学习

尽管刘永好曾被美国《福布斯》杂志评为中国大陆首富，但低调实干的刘永好对这些虚名向来不关心。相反，每次想到泰国正大、美国泰森这些世界级的农牧企业，他总觉得自己的新希望矮了一截。

自2000年以来，在经营饲料行业的企业越来越多、饲料行业竞争加剧而对饲料的消费需求并没有增加的情况下，饲料行业的销售利润率越来越低，从10％下降到约4％，仅仅略高于一年期的银行存款利息。作为一家以饲料生产为主的农牧企业，新希望的扩张速度也日益放缓。

新希望该如何发展才好呢？

经过短短几年的发展，刘永好手头已积攒下来几亿元的资本金，继续往饲料行业里投显然已经不能带来更多的回报。为此，刘永好带着这个困惑特意去拜访了美国的同行。在那里，他找到了新希望的榜样。美国饲料企业泰森由于打通了上下游产业链，成功转变为美国养殖产业的巨头。

2004年春节，刘永好又到他的老对手泰国正大集团老板谢国民家中做客，正大集团从饲料到食品的产业模式也给了他深刻的印象。

游历归来，刘永好总结出企业发展的一个关键经验就是，世界成功的农牧业企业都是通过打通整个产业链，把流失在各个环节的利润"捡"回来，才实现规模的扩大和利润率的提升。泰国正大集团、美国泰森走的就是这条路。

通过观察和了解，刘永好意识到，新希望之所以难以扩大规模，原因

刘永行 刘永好 首富长青

在于，中国农村传统农业是小农经济的生产方式，没有实行规模化生产，依靠单打独斗的养殖户很难扩大再生产。饲料业的规模要得以扩大，必须采取规模化的农业生产和养殖业生产。

新希望集团提出率先成为世界级农牧企业。"按照这样的目标，我们提出具体实施路线图，原来一直做农牧业，后来也投资金融、地产、化工业，要把我们其他投资业适度收缩，向农牧产业集中。第二要跟农民企业联合发展；第三要做产业链，从猪到鸡到奶牛，这个产业链从做种苗，到屠宰、加工、养殖，把养殖最大的体系放给农民。建养猪合作社，养奶牛合作社，变普通农民为农场主或者农业工人。"

这样，在新希望集团内部，产生了企业转型的要求。2005 年元旦，新希望集团战略委员会建议，新希望继续发展的唯一出路就是，摆脱单一的饲料生产者的角色，向世界级农牧业企业学习。

打通产业链上下游，完善现代农业体系

2005 年 7 月，在新希望总经理大会上，刘永好宣布采用战略委员会的建议，第一次提出了成为世界级农牧企业的愿景，并将截止到 2015 年的销售目标定在年销售额达到 500 亿元。

2006 年 9 月 18 日晚，刘永好首次向外界宣布，他将用 10 年时间，打破原有的商业模式，带领新希望集团完成从饲料企业向世界级农牧业企业的转变。这是一条打造从饲料通往餐桌的产业链的战略。这一转型战略如果运作成功，意味着中国传统的小农经济会被规模化养殖取代，中国传统的小农经济的农业生产方式会彻底改变，中国农业传统的生产模式会被彻底颠覆。

同年，刘永好制订了一个 5～10 年的农牧业发展投资规划。其中海外工厂投资 5 亿～8 亿元。国内市场上，着力打造禽和猪的产业链。猪产业

链投资 10 亿元；禽产业链在原有的基础上，增加至少 5 亿元的投入。

新希望的第一个变革，是把产业链从饲料延伸到养殖上。这样一来，此后的新希望已经不再是一个单一的饲料供应商，而是一个养殖产业链的运营商，整个养殖产业链由新希望来整合运营，并分配各个环节的利润，实现共同发展。

2005 年 8 月，新希望与山东六和集团的合作就遵循了这种思路。山东六和在建种鸡厂和饲料厂的同时，跟农民签订收购鸡的合同，将农民从小农经济的体系下解放出来，变成家禽养殖基地的生产者，形成了规模化的农业生产体系。

山东六和 2005 年有两亿只鸡、鸭的屠宰规模，排名全国第一，到 2007 年初达到 3.6 亿只的规模。这意味着每天要屠宰 100 万只鸡。与山东六和合作后，山东成为中国最大的家禽养殖基地，带动了新希望的饲料销售，一年间其全国的市场份额从约 4％提高到了 6％。

新希望的第二项变革，是进一步把产业链从养殖延伸到餐桌上，做食品深加工，以及寻找一种最有效的流通方式，介入从养殖到餐桌的最后流通环节。

2010 年 3 月，就在刘永好即将奔赴北京参加两会时，他自傲地向外界宣布：2005 年到 2009 年，是新希望集团第一个五年规划的实施期，在这 5 年，新希望实现了"销售额达到 500 亿，成为世界级农牧企业"的目标。

同时，刘永好还表示，这仅仅是一个开始，他已经制定好的新希望集团下一个"五年计划"，即全面达到世界级农牧企业的目标——饲料销售超过 2000 万吨，成为中国最大的肉食品加工企业，营业收入超过千亿元人民币。

他说："2009 年我们达到世界级农牧企业的入门标准，但是离真正的世界级农牧企业的标准还有相当大的差距，大家还必须更加努力。未来 5 年，新希望将继续完善'农民＋农企＋农社'的现代农业体系，以饲料为

原点，上下扩展，种苗、养殖、屠宰、深加工与市场联动，打通产业链上下游。这样对食品安全、增加农民收入、保护环境也都有积极意义。"

富豪排行榜上的"常青藤"

刘永行兄弟的故事在 2010 年 3 月 3 日暂时划上了逗号。我们不妨趁机回过头来，做一个横向比较：那些曾和刘永行兄弟并驾齐驱的中国私营企业家们，他们在长达数十年的发展历程中到底经历了怎样的波折？他们今天在哪里？

在 1994 年第一份富豪排行榜的前 10 名中，牟其中、罗中福、热比娅 3 人都曾触犯过法律而成为问题富豪；冼笃信、罗西峻则早已被今天的人们淡忘；张宏伟、张果喜、李晓华虽然还活跃在商界，但其在富豪排行榜上已经远远落后于他人，甚至从榜单上消失了；至今仍与刘永行兄弟并驾齐驱的惟有宗庆后一人而已。

虽然刘永行兄弟位居榜首，但当时名声最大的无疑是牟其中。奇怪的是，在榜上明明排名第四的牟其中，不知后来为何以讹传讹地变成为了中国首富。而"中国首富"这张"虎皮"，对他日后随心所欲地施展"空手道"起到了很大的促进作用。

牟其中后来的结果大家都看到了：1999 年 11 月 1 日，武汉市中级人民法院判决南德构成"信用证诈骗罪"，判处牟其中无期徒刑（后改判 18 年有期徒刑），并剥夺政治权利终身。

至今，性格倔强的 68 岁老人牟其中，仍然不断地为自己申诉并积极地准备"复出"。在武汉洪山监狱，他坚持每天早上绕着监狱内的小篮球场跑几十圈，午休后就来回爬楼梯——六层楼上下十几趟，高度相当于爬了一座纽约帝国大厦。

1988 年初，刚刚从遵义来到珠海打拼才几个月的罗忠福，不惜借款吃进距离拱北口岸仅 200 米的一处地块。后来这里建成福海大酒店，一举奠定罗忠福的财富版图。

1989 年，罗忠福又以每平方米数百元的价格拿下位于斗门区白藤湖的一块地皮，开发建设为"湖中湖花园别墅"。1992 年房地产开始复苏时，第一期 120 多栋别墅趁机在香港发售。据当时的管理层成员回忆说，"一个礼拜就赚回来 7000 多万，而且都是现钞。"但该项目在后续开发过程中，因为摊子铺得过大以及房地产市场再次降温而陷入困境。

罗忠福商业之路越走越窄。2008 年 8 月 27 日，贵州省清镇市法院环境保护法庭依法公开开庭审理了北京福海福樱石新材料科技发展有限公司（简称福海公司）、贵州省林业科学研究院及两单位相关负责人因"福海生态园"涉嫌非法占用农用地罪、滥伐林木罪、妨害作证罪一案。曾经风光一时的罗忠福被一审判处有期徒刑 10 年零 6 个月。

曾靠当洗衣妇为生的热比娅，1981 年在乌鲁木齐商业区二道桥租下一个小摊位，正式投身商海。经过 10 年打拼，热比娅坐拥上亿家产，成为新疆的首富，也是唯一登上第一届富豪排行榜的女性。但上榜不久，热比娅便被查出有欠债、透漏税款等问题，数额超过 5600 万元人民币。

1999 年 8 月，热比娅被捕，2000 年以"向境外组织非法提供国家情报罪"被判 8 年徒刑，2004 年获得减刑 1 年，2005 年 3 月热比娅出狱赴美保外就医。

2009 年 7 月 5 日，新疆乌鲁木齐市发生严重的打砸抢烧暴力事件，数千名暴徒在市区多处大肆破坏，并攻击无辜群众。新疆自治区有关部门指出，这是一起典型的境外指挥、境内行动，有预谋、有组织的打砸抢烧暴力犯罪活动。其背后的操纵者就是"世界维吾尔大会"，而热比娅正是该组织的主席。

　　与罗忠福一样，曾经的"海南首富"冼笃信这半辈子都是在房地产这辆过山车中经历着大起大落、大悲大喜的煎熬。

　　1988年4月，海南建省并成为中国最大的经济特区。现在繁华热闹的商业住宅区——三亚西河西路，在1989年前荒草丛生、垃圾遍地，当地人称之为"臭滩"。当年春天，三亚市政府决定将那里开辟为第一个综合开发区，并面向社会招标。实力薄弱的冼笃信，却联合其他人抓住这个机会拿到了250亩土地。

　　当年夏天，形势突然严峻起来：国家全面治理整顿，银根紧缩，基建贷款受到了严格的控制。但冼笃信没有退，还是继续筹集400万元买下合作伙伴的股份，并以土地作抵押从银行贷款1800万元继续投入。

　　三年河东、三年河西。1992年，邓小平南巡讲话后，海南岛进入房地产开发高潮，土地大幅升值，冼笃信每天24小时就忙一件事：数钱！短短几个月内，这片土地为他带来了高达3亿多元的进帐。

　　成也萧何，败也萧何。1993年，财大气粗的冼笃信一口气在海口、三亚等地成立了9个项目公司，收购了大片土地。作为海南第一批"地主"，他当时掌握着的土地价值已经过10亿元。

　　但从1994年下半年开始，海南进入了房地产泡沫后遗症时代，整个海南岛有500多亿元资金套在房地产项目上，地价开始悄悄下跌。时任人民银行海南省分行行长的马蔚华，曾劝同是商会副会长的冼笃信应该尽早脱手，但他一意孤行。

　　在憧憬中，冼笃信错过了无数次将财富兑现的机会，"就像吸毒者吸毒一样，当我在虚幻中醒来时，形势已经一去不复返了。"他在短时间内积累的亿万财富，终于在短时间里灰飞烟灭。冼笃信也归于沉寂。

　　而罗西峻一直是一个神秘人物，当时上榜时连他的年龄都没搞清楚，只知道他是山西省的农民企业家。后来再没有人提及他，网络上也没有他的任何资料。

如果把富豪排行榜上的前一百强比成"财富尖子班"，那么，张宏伟、张果喜和李晓华三位，无异于经历了从"优等生"到"差等生"的转变——他们都曾在这个班级排名特别靠前，但后来因为"不思进取"逐渐被其他人超越，直到最后都跌出了前百强。

　　宗庆后则像一个"插班生"——从 1999 年至 2002 年，胡润百富榜上一直找不到宗庆后的名字，2003 年他以 12 亿身价、排名第 61 位的成绩"插班"到这个"财富尖子班"，以后一直大踏步地前进着，2009 年更以 270 亿身价排名第 13 位，尚在刘永好之前。

　　也就在 2003 年，张果喜被"财富尖子班"抹去了名字，排名最后一位的张宏伟第二年也被挤了出去。而刘永行兄弟，一直位列"财富尖子班"前茅。他们经受住了时间的考验。

刘永行 刘永好 **首富长青**

第七章

归渊：沉淀传承企业家精神

"你们要努力进窄门。我告
诉你们：将来有许多人想要进
去，却是不能。"

——《圣经：新约路加福音》

对像刘永行兄弟这样硕果仅存的企业家进
行样本分析，我们会发现各种各样的秘诀：政
治敏感度高，持续的创新能力，坚忍不拔的毅
力，善于挖掘人才，未雨绸缪的危机意识，说
敢为人先的闯劲，规范的企业内部治理结构
……也许，这一切还不够，还得加上几分天命
与运气。

"今年两会我有六个提案，其中有四个是关于'三农'问题。在'三农'问题上，我提出了一个新概念，就是'新五农'概念，除了农业、农村、农民，还应该增加农企和农社的问题。"

2010 年 3 月 2 日，第十一届全国人民代表大会第三次会议和第十一届全国政协委员会第三次会议即将在北京开幕，作为这个舞台上活跃的民营企业家代表，刘永好保持了一贯的高调。

对他的提案，刘永好如此解释道："农业问题、农村问题、农民问题提了很多年，对于这些问题的解决，各方已经做了很多工作，也取得了非常大的成效。但是，当前'三农'问题依然很重，其中又以农民问题为最重，农民问题的解决要依靠规模化和现代化，特别要关注农民如何变成农业企业的主人、农场主或农场的工人。这就提出了农民变成农场主或农场工人的命题，也就是农民企业问题……"

他认为，中国特色的农民、农业企业和农社的结合是新时期下解决中国"三农"问题的有效措施和办法。刘永好同时呼吁要加大乡镇建设力度，使乡镇建设和大中城市建设齐头并进，以推动中国社会经济结构的转型。

从 1993 年刘永好登上这片政治舞台开始，整整 17 年过去了；从 1982 年刘永行兄弟开始创业算起，整整 29 年过去了。而如今，那些和他曾经比

肩的企业家，很多人已经在岁月的长河中悄然消失无踪了，凭什么刘永行兄弟却一直能屹立不倒？

面对这样的问题，刘永好曾说过一段耐人寻味的话："80 年代中期，我就开始出席一些国内企业家的活动。到了 90 年代出席这些活动时，已经有了一些变化。现在再出席企业家们的活动，变化就非常大了。是什么呢？原来跟我们一起开会的朋友越来越少了。到哪里去了呢？有很多原因，有的不干了、有的去世了、有的倒闭了、有的被抓了。做企业，就好像综艺节目中的孤岛生存游戏。有些人怕吃苦，倒下去了；有些人在独木舟上行走，没有踩好，倒下去了；有些人关键时候跑不动，被老虎、狮子吃了。总之，竞争就是这样的，适者生存的游戏规则是明确的，所以应该有这样的思想准备。"

在中国，企业家属于稀缺资源。从改革开放至今三十年，能够一直挺立潮头的企业家可以用凤毛麟角来形容。

他们为什么能够长寿？对像刘永行兄弟这样硕果仅存的企业家进行样本分析，我们会发现各种各样的秘诀：政治敏感度高，持续创新能力，坚忍不拔的毅力，善于挖掘人才，未雨绸缪的危机意识，敢为人先的闯劲，规范的企业内部治理结构……也许，这一切还不够，还得加上几分天命与运气。

长寿企业家们独特的个人魅力与能力值得我们尊敬，但我们更希望提炼出那些可以复制的、放之四海而皆准的商业素质。

"朕为始皇帝，后世以计数，二世三世至于万世，传之无穷。"自古以来，开疆拓土的创业者都希望自己的基业能够永继长青，这也是优秀企业家们的美好梦想。

真正的长寿是什么？那就是自己不在了，自己的企业还在，还在照常运转！

创业首先需顺应大势

前文提到过刘永行的一句话："中国民营经济的崛起，其实不是一个经济奇迹，而是政治上的一个创造。"这句话，其实也可以套用在他们兄弟四人创造的希望企业身上。

刘永行兄弟选择的是和这片土地上的人民息息相关的产业。希望企业有如一颗种子，扎根于大地，生长并不一定神速，但却稳健、持续、长久，直至现在的根深叶茂、难以撼动。

刘永行兄弟之所以成功的最重要因素，除了他们的事业深植于这片土地以外，还有一点，就是对天时大势的顺应，以达到和大环境和谐发展的目的。

和谐发展最重要的一条，就是刘永行兄弟所提倡的"顺潮流事半功倍"的企业经营理念。

刘永好的解释是："我们总结了一条经验，叫顺潮流而动，略微超前快半步。什么叫顺潮流？社会的发展、市场的需求、国家的政策导向都是潮流，我们始终把产业定位在社会需求、政府倡导的领域。把社会需求、政府倡导作为我们企业发展的方向和目标。当你按这个潮流去做的时候，就会事半功倍。什么叫略有超前？顺应潮流一定要走在前面，走在后面就没机会了。要快半步，不能快一步，一步快得太多，有可能踩空脚。快半步，进能进、退能退，进退自如，这是我的一个经验。"

中国的农民是最勤奋的农民，也是最穷的农民。刘永行兄弟去美国多次，看得最多的是美国农民和美国农业。

美国的农民很富裕，但辛苦程度却远不如中国农民，他们经常是老两

口管成百上千亩的农场，轻松就把事情做了。比如说到了播种季了，打个电话到种子公司，第二天飞机就来播种了；要除草了，开着喷洒车出去转一圈把除草剂一撒就齐了；到最后收割时开上收割机就收回来了。

相比之下，我们的农民劳动强度就大得多了。但是美国农民的收入远高于中国农民，他们甚至比美国城里的蓝领工人收入要高好多。所以在乡下的农民都是有产阶级，而我们的农民进城能打一份工就好像上了天堂。

这给刘永行很大的震撼。他分析，这里面的原因十分之复杂，最主要的一点，就是中国农民的人均占有土地量不足，我们的农民虽然辛苦，但是却是在很小的土地上劳动，产出不够。所以中国农民的出路，除了现在提的比较多的城镇化，到城里来工作以外，刘永行觉得很重要的一点，就是农业产业深加工。而刘永行兄弟选择从事的养殖业就是一个很好很现实的出路，因为这里面可以消化掉大量的劳动力。

而传统的中国养殖业又是不上规模的，农民靠自家潲水养的一两头猪，除了自己家里吃以外，最多只能赚个过年的零花钱而已。在刘永行兄弟推出希望饲料的时候，正是中国农村养殖的观念开始发生变化的时候。

由于政策放宽，大量的养猪专业户开始出现，规模养殖成为风气，这时农民开始对能帮他们节省成本的饲料产生兴趣，所以像正大饲料一样的外资公司和像希望饲料一样的内资企业，都能一下子流行开来。其中最根本的原因，就是用饲料养猪能帮助广大的农民致富。当时，这是一片极其广大和有着无限潜力的市场。

刘永行兄弟创业的过程，就是一部企业顺应国家政策的历史——

1982年，中国农村开始搞专业户，于是刘永行兄弟找到县委书记，说希望创业、推动农村经济的发展。县委书记讲："现在搞科技兴农，你们到农村去，把科技带到农村，我支持你们做专业户。但是，有一个条件，除了你们自己成长以外，每年还要帮助10名专业户发展。"

一路走来，刘永行兄弟超额兑现了当年对县委书记的承诺，不光培养了大批养鸡专业户，新希望还解决了 6 万多人的就业。

1994 年 4 月，刘永好在担任全国工商联副主席的时候，为响应国家"八七扶贫攻坚计划"，他与另外 10 名民营企业家联名写了一份倡议书——《让我们投身到扶贫的光彩事业中来》，并在 4 月 23 日全国工商联七届二次常委会议闭幕会上，向全国的非公有制经济企业家们宣读了这份倡议书。

随后，中国光彩事业也正式起步。刘永好倡导发起旨在扶贫的"光彩事业"，在"老、少、边、穷"地区投资近兴建扶贫工厂，为这些地区经济的发展和人民生活的改善做出了贡献。

而每年两会期间，都是身为全国政协委员的刘永好展示自己的绝佳机会。每一次刘永好都能根据当时的大局、政策并结合自己的企业提出和大势相呼应的提案、建议和想法。

2006 年两会期间，温家宝总理在政府工作报告提出把建设新农村作为"十一五"的重之中重。对此，刘永好高调做出了反应。

他说："新农村建设是一个历史创举、是一场深刻的变革、是一场伟大的实践。在新农村建设的历史进程中，国家经济建设的主战场将从城市扩大到农村。它需要亿万人民广泛的参与，需要百万企业积极的投入，为此民营企业应该第一时间相应党和政府的号召，在新农村建设的主战场上，民营企业要争当新农村建设的排头兵，与亿万人民主力军一道，为彻底改变中国农村面貌而奋斗，这是我们的历史责任也是我们光荣的使命。"

于是，以刘永好为首的 20 位民营企业的人大代表、政协委员们，连夜开会讨论，并发起了《关于民营企业争做社会主义新农村建设排头兵的倡议》。

2008 年 3 月 3 日全国政协座谈会上，刘永好在发表了《抓住现代化"牛鼻子"推动农业生产转型》的讲话，指出 2007 年至今居民消费价格指数的持续上涨，除了价格周期波动、疫情、原材料涨价等原因外，"根本的原因是农村社会经济正处于重大转型期"，他建议政府和企业"抓住这

刘永行 刘永好 **首富长青**

一历史性机遇，积极推动现代农业生产转型"。

一天之后召开的全国政协十一届经济小组座谈会上，刘永好又在发言中主要谈到三方面的问题：农产品的价格上涨反映了农村社会经济发展的重大转型；而规模化的产业链建设是现代农业生产的发展方向；但是在农业生产转型的过程中有不少具体的困难。

国务院总理温家宝点名"表扬"了刘永好的发言，指出"刘永好同志讲了一个非常重大的问题"，"我总结了一下刘永好的发言，他提的所有建议概括一句话，就是各行各业各部分都要重视农村和支持农业，否则会出大问题。我们国家跟别的国家相比有一个大的特点，13亿人口，基本农产品靠自己解决，这个问题太大了。"

2008年10月，在京召开的十七届三中全会审议通过了《中共中央关于推进农村改革发展若干重大问题的决定》。刘永好马上提出："我要做农牧业产业链，包括养猪产业链、养鸡产业链和奶牛产业链等等，最终要打造一家世界级农牧企业。"

他还提出了农村经济需要新的金融模式，在全国10多个地方探索了不同的金融合作模式，比如在四川乐山搞了"六方合作＋保险"、在山东搞了"公司＋农户"相结合模式以及农业专业合作社等模式，通过探索多种金融模式，为全国各地的农民提供金融服务，帮助农民发展养殖业、实现现代化。

2009年两会期间，刘永好的8个提案主要分别围绕"食品安全体系的建立"、"返乡农民工的就业"、"养殖金融担保体系的建立"、"惠农券的分发"等方面。

2010年两会前夕，刘永好又向媒体透露，自己的6个提案中有4个是关于"三农"问题的。他提出了"新五农"的概念，既在农业、农村、农民问题上又增加了农企和农社的崭新概念。刘永好认为，通过农业合作经济组织把农业问题、农民问题和农业企业发展的问题结合在一起，这是解决"三农"问题的重要的环节，对中国目前的发展格局非常重要……

刘永好从商也罢、言政也罢，农村、农业、农民始终是刘永好关注的重点。他的"新希望"集团依托"三农"产业链，已成为中国最大的农业产业化龙头企业之一。所以，他的"两会"提案始终关乎"三农"，既关注顺应了国家大局、又很自然地融合了企业利益，更完美地体现了个人的情怀。这三者之所以高度地结合起来，自然有赖于他对行业的选择。

正如刘永好自己所说的，作为以自己为典型代表的中国新阶层，"他们是改革开放的受益者，也是改革开放的积极推动者，他们的利益和中国的改革开放是紧紧联系在一起的。新希望集团能够发展到今天，也是得益于农牧业在改革开放中的发展。"

势分大势、中势、小势。创业的人，一定要跟对形势、要研究政策，这是大势。很多创业者是不太注意这方面工作的，认为政策研究"假、大、虚、空"，没有意义，实则不然。

对一个创业者来说，大到国家领导人的更迭、小到一个乡镇芝麻小官的去留，都会对自己有影响。在政策方面，国家鼓励发展什么、限制发展什么，对创业之成败更有莫大关系。

做对了方向，顺着国家鼓励的层面努力，可能事半功倍；做反了方向，比如说，某个行业、某类型企业，国家正准备从政策层面进行限制、淘汰，你偏赶在这时懵懵懂懂一头撞了进去，一定会鸡飞蛋打。

刘永行兄弟的创业案例，很好地说明了顺应大势的重要性。

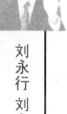

刘永行 刘永好 首富长青

正确处理好政商关系

纵观与刘永行兄弟同一时代的中国私营企业家，几乎都不可避免地感

染过一种传染病毒，它的名字叫"原罪"。对这个特殊的群体而言，"原罪"无异于"非典"或"甲流"。

毋庸置疑，形成原罪的主要原因，在于制度的缺陷。比如，企业家冯仑认为，原罪是最初制度上的困境和悖论所造成的原发性疾病；而经济学家张维迎也指出，原罪是源自于制度的不确定性。

中国现有经济体制是从计划体制时代延续下来的，虽然已经变革了三十年，但政府一些部门仍然掌握着重要的资源，对经济活动享有巨大支配权，而由于缺乏有效监督，一些官员利用这些权力"寻租"。

中国选择的"增量"改革的路径决定了民营企业一开始就是改革的推动和试错者，又是现行制度的违法者，一直游离在合法与非法的灰色地带，而国家权力对资源的控制又迫使他们只能通过寻租的模式换取发展的空间。

要么不发展，要么突破法律的底线去发展，以违法换生存的原罪由此而生。民营企业不断突破现有的法治，并以原罪的代价创造着这个国家未来的法律要素，这成为第一代民营企业家共同的写照。

这种天生的缺陷，让原罪成为中国私营企业家身后的一条"尾巴"，并且尾大不掉、变成一种随时可能爆发的隐患，稍有不慎就可能"暗疮"迸发、甚至误了卿卿性命。

对于中国民营企业家来说，原罪是一个难以迈过去的坎，而政商勾结又是原罪中的最主要表现。当然，在社会的整个大背景不可改变的情况下，具体的个人在做出选择时还是有一定能动性的。在中国私营企业家群体整体性感染原罪病毒的背景之下，刘永行兄弟却是例外——他们从创业伊始便有意识地回避了原罪的陷阱，从而踏上了一条和谐发展、共同致富的康庄大道。

在对待政商关系上，刘永行兄弟一直是如履薄冰、小心翼翼。

除了刘永好擅长于交际以外，兄弟其他三人都不太喜欢抛头露面，都是尽可能地回避应酬。刘永行曾经如此大倒苦水，"除非是非去不可的，比如说哪个地方的市长来啊，县委书记来啊，我一定要陪餐，但都只陪一餐；我最不擅长搞政商关系，这是我的弱点。"

上个世纪八十年代初，因为企业发展，刘永行兄弟希望在当地征一部分土地。正是因为土地是一种稀缺资源，这让主管部门有了巨大的支配权和寻租空间。面对当地县土地局长的明显的索贿行为，刘永行兄弟却表现出了不通世故、冥顽不化。

四兄弟就是咽不下这口气，坚持要走前门进。他们一次次到县委要求，县委一次次地表示同意，又一次次地被土地局打回来。最后，他们宁肯把市价几百万的鹌鹑杀掉腾出地方来，又不愿意向那把关的"官老爷"低头。

刘永行事后感叹道："私营企业真不容易，从起步开始就注定了无所依靠的命运！新津不仅当时，就是现在土地资源也没有紧到这样一个程度，我相信到以后的任何一个时候也不会紧张到政府会拒绝像希望饲料这样一个好项目的程度。我们以后到中国每个地方投资，地方政府无不热诚欢迎。但是计划经济体制下，官员的个人想法就是这样可以转化为部门的行动，如果你是私营企业，那就根本不需要和你讲道理。"

从此以后，刘永行兄弟形成了一个做企业的理念，那就是不行贿。

"其实在很多私营企业家心里，一开始又何尝希望行贿？毕竟最先拿出去的钱都是一分一厘辛辛苦苦赚来的。一开始大部分私营企业赎买的，也只是它们在企业经营过程中所应该得到的正常权利。简单一点说，只是让政府把私营企业看作一个企业罢了。"刘永行兄弟于此心有戚戚。

因为行贿所形成的惯性思维，让很多企业家感到在中国不行贿不可能办成事，但刘永行却并不这么认为。"任何一个官员，无论他是廉洁还是腐败，需要政绩是他们的共同要求……不那么廉洁的官员也同样有这样的需要，而且我看，不廉洁的官员升官的欲望更强烈，他们更需要你的企业

为他的报表增加好看的数字。这样一来，不行贿等于是为你的企业加上了一根无形的鞭子，催着你不断拼命向前发展。中国民营企业要成为百年老店，这一条很重要。"这种犟脾气无疑大大影响了当时企业的发展，但也避免了后患之忧。

从此，刘氏兄弟对搞关系、走后门更加有一种憎恶和恐惧感。1992年，根据相关政策，新津县决定给希望企业支持，拔给他们200吨平价粮，但被刘永行兄弟婉言谢绝了。他们觉得，自己的企业当时一年已经生产几十万吨饲料，拿这么点平价粮意义不大，又何必背上这么一个名，不如自己完全走市场化道路。

刘永行最佩服和一直在学习的榜样，是台湾"经营之神"王永庆。"我崇拜王永庆的原因——他是做正事的！为人很正派。我们的目标是要做百年企业，所以，不能去做一些过分的事情。"

刘永行的气质特点在很大程度上影响了东方希望的发展路径。因为不善和官场打成一片，他最后放弃进入地产业。"房地产需要大量的（内幕）交易，需要不断地吃饭喝酒送礼。"

无独有偶，刘永行至今都没有上市打算，因为这"要耗费大量精力去跑证监会，跑这个部门，跑那个部门。这就和邪门歪道离得很近"。

诚信能保证企业做大

在中国企业界，曾有一本书风行一时，那就是《商道》。这本书半为传记半为小说，描绘了19世纪初著名历史人物、朝鲜巨商林尚沃从一个卑微的杂货店员成为天下第一商的真实而传奇的一生，以及他用实际行动诠释的"财上平如水，人中直似衡"的"商道"。

此书自 2000 年在韩国出版以来，仅 2 年时间发行量就突破了 200 万册，缔造了韩国发行史上最不可思议的奇迹，并在日本、马来西亚、新加坡、台湾等地也迅速占据畅销书榜，形成亚洲文化圈中的"《商道》热"。

《商道》是一本很具哲学气质的书，全书都渗透着"商道即人道"、"高手做势，中手做市，低手做事"的思想，这和中国哲学巨匠老子的思想十分吻合："圣人无积，既以为人，已愈有；既以予人矣，已愈多。"而西方营销大师科特勒对此的表述则更为直白："注重社会利益是企业家走向成功的敲门砖。"

在《圣经·新约路加福音》中，基督耶稣曾多次切切地晓谕他的门徒——"你们要进窄门。因为引到灭亡，那门是宽的，路是大的，进去的人也多。而通往天堂的是窄门，寻求的人却少。"

刘永行也找到了自己的"窄门"，那就是诚信。是什么东西支持着希望和东方希望这些年来一直走下来并越来越壮大呢？在回忆走过的创业路程时，刘永行觉得最重要的一点是诚信。

刘永行觉得诚信是有条件的："东方希望所处的行业、它本身的机制和历史决定了我们可以把诚信作为我们的企业文化。因为我们不需要欺骗，在希望集团最艰难的时候我拖着伤腿在成都一只一只地卖小鸡时都没有失去过诚信，还上了所有欠农民的钱，以后也不会有任何东西要我们用诚信来换取。"

诚信又是今天中国市场上的一个稀缺产品，在社会风气不正的情况下，所有的企业和消费者都受困于诚信的缺乏。诚信也是使刘永行兄弟能把企业做大、不翻船的重要保证。

"我的理解，消费者是处于一个世俗的文化之中，这种文化使他们总是要求得到多一点，付出少一点。而在选择产品的时候，他们又处于一个劣势的位置，他们无法像经营者一样清楚地知道自己的弱点。他们只有根据历史来判断，谁在历史上一直让他们得到而不是付出，他们就会倾向于

刘永行 刘永好 首富长青

选择谁的产品。因此，在一个买方市场上，没有污点对于一个经营者来说是太重要了。"

任何一个稀缺的产品都会使经营者有利可图。希望的发展在很大程度上首先得益于新津的农民知道刘氏四兄弟是讲信用的人，而在后期的发展上又得益于别人都知道他们是一个大集团，不会说了话不算数。很多别人得不到的发展机会就会聚集到刘永行兄弟这里来。客户也愿意和他们交易，甚至有的时候他们的出价比别人低他们也愿意，就是因为希望集团说话可靠，如果客户和他们交易桌上谈定的事，他们不用担心其他因素。

对于上市，刘永行保持足够的警惕："我们现在有一些上市公司拿钱太容易了，一个原来资产规模只有几千万的公司，一上市就成了几亿、十几亿的公司。钱是有了，原来不能投的项目也可以投了，但是公司没有经过从几千万到上亿资产的管理考验，这就是一步险棋。上项目有那么多人来管理吗？为新项目而进的人公司的高层都熟悉吗？各项制度都跟得上吗？公司的管理实际上是因为上市而出现了一个断裂带。所以我们在中国股市目前的情况下、在我们没有明确的资金需求情况下不上市。宁可被别人说是观念不现代，我也要保证公司的正常生长，保证东方希望的诚信形象。"

当时，在投资第二主业以前，刘永行旗下的东方希望集团公司除了保有正常运作所需要的资金外，手握的流动现金长期达到 10 亿左右的水平。因为这笔资金，找东方希望公司到股市上做庄的机构很多，因为庄家所需要的条件东方希望都有。但是一直到现在为止，刘永行连二级市场都没有进过。闲置资金的主要理财之道是买新股和委托拆借。

刘永行认为，做庄所得的利润，其实和欺诈没有什么区别，只不过是法律现在还没有管到，或者说还没有手段管到而已。东方希望公司绝对不能用自己公司所有的声誉去为这点利润冒险。

而在华西希望集团，熟悉陈育新的人对他的评价是：他的身上有50％是农民，30％是知识分子，剩下的20％才是个商人。

　　"陈总给我的第一感觉是：怎么这么大的老板还这么单纯呀？有时候真为他着急，害怕他会吃亏。"因为工作关系，华西希望集团报编辑部的朱惠经常能遇到陈育新和客户谈合作的场面。

　　在她看来，陈育新给客户的感觉可以用"透明"来形容，从没有想到去盘算别人。而陈育新每每听到别人对他这样的评价，似乎也理直气壮："让别人看透了人家才会愿意和你做生意，才能有长期的合作伙伴。"

　　在华西希望集团员工看来，对于和农民兄弟相关的动物饲料、兽药等行业，陈育新确实是带着一个农民的责任感和使命感去做。为了避开与永行和永好的竞争，华西希望从一开始就独自打造了两个全新的饲料品牌："万千"和"健珠"，市场效益连年上升。"这一点上，陈总是个极度自信的人。"员工们敬佩地说。

　　陈育新的自我评介是："我有很多优点也有很多缺点和弱点，我最大的优点就在于对任何人都是真诚的，对客户，对我们的管理人员和员工，对合作的对象都非常真诚。我对员工和合作者有意见都不会藏着掖着，会当面讲清楚，在做决策的时候也会征求大家意见，我可以一眼被人看透。我认为被看透了好。"

　　华西希望集团的工厂内和办公室里挂着"言行美好，真诚待人"。有外商这么评价华西："精明得叫你不得不服，诚实得叫人无话可说。"

　　为此，陈育新专门在集团内刊上写了一篇名为《诚实而精明的商人》的文章："人家是把没有的东西夸得很大，无中生有，包装得非常漂亮；而我们却是自己有的东西都很谦虚，所以说我们是精明不足，诚实有余。为此我们要无所顾忌地探讨精明。很多人都认为在当今这个社会不能太诚实，老实人总是吃亏。假如你诚实做事，诚实做人，却一点都不精明，凡事都诚实的话，到最后确实会吃亏，因此我们提倡诚实而精明。"

刘永行 刘永好 **首富长青**

陈育新甚至把华西长盛不衰的"法宝"归结为"诚实"，当然，"不精明的老实人会总是吃亏的，"陈育新如此解释"精明"："不损害他人的利益，追求增进自己利益同时也增进他人的利益，所谓'用户得利、商家赚钱、企业发展、员工增值'。"

真诚的魅力是巨大的。曾有一位观众，这样谈起自己印象中的陈育新："大概是七八年前的春节期间，中央2台搞了个特别节目，邀请了很多企业家参与。其中有一位面相憨厚、可亲，穿着朴素的四川汉子给我的印象很深，他说话不像其他的企业家是妙语迭出，而是有些磕磕绊绊的，条理性也不是很强，之所以久久难忘是因为他给我的感觉特别真诚，除了真诚还是真诚。他接过话筒第一句话就是：今天是春节，我先给全国的母亲拜年，特别是农村的母亲……然后深深地一鞠躬，当时我的眼泪差点夺眶而出，从电视镜头里可以看到，有很多的现场观众也抑制不住，偷偷抹泪。这个并没有谈论什么伤感话题，却使很多人默默流泪的人就是华西希望集团董事长陈育新。"

随时随地的补充知识

"每天改善千分之一，10年坚持、20年坚持，25年下来，能力增长是一万倍。"刘永行有着如此的信条。

这种学习的心态，来自于从小的培养："我父亲从小就给我们传播一些科学知识，从小给我们买科学书籍，给我们订报，跟我们探讨一些科学道路，我父亲给我们的是什么？是知识和心态。"

权大不摸枪，钱多不摸钞。但贵为中国首富，刘永行却正经八百有自己的一个钱包，里面总是揣上百十块钱，专门用来买书。在饭店住宿和登飞机的空闲，刘永行总要到书摊上转转，买几本书刊。他说："我的书房无所不在。"

"要学习呀，长期不间断的学习。学习科学知识、学习历史知识、学习人文知识、学习政治知识、学习社会的发展。看看过去、看看现在、看看国际上，他们过去几年是怎么发展的，那么预测我们的未来。你如果能够比较准确的把握我们国家未来的发展的话，你可能就会敢于作出一般人不能作出的决定。"

刘永行早上一般起得比较早，他会先在床上静静考虑这一天要做的事，想到关键时就拿笔记一下。而晚上却睡得比较晚，经常会在临睡前读些国内外报刊。刘永行有个秘书班子，专门帮他搜集各方信息。刘永行认为，对一个有规模的企业，紧跟社会发展很重要。要站得高，及时发现社会上出现的问题。

刘永行经常告诫自己："从外企学一点，向国企借鉴一点，向个体户那里总结一点，自己再创新一点。"即使是个体户，刘永行也认为有许多可贵的经验："他们是精打细算的天然专家，他们的资本金回报率是最高的，是大企业做不到的。"

"希望"既与跨国公司竞争，也在竞争中向对手学习。看到跨国公司在全国办那么多工厂，刘氏兄弟也心动了。"当时还不知道什么叫'资本运作'，只知道我们不仅要搞'企业经营'，而且要'经营企业'。"刘永行说。

作为来自企业界的唯一代表，刘永好于 1993 年当选为全国工商联副主席，开始和全国的企业家成为了朋友。当年 11 月，他赴港参加第二届世界华商大会，作为大陆首次派往这个国际盛会的代表，刘永好又开始和来自全球的企业家们交起了朋友。

身份的变化，使刘永好的人生舞台一下子扩大了不知多少倍。这对于

一向擅长外交的刘永好来说，真是如鱼得水。在极短的时间之内，他的身边便汇集了大量的人脉资源，而这个条件却不是每个企业家都能够幸运地遇到的，刘永好深知这一点。

"作为工商联副主席和政协委员，我有机会接触到中国很多优秀的企业家和专家，通过沟通和交流，我的视野更加开阔了。这就像是爬山，过一段时间爬上一座更高的山，就能够看得更远一些。现在我已经不是工商联的副主席了，因为按照规定，我只能担任两届。不过，我现在还是全国政协经济委员会的负责人，仍然有很多机会和国家经济界的专家人士讨论求教。对于国家宏观经济的状况研究多了，想问题才能更加深刻。"

"事事留心皆学问，人情练达即文章。"无论是在企业界、学界还是政界，与其说刘永好交了很多朋友，不如说刘永好认识了许多老师。一向谦虚谨慎的他将众多智囊纳入他的"知识库"，随时需要，信手拈来。所以，不是一个刘永好在治理企业，而是中国各个领域最优秀的专家在帮助他治理企业。

"我是一个不停学习，不停修正的人。"刘永好对此说道。在经历了向其他领域扩张之后，刘永好重新将精力投放到农业，他希望将自己的新希望集团做成中国的"泰森"，这家来自美国的食品股份有限公司在2004年营业收入就已达到264亿美元。

而刘永好的目标是，10年之内把新希望集团打造成一个年产值超过500亿元的农牧业帝国。为了实现这个目标，他按照国际惯例去做，从治理结构、产权关系，再到法律体系，都要做规划并做到规范。"最重要的是，不仅要相信你所从事的生意，而且还要为他做长远规划。"

刘永好有一个特别好的习惯，那就是随身带有一个大本子和一支笔，遇到什么值得学习的东西就马上记下来。为此，刘永好每年能用掉十几个大本子，随时随地的补充自己的知识。

企业发展关键在用人

有"CEO之神"美誉的杰克·韦尔奇，画了四个象限，将人才分为德（品德）能（能力）型、只德不能型、只能不德型、不德不能型。第一种提拔重用，第二种培养使用，第三种小心使用，第四种坚决不用。

对于用人，刘永行兄弟也有着自己独特的经验和心得。

20世纪90年代初，刘永行兄弟位于新津的饲料厂生产的饲料已经远远供不应求。但到了要扩张的时候，他们碰到了一个大麻烦——新津厂里的人手本来就不多，我们抽了几个人出来搞筹建就紧得不行，更重要的是干部到哪里去找？

此时，有一个在国营饲料企业干了20多年的厂长主动请缨。经过交流，刘永行觉得他不行。因为国有企业那一套管理体制在他身上留下了太深的痕迹，思想很顽固，无论如何与他沟通讨论，他根本就听不进去，结果只好作罢。

最后，刘永行决定选用一个外行，他就是某家汽配厂厂长的熊长学。在建设期间，熊长学就表现出非常强的实干精神，与筹建组的老员工配合得非常之好，这也更坚定了刘永行用这个外行的决心。

在内心深处，刘永行已经认定了他就是未来的总经理，之所以让他干一段时间副总，是因为厂还是刚刚建起来，他对饲料行业确实太不熟悉，所以刘永行让新津厂筹建组的曾令源担任总经理，帮助他熟悉一段时间。不只是他，当时所有重庆厂的部门经理都由新津厂对口部门派人任职，帮助他们尽快熟悉业务。几个月以后，曾令源就调到武汉希望再次聘任总经理，而重庆希望就交给了熊长学。

重庆是希望集团第一个外地分公司，刘永行兄弟在这里有很多尝试性的东西，比如说用一个外行能不能在比较短的时间把这个厂管起来？新津希望厂的成功能不能在重庆得到复制？饲料行业会不会与其他行业一样有比较强的行业地方保护？希望饲料的质量到了重庆以后会不会出现波动？而所有这些尝试，最后都要由业绩来说话。

但没想到的是，熊长学他们做得比刘永行想象的还要好。第一年重庆希望利润达到1000多万，基本回收了投资资金。到1994年，重庆希望的年销量已经达到了6万吨，产值上亿元。

这样，希望集团的工厂复制模式就逐步地定下来了。后来有记者问刘永行，为什么希望的分公司老总用的都是外行？实际上，这就是从熊长学那里开始的。刘永行发现，懂得基本企业管理而对饲料业又是外行的人到希望集团是比较适合的。

当然，那是在90年代初我们进入快速扩张期、干部严重缺乏的情况下的一种措施。另外还有一个很重要的条件是，当时高档的全价饲料正处于卖方市场，只要生产上得去，销售又有不错的能力，把一个厂做好相对是容易的。

而到了90年代后期，全价饲料进入了买方市场，刘永行就在集团里推行精细化管理，这个时候就需要专家了。而这个时候，刘永行原来提拔的一批干部经过几年的磨练，已经从外行成为了内行。而刘永行又在集团内部进行培训，所以也就能及时地赶上了这个时代的要求。

刘永行对刘挥的破格提拔，也是一次在用人上的"冒进之举"。1994年夏，在希望集团湖南邵东希望饲料公司当了三五个月办公室主任，又在希望集团重庆希望饲料公司作了两三个月销售主管的刘挥，突然接到集团总部的调令，令他出任集团的窗口企业——北京美好希望饲料公司总经理。

从没独挡过一面的"愣头青"，突然让他去管一个三、五千万资产的企业和一百多号员工，他能行吗？刘永行拍着刘挥的肩膀说："我以前是在街边摆摊修破电器的，现在我指挥几万人的集团企业。刘挥啊，啥事都不能自我设限，要相信自己的潜能。再说几千万交与你，我都不怕，你怕什么？"

就这样，刘挥被"赶鸭子上架"了。刘挥后来回忆那段分公司创建时的经历："为了早赚钱，车间还没盖好，就开机生产。购设备、买原料，打市场……成天几十万巨款就在我签字的笔尖下一笔笔飞走了，我这一贯一分钱捏出水都花不出去的穷鬼，每到签付款单时手就莫明发抖。因老板赐我这非亲非故之人一顶总经理的乌纱帽，这在国营哪里，我得烧多少香？瞌多少头？干多少让事后做恶梦的事情才能如愿以偿？这于我来说可谓是'皇恩浩荡'啊，我为这样的'恩公'作事咋不诚惶诚恐、如履薄冰、唯恐有失啊！"

事隔多少年后，刘挥一次壮着胆试探着问刘永行："当初您怎么一下子决定把那么重要一家窗口企业交给我？让我这样一个连菜枯与豆粕都弄不清楚的外行人来管理一家分公司？"

刘永行笑着说："刘挥啊，你知道为什么吗？这么跟你说吧。这就象当年解放军南下，一下占领了太多的地方，需要的干部太多；你呢，在湖南邵东希望遭受到歹徒围攻时敢挺身而出，对企业忠诚，我们看到这一点后就决定用你。至于能力那是可培养，可以在实践中锻炼嘛。你现在不是就会了吗？"

对于背叛了自己的手下，刘永行也常常网开一面。曾经有一位叫肖一平的创业元老，被另外一位饲料厂老板以优厚的待遇挖走了。临走之前，肖一平悄悄地收集了新津厂的技术资料。

他们的公司一开始取了一个与希望的发音非常相近的名字，生意一下子就起来了。肖一平对希望公司的客户很熟，所以他们的业务员经常去新津希望的客户那里拉走刘永行兄弟的客户。另外，很多不明真相的客户，

220

到了新津以后，看到他们的厂子名字和希望公司的发音很近，就买了他们的饲料走了。

实际上，肖一平他们的这种做法是违反法律的。商标法出台以后，明确规定企业的谐音是一种侵权行为。当时刘永行找了新津县工商局，他们出面指出肖一平他们的企业这样取名是违法的，最后他们不得不改了一个名字。

发展到后来，这个饲料厂竟然不择手段，竟然用希望牌饲料的包装装进去自己的饲料到外面大肆贩卖。刘永行兄弟知道后，马上就报了警，新津县公安局把他们那个企业的几个老板都拘留了。

但对于肖一平，刘永行还是有感情的。过了几天，肖一平的妻子到刘永行的办公室里来求情。当时，肖一平的妻子正好怀孕，家里出了这么大的事，她受不了了。刘永行看到这样的情况，很快就让厂里的人撤回了对那个企业的投诉，公安局也把肖一平给放回来。

而刘永好所领导的新希望集团一直比较重视对职业经理人的运用。刘永好对于职业经理人的态度，是招进来就要实在地授权，让他们有自己作决定的空间。"在与职业经理人关系的处理上，新希望最突出的一点就是包容性。我们耐心地等待职业经理人了解我们，认可我们。"

目前，新希望集团的董事会由刘永好、刘永好的夫人和女儿以及三名职业经理人组成，而在公司经营管理层，除刘永好之外，其家族中没有其他任何一个人参与。所以对于一个职业经理人来说，能否发挥好自己的能力，在公司找到自己的定位，还是取决于公司给自己的空间。

刘永好不用亲属在业界早已名声在外。刘永好有一个侄子在他手下开了许多年的车，同期与他进入企业的人纷纷提了上去，有的甚至做了总经理，侄子便向刘永好抱怨不公正。刘永好说："正因为你是我亲属，所以我反而不能用你，这是我的原则，也是你的悲哀了！"刘永好认为这样很好，可以吸引到更多的人才。

在引进职业经理人时，新希望集团对他们的要求是有激情、有专业能力、诚实守信并认同公司的理念。"新希望在人才选拔上一方面看重学历，但更看重实际工作能力；另一方面还特别看重一个人是否勤奋、敬业、守纪律、有奉献精神和创新意识。"刘永好说，"这些条件不一定在一个人身上全部体现，关键是把不同特质的人用在不同的地方，发挥他们的特长，我觉得这是最好的用人之道。"

在刘永好看来，优秀的企业如同一所学校，让它的员工能够不断学习成长。新希望内部培养经理人时，首先分析集团未来的业务战略发展需要哪些人才、目前人才的现状，然后通过一系列的管理人员测评制度，如能力测量、素质评估、员工访谈等，找到需要和现状之间的差距。最后确定职业经理人发展的资质模型。

新希望集团每年要招聘一批大学生。刘永好有一个爱好，就是喜欢把全国最知名大学的学生领袖、学生干部收拢到自己旗下。刘永好自傲地称："清华、北大、农大、人大、川大学生会主席、北京大学研究会生会主席……基本所有大学的学生会主席都在我这儿"。而学生会主席的威力已显现，佼佼者已被提拔到新希望集团人才金字塔的顶层。

陈育新也十分注重人才的问题。在谈论公司上市问题的时候，他就反复强调说："现阶段影响华西希望发展的不是资金问题，也不是技术问题，而是人才问题，我们当务之急是要培养人才。"

在希望集团的发展历程中，陈育新有个很深的体会：用好一个总经理，就能搞好一个饲料厂，用错一个总经理，给集团带来的直接损失至少是1000万。

千里马常有，但是伯乐不常有，因此很多企业家都会感慨，人才难求啊！而实际上人才可能就在你的眼皮底下，只不过你没有慧眼罢了，而陈

刘永行 刘永好 首富长青

育新就有这样的一双慧眼。陈育新亲手提拔的司机杜成斌担纲领衔旗下重要的美好食品，成为中国家族企业用人的一个典范。

"我用人，不怕你缺点突出，就怕你优点不突出，实际上很多人都有很多的缺点，但你要是能将他的优点充分发挥的话，他就是一个可用的人才，缺点是可以改正的、客服的。当优点发挥到一定的时候，他的缺点相对来讲就是小事了。"这就是陈育新的用人哲学。

培养家族企业继承人

家族企业传承一直是让亿万富翁们头痛的问题。据全球最大投资银行之一的美林集团统计，仅在中国大陆就有近 24 万千万富翁，而所有民营企业中家族企业占 80%。

在经过几十年的艰苦创业后，大多已经到了把财富传承给下一代的时候了。曾有人模仿陈子昂的《登幽州台歌》，戏谑了一首古诗来形容当今亿万富翁们的焦灼心态："前不见古人，后不见来者。念富贵之难继，独辗转而不寐！"

"子承父业"一直是中国富翁们最根深蒂固的惯有模式。

2007 年 4 月初，广东碧桂园在香港上市，公司资产一跃达到 600 多亿人民币。作为公司大股东的杨国强，不仅带着三个女儿学习经营企业，更是直接把全部资产挂在了他女儿杨惠妍名下，于是年仅 25 岁的她便以近 500 亿人民币的身价成为新的中国女首富，比 2006 年度胡润百富榜上的张茵还要多出近 200 亿元。

侨兴集团董事长吴瑞林在不久前接受上海东方卫视的采访时，仍然坚持自己的"请人来哭没有眼泪"的观点，即使自己的三个儿子犯了不少的错误，也从来没有打算把企业交给职业经理人来管理、或者把企业卖掉。父亲吴瑞林—儿子吴志阳—孙子吴远儒……这是像吴瑞林一样的企业家们梦想的传承模式。

但现实不容乐观——据美国布鲁克林家族企业学院研究，全世界约有70％的家族企业未能传到下一代，88％未能传到第三代，只有3％的家族企业在第四代及以后还在经营。美国麦肯锡咨询公司的研究结果稍为乐观：所有家族企业中，只有15％的企业能延续三代以上。

2009年10月，胡润发布了《2009女富豪榜》，其中，张茵家族以财富330亿元排名第一，重登女富豪榜榜首；杨惠妍家族以财富310亿元位居第二；陈丽华以财富230亿元位居第三。而刘永好之女刘畅，以81亿元的财富名列第14位，成为进入该榜唯一的四川女富豪。这引起了公众对刘氏家族第二代接班人的关注。

刘畅 刘永行 刘永好 首富长青

刘永好之女刘畅今年30岁。2006年，胡润首次发布女富豪榜，刘畅就以26岁的芳龄成为中国最年轻女富豪，当时身家25亿元，排名第9。1996年，刘畅远赴美国求学；2002年，获得MBA学位后归国，在北京广泛接触企业界名流，拜师学艺。刘畅间接持股新希望和民生银行两家上市公司，还担任着新希望集团旗下非上市公司南方希望的董事长。

早在2002年，刘永好就对刘畅提出了"十年内不要出现在媒体面前"的要求。一度有传言，刘畅是新希望集团旗下南方希望集团董事长。但刘永好否认了这一传言，他说"刘畅只是在新希望集团内实习而已"。这位父亲说自己的女儿还年轻、经验不足，她现在更多的是锻炼、学习。

据了解，刘畅擅长资本运作，一度直接或间接持股民生银行、新希望和金鹰成长基金等。

未来新希望集团的"权杖"会否递到刘畅手上，刘永好表示要看"她的造化"："如果刘畅有意愿又有能力就没话说，如果两者缺一，对刘畅、

对企业都不好。"

在 2009 女富豪榜上，富二代代表人物除刘畅外，还有杨惠妍、史静和胡佳佳。杨惠妍是碧桂园创始人杨国强的二女儿；巨人网络的史静财富 15 亿元，她是史玉柱的女儿；美特斯邦威的胡佳佳财富 23 亿元，她是周成建的女儿。由于刘永好在几年前就表示，10 年内不会让下一代和媒体接触，刘畅几乎不在媒体上露脸。作为想做百年老店的家族企业第二代，刘畅将来的压力不小。

巴菲特和默多克曾与包括刘永好在内的全球 100 家顶级企业掌门沟通接班人的问题。据说，巴菲特把挑选家族继任人比作"挑选 2000 年的奥运会游泳冠军去夺取 2020 年的奥运金牌"，心底其实没什么胜算。其实，刘永好早已懂这个理，但他一直在有意识地努力培养自己的女儿朝着接班人的位置一步一步迈进。

刘永行对孩子的培养也极为严格。孩子慢慢长大了，刘永行的企业也在成长，虽然家庭生活一天天富足起来，刘永行对儿子还是很"苛刻"，他从不给孩子很多零花钱，始终坚持让孩子与普通孩子一样过简单朴实的生活。

要让孩子做到这一点，首先刘永行自己就要以身作则。他曾经这样对前来采访的记者说："我们必须提升自己对财富的认识，赚钱究竟是为什么？如果这个问题不能思考清楚，你就会感到困惑。在我赚到 1000 万元之前，我是为自己；当我赚到 1000 万元以后，我赚钱就是为社会了。这一点，我也是逐步认识到的。其实，一个人花不了多少钱。有人说，要把钱留给儿女。可老祖宗早就说过，富不过三代。留给后人的钱多了，他们会不思进取，财富也不会持久。"

忙于事业的刘永行怕在自己家里，员工众星捧月地把儿子惯坏了，所以在儿子念小学的时候就把他送出去，由一个朋友带着他读书。儿子 17 岁时，刘永行又把他送到美国南部一个没有华人的小城市里求学，儿子在那里过的是和普通留学生一样的生活。

刘永行的儿子从未辜负父亲的教导，他一个人在美国生活得很好，并且从未忘记自己的祖国，从未忘记自己对祖国的责任。他曾遇到一个经常诋毁中国的同学，那个同学三番五次攻击中国，说中国如何糟糕，中国人如何恶劣。刘永行的儿子不怕自己势单力薄，有一天，他把那个同学叫到一间空房间，严厉地警告他："如果你再说中国的坏话，我就狠狠地揍你。"后来，那个同学还真的怕了刘永行的儿子，不敢再肆意诋毁中国了。刘永行的妻子听说这件事后，责怪儿子不团结同学，可是刘永行却对儿子说："你没有做错，一个人应该有民族自尊心，换成我也会这样做。"

刘永行 刘永好
首富长青

1995年冬天，刘永行夫妇到美国看望儿子。他们在雷诺市的一家商店购物，店员给他们包装商品时，随口告诉他们附近还有一家更大的商场，里面商品很齐全，还告诉了他们到那家商店去的详细路线。一家三口决定先去那家商场看看，再回到这家商店买东西。

可是当他们找到那家大商场的时候，却发现那家商场竟然就在他们暂住的宾馆旁边，而他们在刚才那家小商店里挑选的东西这家商场全都有。于是，他们有了两种选择，一种是按照最初的安排，回那家小商店，买走店员已经打好包的商品，这样就要来回多走很多路；另一种选择就是不回去，在大商场买完东西直接回宾馆。当时，因为没想到要在外面停留太久，他们一家三口都穿着单薄的衣服，如果真要回最初的那家小店，恐怕三个人都要冻得直打哆嗦。

该不该回去呢？儿子决定还是回去买小店里的那包东西。儿子说："我觉得这么做不是我们个人的事，人家店员那么诚恳，给我们指点另一家更好的商店，如果我们不回去买那包东西，良心会很不安。我不愿意让他对我们中国人留下不好的印象。"刘永行夫妇相视一笑："孩子啊，你处

处为别人着想，这是对的！"

街上寒风凛冽，雪花飞舞，一家三口身上只穿着单薄的毛衣，虽然身体在瑟瑟发抖，可是心里却很坦然。

从懂事到现在，只要和刘永行在一起，儿子准保被父亲带着去书店。刘永行最喜欢给儿子买好人行善的故事书，而儿子从小就非常爱听父亲给他讲一个又一个行善的故事。刘永行曾经用居里夫人的故事告诉儿子为善的道理：人之智力的成就，在很大程度上依赖于品格之高尚，而人的高尚品格是从小培养出来的。刘永行曾经认真地对儿子说："孩子，你要成为有出息的人，就必须先有好的品行。你是爸爸的最爱，爸爸为有你而骄傲，努力吧！"

尽管刘永行很忙，和儿子相处的时间不多，但是他很注意观察儿子的一言一行。儿子只要做了一件好事，哪怕是非常细小的一件事，刘永行都会用"放大镜"去赞美他鼓励他。刘相宇在2008年汶川地震灾区的表现，就很让父亲刘永行骄傲了一把。

刘永行的儿子已经学成归国，然而，刘永行并没有把自己的事业交给儿子，因为他觉得他的事业和财富都是属于社会的。对于儿子，授之以鱼不如授之以渔，他希望儿子在自我创业中能实现自身综合能力的提高。

"我希望他优秀，仅此而已。当他足够优秀的时候，才可以接管东方希望。"在京郊密云，东方希望投资2个亿建了个占地4000亩的南山滑雪度假村，媒体曾经热烈炒作，误以为这就是刘永行选定的第二主业，其实那不过是刘永行给儿子的一个"练兵"机会。

刘永行的儿子在美国时迷上了滑雪，回国后极力说服父亲，于是才有了东方希望多元化投资实践中亮丽的一页。刘永行很少过问南山滑雪场的事情，一应事项都甩给了儿子，刘永行给他的任务是：学习、实习、锻炼、提高。

刘永行说:"希望集团现有几十亿元的资产,我用得了吗?留给后人,给他们那么多钱反而会害了他们,让他们不思进取。如果想把企业做成一个百年老店,关键是要保证在每一个时期,都有最优秀的人才坐在最关键的位置上。

家族里的人一定就是最优秀的吗?如果他是,那么他会坐在那个关键的位置上;如果他不是,就必须从外面寻找优秀的人才。竞争的社会里不进则退,如果没有优秀的人才来经营企业,财富是不会持久的。

即便我想把所有的财富传给后人,可如果他们没有经营能力,两代、三代以后也就全空了。世界上没有什么物质财富可以永远传下去,这是一个现实的真理。"

刘永行 刘永好
首富长青

第八章

潮汛：企业家历史地位变迁

···

"在中国这部历史长剧的发
展中，中国商人阶层没有占据
显要位置。它只是一个配
角——也许有几句台词——听
命于帝王、官僚、外交官、将
军、宣传家和党魁的摆布。"

——费正清：《剑桥中国史》

如果仅仅从财富积累的角度来谈刘永行兄
弟，无疑是浅显和片面的。只有把他们放到更
广大更深远的层面上去进行挖掘和对比，才更
能凸显刘永行兄弟作为中国民营企业家的标杆
意义。

"把他们排在第几名合适呢?"

对于中国大陆各种富豪排行榜的泡制者而言,刘永好、刘永行兄弟是越来越让他们挠头的两个名字。从1982年开始到2009年长达25年的时间内,刘永行兄弟主要做的一件事就是:如何把猪养好?如果把这种"养猪专业户"屡屡放在首富的位置,实在有点乏善可陈了。

在日益注重传播效果的今天,最终决定每一届首富人选的关键因素,往往是这个人选所依附的新闻价值和可能造成的轰动效应。因为中国大陆的财富信息至今仍不是那么公开透明(企业未上市是一个重要因素),这让排行榜的炮制者们有了充分的"微调"空间。其实,在每年富豪排行榜发布的前一天晚上,对由谁来做首富,排行榜的炮制者仍是捉摸难定。

自从黄光裕的光环褪色之后,2009年的中国富豪排行榜自然需要一位新鲜而又相对健康的富豪来领衔,于是王传福脱颖而出。胡润表示,王传福能成为当年度的首富,主要取决于两个因素:中国汽车产业30%的增长速度以及巴菲特入股的巨大影响力。

而在稍后推出的《2009年福布斯中国富豪排行榜》上,王传福同样位居第一位,前一年位居首位的刘永行则"屈居"榜眼。值得注意的是,刘永行旗下的企业至今没有上市,这让他的个人财富更富有弹

性空间。

如果仅仅从财富积累的角度来谈刘永行兄弟，无疑是浅显和片面的。只有把他们放到更广大更深远的层面上去进行挖掘和对比，才更能凸显刘永行兄弟作为中国民营企业家的标榜意义。

企业家是经济增长的"国王"

何谓"企业家"

每个时代、每个国家，都毫无例外地渴望着经济的增长。但是，到底谁才是经济增长的决定因素和主导力量呢？

经济学经过二百多年的探索，终于从理论上和经验上证实了经济增长的几个主要因素：资本、劳动、技术、资源、市场等。

但这些仅仅是经济增长的生产要素而已，而这一切生产要素的组织者和推动者是谁？美国著名经济学家 J·熊彼特在 1912 年出版的《经济发展理论》一书中率先指出：经济增长的"国王"是企业家。

通常对企业家的定义是：按照盈利原则把生产要素组织从事经济活动的人，它包括企业管理者、银行家、商人、经营家等。正是企业家们把各种要素组织起来进行生产，并通过不断创新改变其组合方式，才带来了经济增长。

企业家诞生以来，迄今已经有 200 多年的历史了：

第一代企业家几乎是冒险家的代名词，他们的创业史同时也是一部充满血泪的资本主义剥削史；

而随着 19 世纪末股份公司的大量出现和经理制的诞生，企业的所有权和经管权开始分离，这批经理人及那些在垄断资本主义初期最早进行大规模经营的钢铁大王、石油大王、汽车大王等，构成了第二代企业家；

到了20世纪六七十年代，随着联合公司和跨国公司的出现，拥有现代工商业和财政金融业等方面的管理知识和才能的专业化经理人开始涌现，他们构成了第三代企业家。

企业家无疑是这个社会最稀缺的资源。美国人内森·罗森堡和小伯尔泽尔在《西方致富之路》中对西方经济增长的历史所作的总结中，其中一点就是组织管理活动对经济活动的重要影响。在西方人眼中，企业和造就企业的企业家是全社会最值得尊重的人，因为他们在改变自己命运的同时，改变了整个社会、整个国家的命运，他们是时代的英雄。

企业家成就的帝国

一个国家的强盛，其实就是由一批强盛的企业造就的。

最早一批企业家诞生在英国。18世纪最伟大的事件无疑是蒸汽机的发明，而其发明者瓦特被誉为"工业革命之父"。但瓦特的发明之所以能从实验室里走出来变成创益于人类的机器，则要得益于两个非凡的企业家：约翰·罗巴克和马修·博尔顿。正是因为大量类似的企业家，充分利用第一次产业革命的技术，把中世纪的手工作坊变成了大工厂制度，呼唤出惊人的生产力。这也促使英国实现了经济腾飞，从而长期雄踞"日不落帝国"的地位。

19世纪末，以汽车、钢铁、电力为标志的第二次技术革命兴起时，由于英国的企业家失去了创新精神，没有跟上时代的潮流，逐渐失去

了经济帝国的地位。而在大西洋彼岸，一个叫美利坚合众国的国家，却乘着第二次技术革命浪潮的澎湃之势，将头号经济强国英国取而代之。

美国之所以能迅速崛起，除了丰富的资源等诸多综合因素以外，但最主要依靠的还是企业家。正如美国经济史学家吉尔伯特·C. 菲特所指出的那样，如果没有企业家的组织与管理，自然资源再多也不能使美国的经济在资本主义国家独占鳌头。

这些杰出的企业家带领着美国经济的拓展：铁路大王詹姆斯·J. 希尔、钢铁大王安德鲁·卡耐基、石油大王洛克菲勒、银行家 T. D. 摩根、汽车大王亨利·福特等。其时在位的美国第 30 届总统卡尔文·柯立芝，甚至兴奋地宣称："美国的事业就是企业。"

第二次世界大战后，随着以电子技术为核心的第三次技术革命的兴起，美国众多企业家顺势而发，掀起了新经济的浪潮。其中的代表人物有安迪·格鲁夫、比尔·盖茨、史蒂夫·乔布斯等。1997 年，格鲁夫成为《时代》杂志"年度人物"。该杂志如此评价道："在 20 世纪末，最伟大的传奇就是新经济的诞生，新经济的核心是微处理器，而微处理器的核心便是格鲁夫，格鲁夫为世界经济的发展提供了源源不断的动力。在新型计算机诞生的过程中，他与比尔·盖茨、史蒂夫·乔布斯成为推动这一重大变革的三位最重要的人物。"

企业家带来的复兴

而整个 20 世纪 70 年代，全世界都在为一个奇迹瞠目结舌：那就是日本经济的迅速崛起。

自从 1945 年 8 月 15 日签署了投降书后，作为战败国的日本只剩下一片废墟，日本人很多人靠"典卖度日"。据数据显示，1945 年夏天，日本

233

的人均收入为零，而当年年底为 20 美元。但到 20 世纪 60－70 年代，日本经济得到迅速恢复和发展，创造了高达 11.3％的年增长率，位居世界第一位。至 1980 年，人均收入已经增长为 1.2 万美元，超过了经济大国美国。

1945 年 5 月 8 日，随着德国的无条件投降，希特勒缔造的第三帝国一夜之间崩溃，留下的只是满目疮痍的战争创伤，国民处在饥寒交迫之中，德国进入了 17 世纪以来最黑暗的时期。但仅仅用了一代人的时间，联邦德国便从战败的深渊中重新站了起来，像变魔术一样把自己的国家建成了欧洲的经济超级大国。

许多拥有共同的外部条件和机会的国家，为什么没有像日本和联邦德国一样创造奇迹？有人分析这两个战败国的共同特征：都经历过一个很长的资本主义商品经济发展时期，并在此过程中积累了一种特殊的社会财富——企业家，因此形成了以具有创新精神的企业家为核心的经济增长机制。

日本从 1868 年开始进入"明治维新"以来，便努力学习世界各国的先进制度，积极进行经济政治改革、推进工业化进程，并创造了一个有利于企业家群体生长的环境；而德国更是早在 1838 年便进入了工业革命时期，并在 1870 年以后出现跳跃性发展，成为欧洲头号经济强国。就在这个工业革命的过程中，德国培养了一大批精干的企业家。

战败后，面对众多悲观的论调，信奉亚当·斯密的艾哈德教授反驳道："他们只看到联邦德国静态生产力的贫乏，而没看到联邦德国的人力资源，几百万熟练的劳动力和大批企业家，将是动态的、无形的生产能力，他们的创造性和智慧充分发挥，将使经济以意想不到的速度增长。"

在艾哈德教授寄予厚望的企业家中，后来产生了"联邦德国经济奇迹的宠儿"威利·施利克尔、"钢铁经理"汉斯·贡特尔·佐尔、重振大众

刘永行 刘永好 首富长青

 第八章
潮汛：企业家历史地位变迁

汽车的海因茨·诺德夫，以及一大批支持这些实业家的银行家们。

而战后的日本政府，对企业家的是一边放松管制、一边加紧扶持。前者主要有禁止垄断、解散财阀、建立自由竞争为主的市场经济；后者主要是和企业建立亲密的伙伴关系，在税收、贷款、立法、政府采购等方面给予企业家大力支持，使以企业家为核心的经济增长机制保持活力，从而推动整个日本的经济发展。

这批在废墟中搭建起经济强国摩天大厦的"魔术师"有：盛田昭夫、井深大、松下幸之助、本田宗一郎、御本幸吉……

企业家缺失之殇

与战败后日本经济的飞速发展形成鲜明对比的是印度。1947 年印度独立后，在总理尼赫鲁的领导下，雄心勃勃地准备大干一番。但他们选择了一条和日本截然不同的道路——政府领导经济。政府制定了一个个 5 年计划，办起了一个个国营企业，但却不相信企业家的力量，甚至把一些私营企业收归国有……

官办企业的结果是：到了 1980 年代，印度仍然是一个充满穷困潦倒的穷人的次大陆，而日本已经成为世界头号经济强国。

为什么一些国家富裕而另一些国家贫穷呢？众多的实例证明：一个国家只要有一个以成熟的企业家为核心的经济发展机制，就能有效地创造、调动和组织各种生产要素，使该国的经济迅速增长。

1993 年获得诺贝尔经济学奖的美国经济史学家诺斯，从制度和产权层面探讨了近代欧洲崛起的原因。诺斯理论的核心，可以概括为一句话：有效率的产权制度，是科技创新和经济增长的决定因素。而明晰的产权制度，正是企业家阶层诞生的重要土壤。

一群从来没有出现过的人

消失的企业家阶层

刘永行 刘永好 首富长青

对于落后的发展中国家，传统的思维认为：影响经济起飞的主要障碍是资本、技术等生产要素的缺乏，"师夷长技以制夷"便是这种思维的典型体现。但后来人们才发现：人力资本，尤其是企业家资源的短缺，才是发展中国家经济发展的主要瓶颈。

关于企业家群体在中国历史上的位置，很多悲观论调认为，他们永远只是配角，甚至是一群从来没有出现过的人。如美国学者费正清曾在《剑桥中国史》中断言："在中国这部历史长剧的发展中，中国商人阶层没有占据显要位置。它只是一个配角——也许有几句台词——听命于帝王、官僚、外交官、将军、宣传家和党魁的摆布。"而美国历史学家史景迁的《追寻现代中国》一书，从 1600 年写到 1989 年，在长达 389 年的历史中，却几乎没有企业家的影子。仿佛这是一群下落不明、甚至从来没有出现过的阶层。

财经作家吴晓波不甘心接受这种太过于悲观的论调。他认为，从鸦片战争到洋务运动、从甲午战败到辛亥革命、从五四运动到抗日战争、从创建新中国到改革开放，几乎在每一个重大的国运转折点上，我们都可以看到企业家们活跃的身影。

比如在甲午战争惨败后，涌现了一批发奋图强、实业救国的企业家，他们有张謇、荣德生、范旭东、穆藕初、刘鸿生、卢作孚等人。但企业家这种短暂的灿烂如白驹过隙、飘瞥即逝。

这显然是一片不利于企业家这个特殊群体生长的贫瘠土地。制约生长的主要因素有三：一个是传统文化中所蕴含的轻商思想；一个是集权观念和官商文化；一个是僵硬的意识形态。

轻商传统

中国封建社会是以农业经济为根基的，因此需要一个自给自足的相对稳定而封闭的经济结构。

战国末期的思想家韩非子把商工之民视为"五蠹"之一，就像蛀坏木头的蠹虫一样祸国殃民。

秦朝以"重农抑商为本"，视商人与罪犯为同类。汉朝则更加禁止商人着丝乘车、仕宦为吏，并采取重税重赋等政策限制商人发展。

宋代是中国古代历史上商业最发达的时期，但同时因为理学、佛教和道教的盛行，商人地位被贬到无以复加的地步。

清初，商业一度出现繁荣景象，但统治阶层"重农抑商"的根基并没有丝毫动摇。到了清末，尤其是1840年被西方列强用大炮轰开大门后，中国已经面临着亡国的危险，通过改革政治体制、发展经济实业来达到强国的目的，已经成为一个迫在眉睫的问题了。

即使如此，数千年的"重农轻商"思想仍未能立马驱除。在洋务运动展开的时候，仍有很多顽固封建官僚纷纷陈述弊害、极力反对。

即便如洋务运动的领袖李鸿章，在面临征取何种税收加固国防的两难抉择时，向清帝如此陈言："与其抽农税不便于农，不如抽重税不便于商。"

在中国几千年的传统社会中，"崇公灭私"思想一直占据主导地位。《尚书》提出"以公灭私"；春秋战国时提倡"强公室，杜私门"；东汉马融在《忠经》里说："人无私，大亨贞。"西晋傅玄在《傅子·问政篇》中告诉我们："私不去则公道亡。"宋代理学更是提倡"存天理，灭人欲"，而崇公灭私的思想，到了文化大革命中，更是发挥到了极致。

中国历史上也有过企图突破"私"字禁区的人文启蒙思想，如明代李贽提出："夫私者人之心也……若无私则无心……"黄宗羲则强调："人生之初，人各自私也，人各自利也。"而章太炎提出了"自性"和"主体在人"的思想……但这一切与"崇公灭私"的主导思想相比，不过是在深不可测的大海上偶尔跳溅起的几朵小浪花而已。

而同样建立在"重义轻利"儒教思想之上的日本社会的价值观，一度也成为其经济发展的巨大障碍。但日本显然没有像中国一样一直拘泥于此，德川时代两位思想家——铃木正三和石田梅岩，在巧妙地吸引儒教和佛教思想内容的基础上，宣扬一种朴素的实用主义原则，主张人们要摒除私欲、全神贯注地去追求利润，然后用这些利润为社会做好事。

这样，就把追求利润和社会整体利益极富智慧地统一起来。而被誉为日本企业家精神导师的涩泽荣一，主张"现代企业应建立在论语与算盘的基础上"，并提出了"高产乃为善之道"的观点，这成为近现代日本企业家精神的一种高度概括。

刘永行 刘永好 首富长青

官商文化

除了轻商思想，集权观念和官商文化也对中国企业家的发展造成了极大阻碍。

张之洞是晚清洋务运动的代表人物之一。1890年，张之洞在武汉创办了"汉阳钢铁厂"。而就此之前的1873年，美国卡内基钢铁公司才刚刚创立。两个钢铁公司前后相差不过17年，但后者成为了美国甚至世界最大的钢铁公司；前者却命途多舛——从筹划到开工整整用了7年时间，耗费白银500万两，开工之后却只能生产出一堆又一堆含磷过高的次品。

之所以造成汉阳钢铁厂如此窘境，主要是和张之洞的盲目自大有关。比如把厂址选在远离煤矿和铁矿的汉阳，虽然在自己眼皮子底下好管理，但所有原料都要远道运来，这样大大提高了成本；而当初在购买炼钢炉时，英国机器制造方提出把中国的铁矿石寄过去化验，以决定哪种型号的钢炉适用。而这位湖广总督大人自负地回答："中国之大，何处无媒铁佳矿？"于是，从英国购回当时比较先进的贝色麻钢炉，但和汉阳钢铁厂所用的矿石品位"牛头不对马嘴"……

可想而知，一家投资巨大的企业，如果交给一个封建官僚来管理运营，最后只可能变成一个畸形的怪胎。曾国藩的安庆兵工厂、左宗棠的福建船政局、李鸿章的轮船招商局等，最终都跳不出这种历史的局限。作为世界上唯一的一个延续了 2000 多年中央集权的国家，政权对经济的控制已经形成了一个制度和文化上的惯性。

为什么中世纪时中国比欧洲先进，后来却迅速衰落而让欧洲人大大超前？为什么近代科技革命和工业革命发生在近代欧洲而不是早已具备条件的中国？这是著名的"李约瑟难题"。李约瑟这位研究中国科技史的专家认为，是由于封建官僚社会阻碍了中国科技与经济的发展。

意识形态的制约

另外，意识形态对商业文化的发展和企业家阶层的形成，也是一个很大的桎梏。

早在 1945 年，毛泽东就在《论联合政府》一文中提出，中国的资本主义应该有一个"广大的发展"。但在解放军轰隆隆的炮声中，私营企业主仍不禁心惊胆战。

针对这种情况，1949 年 4 月刘少奇专程赶到已经解放后的天津，鼓励他们重新生产。刘少奇力图智慧地解决共产主义理念和现实发展的矛盾，他说:"马克思列宁的书上说,搞社会主义,就一定要打倒资产阶级,革资产阶级的命。但将来中国搞社会主义,可以不革你们的命,可以经过新民主主义的发展,用和平的办法走到社会主义。"领导者的努力,终于取得了私营企业主的信任,新的政权也因此在建国后迅速站稳了脚跟。

1950年12月,出台了《私营企业暂行条例》,提出要在国营经济领导之下,"鼓励并扶助有利于国计民生的私营企业"。这对解放后私营经济的发展起到了很大的刺激作用。1951年成为私营经济发展的"黄金时代"——当年全国私营企业盈余达37亿元,比上一年增加了90.8%。

但随后迎来的却是暴风骤雨般的"三反"、"五反"运动。这些运动最终上升到阶级斗争的高度,使人们普遍认为消灭资产阶级有其必要性。而最让人叹息的,便是1952年2月8日著名实业家卢作孚的自杀。

1953年6月,毛泽东正式提出了过渡时期总路线,对私营经济实行"利用、限制、改造"的政策。这实质上表明,将要逐步消灭私人资本。

到1956年,随着公私合营结束,全国80多万私营企业主彻底失去了产权,成了定期领取定息的被赎买者。那些在人民眼中"落后、腐朽"的资本家们,曾如此哀叹:"多年心血,一旦付诸东流;几声锣鼓,断送万贯家财。"

而在接踵而来的大跃进、人民公社化运动中,城乡居民的家庭财产也开始失去保障,所有的房屋、家具和存在银行的个人存款,随时都有被充公的可能。当时的领导者渴望恢复东汉张鲁的"五斗米道"——设置义舍义米义肉,大家吃饭住宿不要钱。

1963年发动的"四清运动",进一步割断资本主义的尾巴。而于1966年6月爆发的文化大革命,更是要彻底地"兴无灭资"。文革中,很多人面临着随时可能被抄家的危险,而作为私营经济余音的定息,也最终被划上了句号。

就这样,私营经济和私营企业家在中国被彻底消灭,但这一切折腾却

刘永行 刘永好 **首富长青**

240

并没有换来一个理想中美好、丰足的共产主义社会。在文革中，不但个体工商业领域一片空白，就连国营工商业也全面停滞，这导致整个国家的经济陷入萎顿之中，人民普遍面临着贫困和不安定。

善待企业家就是帮助国家壮大

"你将我的所有全拔去，仍能不烦不恼。宁像野草决不肯枯萎，天生我低贱都好。烧光了比当初更高，远隔天边仍望到……"香港"填词圣手"林夕的一首《野草》，无意中却写尽了中国大陆私营经济和企业家群体在歧视与踩压下的苦痛、彷徨、不屈与绝处逢生。

改革开放后，在整个国民经济中，私营经济和私营企业主所扮演的角色反差甚大，经历了从"反角"到"群众角色"、再到"配角"、最后到"主角"的演变。这种角色的演变大致可以分为以下三个阶段——

第一阶段是 1978 年到 1992 年，私营经济从"资本主义的尾巴"变成"必要的有益的补充"。

"贫穷决不是社会主义。"作为第二代中国领导人核心的邓小平，在多个场合表明了类似的观点。1978 年 12 月 18 日至 22 日，具有历史转折意义的中共十一届三中全会在北京举行。这次会议从根本上冲破了长期"左"倾错误的严重束缚，端正了党的指导思想，做出了把工作重点从阶级斗争转移到社会主义现代化建设上来的战略决策。

1981 年 6 月党的十一届六中全会通过的《关于建国以来党的若干历史问题的决议》又进一步指出："国营经济和集体经济是我国基本的经济形式，一定范围内的劳动者个体经济是公有制经济的必要补充。"

在当时，城乡大量沉淀的过剩劳动力，给紧绷的中国经济又压上了一块重大的巨石。水满为患！为形势所迫，中央出台了一系列的政策，宣布解禁农村工商业、发展城市个体经济。

春风又让百草生！就在 1979 年的年底，全国批准开业的个体工商户迅速达到 10 万户左右。在浙江南部的温州、广东潮汕地区及珠江三角洲一带，"民间的小五金、小化工、小塑料、小纺织、小冶炼、小加工，像野草一般满世界疯长。"

生存的欲望企图冲破一切束缚。于是，在江苏华西村，吴仁宝带领农民办起了小五金厂；在天津大邱庄，禹作敏搞起了冷轧带钢厂；在浙江萧山，鲁冠球创办了万向节厂；在安徽芜湖，年广久卖起了"傻子瓜子"；在四川新津县，刘永行兄弟用自行车拖着小鸡在大街上叫卖；在广东顺德，梁庆德开始走街穿巷收购鸡毛；在浙江温州，15 岁的王振滔便做起了卖米的小生意……

但是，由于私营经济如野草般无序生长，加之当时很多人的思想还过于保守，于是各种质疑的声音开始传来，甚至在全国掀起了关于姓"资"姓"社"的大讨论。1982 年初，中央下发打击经济领域犯罪活动的紧急通知，以"投机倒把罪"抓了一批走在市场经济"风头浪尖"上的人，温州"八大王事件"便是典型的代表。

1982 年 12 月 4 日，在第五届全国人民代表大会第五次会议上，通过了新的《中华人民共和国宪法》。在这部新修改的《宪法》"总纲"第十一条中说："在法律规定范围内的城乡劳动者个体经济，是社会主义公有制经济的补充。国家保护个体经济的合法的权利和利益。国家通过行政管理，指导、帮助和监督个体经济。"个体经济第一次写入了国家宪法，使得非公有制经济的发展获得了稳定的法律支持。

1987 年，中共十三大明确提出鼓励发展个体经济和私营经济。1988年 3 月，七届全国人大一次会议通过了宪法修正案，指出"私营经济是社

刘永行 刘永好 首富长青

242

会主义公有制经济的补充，国家保护私营经济的合法的权利和利益，对私营经济实行引导、监督和管理"。

1984 年，《中华人民共和国私营企业暂行条例》出台。次年底，全国第一次工商登记，私营企业如雨后春笋般冒出来，一下子达到了 9.06 万户。而这之前，只有温州等地的 6 户私企进行过正式工商注册。

1989 年，由于国内外的严峻形势，私营经济再次跌入低谷。在这股"倒春寒"中，年广久以贪污、挪用公款罪被捕入狱；刘永行兄弟、李书福、王廷江、蒋锡培等被"吓坏胆"的私营企业家，纷纷把自己的企业送给当地政府，以求退财消灾；而在民间经济发达的广东、福建等省，大量企业家纷纷携款外逃。

据《中华人民共和国经济史》记载，1989 年下半年，全国个体户注册数减少 300 万户，私营企业从 20 万家下降到 9.06 万家，减少一半多，这个数字要到 1991 年才略有回升。

第二阶段是 1992 年到 2002 年，**私营经济从"必要的有益的补充"到社会主义市场经济"重要组成部分"。**

"天时人事日相催，冬至阳生春又来。"1992 年，中国改革开放在经过短暂的停滞后，又进入一个新的发展阶段。这一轮私营经济的发展，肇始于 1992 年邓小平的南巡。当年随即召开的党的十四大，明确提出非公有制经济是社会主义的重要组成部分。从此，私营经济的发展走上了快车道，真正的融入了社会主义现代化的建设中。

1999 年 3 月，九届全国人大二次会议通过的《宪法修正案》，第一次将"个体经济、私营经济等非公有制经济是社会主义市场经济的重要组成部分"写入了国家的根本大法，私营经济有了真正的保护。

私营企业家的创业热情被进一步激发，他们开始大显身手，一次又一次突破了经济领域的禁区：温州青年王均瑶"胆大包天"，成为私人包机第一人；农民企业家陈金义一举收购了上海六家国有商店，成为改革大潮中第一位收购国有企业的私营企业家；万向钱潮股票上市，成为中国首家上市的乡镇企业，私营企业走向资本市场的大戏也由此拉开……

如果说 20 世纪 80 年代初创业者主要是以农民和城镇失业者为主，那么 1992 年后的创业热潮，则主要是以政府中低层官员和知识分子为主的精英阶层。他们具有较强的资源整合能力，企业的产权制度比较明晰，是上世纪 90 年代经济增长的主要推动力量。这其中的代表有陈东升、毛振华、冯仑、薄熙成等，后被称为"92 派"企业家。

1992 年出台两个重要文件：《有限责任公司暂行管理条例》和《股份有限公司暂行条例》。正是这两个文件掀开了中国企业进步的革命性的篇章，标志着中国开始建立真正的现代企业制度，也开始催生真正的企业家。

从 1992 年到 2002 年，私营经济逐步成为国民经济新增长点中的亮点：私营企业从 14 万户增加到 243.5 万户，增长了 17 倍；注册资金由 221 亿元增加到 24750.6 亿元，增长了 112 倍；从业人员从 232 万人增到 3409 万人，增长近 15 倍；税收从 4.1 亿元增加到 976.1 亿元，增长了 208 倍。

第三阶段是 2002 年至今，私营经济从社会主义市场经济"重要组成部分"变成能平等享受"国民待遇"的市场主体。

2002 年 11 月，在党的"十六大"报告中，为中国的非公经济破除了体制性的障碍，私营经济可以与国有、外资企业站在同一条起跑线上开展竞争；2003 年 10 月 14 日，中共十六届三中全会提出"放宽市场准入，允许非公有资本进入法律法规未禁入的基础设施、公用事业及其他行业和领域"；2004 年 3 月 14 日，十届全国人大二次会议通过宪法修正案第二十二条，规定："公民的合法的私有财产不受侵犯"。

2005 年公布的"非公经济 36 条"则是一份非常重要的政策文件，被

刘永行 刘永好 首富长青

244

誉为"建国以来我国政府对'非公有制经济'发展清除体制性障碍的第一声"，意味着非公有制经济主体可以与公有制经济主体一样，在同一起跑线上，成为我国市场经济的竞争主体。

2007年10月，在中共十七大报告中，提出"毫不动摇地巩固和发展公有制经济，毫不动摇地鼓励、支持、引导非公有制经济发展"，对非公经济"两个平等"即法律上的"平等"保护和经济上的"平等"竞争，成为非公经济发展的新视角，私营经济腾飞的新契机。

数年时间内，私营经济已经在整个国民经济中占据了十分重要的地位：私营经济成为了国民经济增长的主要动力。个体、私营经济已经占到整个GDP的40％，GDP增量中的70％－80％来自于私营经济；私营经济成为增加就业的主要渠道，其就业量占全国非农就业人数的80％左右。至2007年，全国登记注册的个体、私营企业就业人数达1.27亿，实际就业人员可能在2亿左右。

值得一提的，在融入全球化的过程中，中国私营企业家勇往直前、一马当先，在国际舞台上展现出了他们的睿智与生命力。比如新希望集团和东方希望集团先后进军越南市场，万向集团通过并购美国舍勒公司使其产品一夜之间融入美国市场，华立集团在泰国罗勇建工业园区，康奈集团将工厂搬到了俄罗斯乌苏里斯克，新洲集团把目光瞄准了俄罗斯的森林和石油资源……

而作为21世纪初崛起的第三代中国私营企业家，是伴随着新经济的兴起，依靠风险投资、互联网经济迅速发展起来的企业家，如马云、张朝阳、李彦宏等。他们的典型特征是高学历、高技术、年轻化，更具国际视野和创新意识，熟悉国际规则，创始人或管理团队具有"海归"背景，能够在全球竞争中搏击风浪。

当然，在30年改革开放的巨大成绩面前，私营经济仍然难以掉以轻心，各种不利因素导致其在以后的发展中充满了险阻和变数。其中，国企的垄断一直是压制私营资本发展巨大石头。私营经济也曾对这种垄断发起过数次大的冲击，但最后往往无奈溃退，有的甚至遭遇了"灭顶之灾"。

而在近年来，国企的垄断有日益加强之势。更有学者以为，如今的经济政策已经被庞大的垄断利益集团所"绑架"，私营资本在这样的"铁桶"中更能有作为，以至于私营企业家的代表刘永好发出了这样的感叹：民企国企化、国企央企化、央企垄断化。

严酷的事实告诉大家：中国落后的根本原因在于经济体制本身，在于缺乏一个推动科学技术进步的内在机制。只有彻底改变高度集权的经济体制，才能使中国走出落后的峡谷。

但遗憾的是，人们谈到体制改革的时候，注意力更多地集中在计划、市场、价格、利润等一些非人格范畴上，而推动经济运行的主体——人，却没有得到足够的重视。

对于刘永行兄弟这样典型的中国私营企业家代表，著名经济学家茅于轼呼吁道："他们的曲折道路唤起我们对其他没有那么幸运的私营企业家的关注。我们能不能在他们需要资金的时候给予方便，在他们的财产受到侵犯的时候得到保护，在他们的业务能够扩展的时候能得到政府及时的服务。"

逐渐形成的企业家群体，在中国这片一直缺乏合适土壤生长的环境中，显得那么来之不易和弥足珍贵。刘永行、刘永好兄弟无疑是这片贫瘠的土地上长出的商业奇葩。所以茅于轼忧心忡忡地提醒世人："**一般人只看到企业家只是为了自己，可是，国家的实力最终取决于企业的好坏。大家善待企业家，就是帮助国家的壮大，最后也是帮助了自己。**"

刘永行 刘永好

首富长青

后　记

今天是 2010 年 3 月 3 日，备受瞩目的全国政协十一届三次会议在北京召开。对于我个人而言，今天也有一件值得庆幸的大事，那就是《刘永行刘永好兄弟首富长青》一书正式脱稿。

凑巧的是，去年也是在 3 月份，我的另外一本书也正式完稿出版，那就是《首富真相：黄光裕家族的财富路径》。此书出版后，在社会上引起了极大反响——对黄光裕这位白手起家、却最终陷入官商勾结深渊的首富，人们既惋惜、又气愤。

刘永行兄弟和黄光裕，两位先后登上财富排行榜第一位的首富先生，他们有着几乎相似的出身背景、却有着完全不同的创业奋斗路径。路径决定命运！今天，就在这个时候，刘永好与黄光裕，却站在两个有天壤之别的位置之上——作为全国政协委员的刘永好，自从 1993 年以民营企业家代表身份登上政治舞台后，每年的 3 月 3 日，他必定坐在人民大会堂里聆听着全国政协会议的开幕报告，并在心中反复斟酌自己即将提出的关于"三农"的提案；而此时的黄光裕，却囚居于铁窗之中，为已经被正式起诉所涉嫌的非法经营罪、内幕交易罪、单位行贿罪而绞尽脑汁。

2008 年年底，黄光裕刚刚被捕时，笔者曾为《南方人物周刊》杂志撰写过一篇题为《刘永行 VS 黄光裕：两位首富，两种路径》的文章，这引起了舆论界的广泛关注和热议。有好事的媒体记者在 2009 年两会期间当面向刘永好提起此事，问他如何看待这种评价时，刘永好笑了："我一直觉得，要脚踏实地做产业，认准现代农业是大有发展空间的，就坚持走下去，不要搞投机取巧。"

把两位性格迥异、结局悬殊的首富放在一起来对比写作，是一件很有意思、也很有意义的事情——在财富的珠穆朗玛峰之巅，两个人选择了不同的攀登路径并都达到了最高点。只是，一个大胆冒进，最后失足深渊；一个步步为营，始终进退裕如。但无论是刹那的璀灿、还是永恒的芳华，他们都做到了一件常人难以企及的事情，那就是为社会创造了一个福泽四方的企业——国美集团和希望集团。如果，这两个企业能绵延百年，那常青的基业必将暗淡一切属于个人的耻与荣。

此时窗外，在明媚的阳光照射之下，洁白的春雪竟幻耀出金属般的光泽。它们既掩盖了一切丑陋、痛苦和绝望，也正孕育着美好、甜蜜和希翼。在短短的数日之后，你看那枝头，必将有鲜活的生机迎风绽放！

张小平

2010 年 3 月 3 日

附录一

刘永行 VS 黄光裕：
两位首富，两种路径

赤手空拳来到中国打拼天下的英国小伙子胡润，似乎对同样富有闯劲和冒险精神的国美集团董事局主席黄光裕情有独钟。在他一手泡制的中国百富榜上，黄光裕三次被推上了首富宝座。而在 2008 年的榜单上，黄光裕的个人财富是 430 亿人民币。

而创刊于 1917 年的《福布斯》杂志则显得相对谨慎，把首富的宝座留给了一直稳健发展的东方希望集团董事长刘永行。在"2008 福布斯中国富豪榜"上，刘永行的个人财富是 204 亿元人民币。

对比两份在一个月之内先后颁布的榜单，会发现对富豪们个人财富的评估结果有着巨大差异。比如同样是黄光裕，在"2008 福布斯中国富豪榜"上只有 183.6 亿元人民币，与胡润的百富榜的估算结果相差 246.4 亿元人民币之巨。而对刘永行的财富估算是少有的"英雄所见略同"，在"胡润 2008 年百富榜"上，他拥有 250 亿元人民币个人财富，与福布斯的估算相差不大。而与大部分富豪们今年财富严重缩水不同，刘永行的财富比去年的 180.8 亿元人民币有稳步增长。

让人意外的是，两份榜单面世不到一个月，黄光裕的命运也像他的财富一样，出现了剧烈的起伏。11 月 22 日左右，网络上开始出现黄光裕被抓的传闻。之后，央视的报道证实了这一消息。因为受经济危机及相关负面消息影响，国美电器的股价也同样巨幅跌落，比最高点跌去了 3/4 之多。

在黄首富坐上过山车的同时，刘首富却有闲庭信步的雅致。因为不是上市公司，刘永行不用遭受股市行情表上股价起伏的煎熬。虽然自己的能源产业也受到经济大环境的影响，但他家有余粮、心中不慌。而这个冬天，那些家无隔夜米的人纷纷找上门来，希望刘永行能出手相救那些陷入困境中的铝业和煤化工企业。更让刘永行自尊心得到满足的，是曾和他争夺三门峡氧化铝项目控制权的行业老大——中国铝业刚刚宣布裁员一万人以度难关，而他旗下的包头、三门峡铝业子公司不但没有裁员，反而乘机在招人。但对送上门来的低价求购的能源企业，刘永行却保持了警惕。虽然目前是扩张的大好时机，但他更愿意留下余粮准备应付可能持续多年的经济危机。

"昨日之因，今日之果；今日之因，明日之果。"佛教中讲究这样的因果循环。刘永行与黄光裕今天境况的差异，又是因为昨日两人在哪些方面的差异所导致的？

企业扩张：超前半步与大胆冒进

黄光裕和刘永行的企业发展最大的差别，在于一个大胆冒进、一个步步为营。

黄光裕财富增值的过程好似一辆急遽爬升的过山车。2001 年 12 月，国美的总资产约为 5 亿元人民币；在 3 年之后，5 亿恰恰是黄光裕上百亿身价的零头；而在今天，黄光裕的身价又几乎翻了 4 倍还多。探寻黄光裕的财富之旅，我们会发现这个 30 多岁的潮汕男人，是"想象力＋野心＋财技"的混合体。

2003 年以前获利状况不很乐观的国美电器零售业务，却实现了相当的经营规模，从而带来了巨大的现金流，其中一部分资金通过国美系内的投资公司，以往来款的形式转移给了系内从事房地产的公司无偿使用；房地产业的高回报带来的收益又流回电器零售业，为其不断扩张提供了资金支持。甚至一度传言，黄光裕"不务正业"，涉足于高风险的股票和期货。

如何才能把别人的钱变成自己的钱呢？最现实的手段是包装上市。黄光裕梦想的这一天终于到来了。2004年6月7日，黄光裕通过"左右手互搏"，经过一系列眼花缭乱的变幻，把价值仅2亿元的国美电器一夜之间暴涨40多倍。此后，黄光裕进行了一系列的套现，历年套现总额高达135亿元。

钱多可以壮胆。在上市后接下来的2005年，黄光裕开始在全国"跑马圈地"，一口气开了250多家门店，并连续收购了永乐、大中和三联商社等行业巨头。另外，黄光裕旗下的房地产项目，也得到了强劲的资金注入。2005年初，黄光裕在鹏润地产的基础上，分别成立了明天地产、国美置业和尊爵地产。零售和房地产成为黄光裕商业王国的两大支柱产业。

但从目前看来，黄光裕收购的大中电器和三联商社，是一笔赔本买卖。收购大中付出现金36.5亿，折算成市盈率高达18倍，而目前香港上市的国美电器市盈率仅为6倍左右，如果现在黄光裕将大中电器装入香港上市公司国美电器中，与其收购价相比将净亏20多亿元。另外为获得三联商社19.7%的股权，黄光裕共花费了6.7亿元现金，但三联商社发布的今年前三季度报告显示亏损4418.69万元，并预告称今年亏损幅度较去年超过100%。

而黄光裕的"地产借壳梦"也遭遇了失败。为收购中关村股份，黄光裕先后花了9.1亿元，但因宏观调控、紧缩货币政策对国内地产业务的巨大冲击，原计划将鹏润地产180亿元地产资产注入中关村的计划遭到挫折。

在黄光裕的投资组合里，还有去年与如今已经破产的国际大投行贝尔斯登联合组建 5 亿美元的零售业投资基金，以及与新加坡太平星集团成立的总额达 8 亿美元投资房地产业的私募基金。在当前低迷的市道下，两只基金没有什么大的动静。

但黄光裕的"主业"——国美电器，似乎取得了不俗的成绩。正处于舆论暴风眼的国美电器，于 11 月 24 日下午发布了第三季度财务报告。报告显示，截至 9 月 30 日，上市公司前三季度实现营业收入 364 亿元人民币，同比增长 20.0%；经营利润 18.7 亿元人民币。

尽管如此，黄光裕的体系却越来越呈现类金融模式的特点，国美电器似乎更多的充当的是他融资流转的平台。但冒进的黄光裕在资产估值高峰时期进行了大规模的投资，而突如其来的金融风暴所引发的经济危机，变成了对类似喜欢资本运作的富豪们的"大屠杀"。

而"福布斯版首富"刘永行，却仿佛是胆小谨慎的化身。他的东方希望虽然越做越大、商机无限，但刘永行尽力控制了冲动的欲望，一心一意做好自己的主业。虽然之后刘永行还涉足了化工、金融等领域，但是农牧业一直是他的第一业务。在 2007 年新希望集团 281.32 亿元的销售收入中，农牧产业占据了 92% 以上的比重。

尽管投资了民生银行等上市公司，但刘永行对上市一直意兴阑珊。刘永行解释说，一个是之前做饲料业一直不缺钱，所以无需融资，一个是过于宽松的资金容易让人的头脑膨胀，希望自己用钱紧一点最好。刘永行一直不同意进入二级市场，他说："如果我从二级市场上得到几十个亿，我会很害怕。"

也正是遵循"用自己的钱安心"的原则，刘永行此生最大的冒险之举——投资铝业等相关能源产业，前期投资 20 多亿全是刘永行累积的自有资金，才让他在 2003 年底对中国民营企业重工业化运动打击的过程中，逃离了灭顶之灾，避免了铁本集团戴国芳似的悲剧。刘永行解释他"撞线"

却没被"绊倒"的原因,是因为他"只超前半步"。

政商关系:退避三舍与亲密无间

在中国,政商关系是一个很复杂和敏感的问题。商业与政治难以完全分割,关键是保持合适的距离。太近了,可以得到红顶商人的巨大便利,但最终往往没有什么好下场;太远了,则太阳永远照不进现实,你会成为荒漠中无人理睬、自生自灭的野草。

对政商关系颇有研究的冯仑,把它划分为三个层面:一个是企业与所在体制的关系;一个是企业家与官员的关系;一个是民营资本与国营资本的关系。

中国现在的实际情况是,政府制定相关政策,但商人群体目前过于弱小,无法介入此过程,也很难影响决策过程,只有遵守执行的义务。冯仑告诫道,"听党的话、跟政府走,否则你的企业根本没办法发展。"

而刘永行兄弟则是中国民营企业家中"听话"的典范。他们每一步发展都配合着政府的政策节奏,看着政府的脸色做事,从不钻政府政策的空子,让政府处于被动之处,从而也让家族生意能避开政策调控的锋芒。比如1982年四兄弟打算到农村养鸡之前,特地找到当时的县委书记询问,回乡创业"要不要得?"得到肯定的答复之后,又正儿八经地向单位打报告申请辞职,辞职报告直打到四川省副省长那里才有了确切的批示;1992年刘氏兄弟计划成立私营企业集团,也特地向国家工商局打报告,直到国家工商局批准才成立了中国第一个私营企业集团——希望集团;1993年刘氏四兄弟有了成立一家民营银行的想法,就与41位政协委员共同提案,建议政府批准成立一家主要由民营企业家投资、主要为民营企业服务的银行。

直到 3 年以后国务院才批准，刘氏兄弟才当上民生银行的主要股东……

但黄光裕兄弟从创业开始，便一直是踏着政策和法律的边缘迈步前行。比如早年黄光裕大哥黄俊钦便因为倒卖电器产品，被呼和浩特警方以投机倒把查扣。但在一片混沌之中，这些"孤胆英雄"似的企业家们在当时的很多"肆意妄为"之举，也有着其积极的意义：他们对当时法律和政策底线的试探和触犯，在客观上拓展了它们的边限及商业的空间；他们坠落时的惊呼声，也为后来者标明了前进道路上的暗礁所在。

对于企业家与官员的关系，刘永行一直以来都有着极为清醒的认识，有时故意退避三舍。刘永行认为，民营企业同当地政府官员拉私人关系应该说是短期行为，企业家的着眼点应该在于如何把企业培养成优秀企业。因为任何地区的政府领导都要发展经济，企业发展是绝对的，同领导的关系只是相对的，如何把企业的业绩变为地方领导的政绩，使二者形成互利关系，建立企业在社会生存上的相对优势，这才是企业的长远策略。

刘永行的"官场哲学"在短期内影响了企业的发展速度和路径。因为"房地产需要大量的（内幕）交易，需要不断地吃饭喝酒送礼"，他最后放弃进入地产业；因为"要耗费大量精力去跑证监会、跑这个部门，跑那个部门"，他至今都没有上市打算。

但黄光裕与某些官员的关系，则显得亲密无间得多。而黄光裕两次重大的危机，也都是由某些官员腐败行径暴露所引发。如 2006 年，黄光裕兄弟陷入 13 亿违规贷款的危机，起因便是因为中行北京分行原行长牛忠光案发；而这次的被调查事件，据传是因为商务部官员郭京毅等案发，黄光裕可能涉及到国美整体上市时有行贿行为。

而更多的企业家则栽在没有处理好民营资本与国营资本关系这个问题上。最近几年，国有经济在整个国民经济中的比重、影响力及控制力呈上升趋势，出现了不少国有大型垄断企业。国家明令禁止包括电信、能源、金融等七大行业"非公莫入"。冯仑为此提出了民营资本与国营资本合作的一个准则：合作而不竞争、补充而不替代、附属而不僭越。

就这个层面的政商关系而言，黄光裕并没有过分"越位"之举。房地产业虽然需要权力寻租，但并没有对民营资本禁止；而他所从事的家电连锁零售业更是竞争充分的行业。当然，家电连锁零售业充分竞争的现状，和他20年的努力经营有莫大关系。在上个世纪八、九十年代的商业领域，正是国营企业独霸天下的时候，电器市场处于供不应求的大好形势之中，国营商业企业一直躺在暴利的云巅逍遥自在，黄光裕却以薄利多销为利器，蚀空了国营商业企业的根基，让它们中的大多数如空中楼阁般轰然倒塌。

尽管刘永行小心翼翼，但在这方面却不小心触动了"雷区"。在21世纪初，以东方希望的刘永行、复星集团的郭广昌、鄂尔多斯集团王林祥、铁本集团的戴国芳等为代表的民营企业，不甘心屈居于利润稀薄的"轻小集加"领域，开始了一轮逆流而上的重工业化运动。一向稳健的刘永行，也深知他这次重工业化之梦的危险程度，"一旦失误，几十年的积累就前功尽弃，所以必须一步成功。"刘永行的"大胆进犯"，自然引来了"龙头老大"——中国铝业公司的阻击。雷霆万钧的宏观调控转眼即至，刘永行选择了埋首潜行。

行事方式：稳健宽容与强硬霸气

刘永行说他不喜欢与人搞关系、搞资源，是"自己的性格造成的"。

首先他摆正了心态。刘永行认为，民企也要对社会有一个宽容的心态。他说，"有些困难必须自己承受，有些困惑要自己思考，心甘情愿就无怨无悔。"

刘永行最崇拜的人是台湾的王永庆。他觉得的王永庆最值得称道的是,他做正事、为人很正派。"我们的目标是要做百年企业,所以,不能去做一些过分的事情。所以不要随大流,要独立地思考。"

为此,刘永行不情愿耗费太多精力在那些"不正经"的事上。"人家上市能拿100个亿,我不稀罕!我自己慢慢来做,我不稀罕!人家很便宜地拿块地方做到几十个亿,我慢慢做,也能做到几十个亿。既然把事情简单化,我同样能做好,为什么我要这么复杂呢?"

刘永行也一直不希望自己的企业与别的家族生意或者与社会大众发生冲突。比如早期在四川从事养殖业时,尽管已经成为当地最大的养鸡企业,但为了避免与当地农民争利,宁愿退出了养鸡业。

在一位下属眼里,刘永行是一个有"企业家道德底线"的人。公司的产品质量一度不太稳定,刘永行知道后非常着急,和这位下属就质量问题在电话中讨论了整整两个小时。这位下属记得,刘永行在电话中用浓重的四川新津口音对他说,"靠降低产品质量从市场赚来的钱,最终都要吐出去,甚至要吐血而亡。"

黄光裕的成功,得益于他的胆识、眼光和控制能力。黄光裕16岁便开始出来闯天下,然后在贩卖电器的过程中敏锐地觉察到家电零售这个巨大而空白的市场。当然,光有胆识和眼光还不够,要想成就大事,控制能力显得更为重要。从一无所有,到攫取、利用、借用,再到掌控和嫁接一切有利的资源,恐怕是任何大学里面也学不到的东西,但在社会这所残酷无情的大学里,黄光裕却得凭自己的悟性与坚忍深得其中的精髓。但有时会适得其反。有人评论,黄光裕花7亿元人民币收购三联商社,仅仅是购买了一个烂壳而已,在收购决定的那一刻,更多的恐怕是黄光裕的征服欲在作祟。

在很多媒体记者的感官中，难以挥去的是黄光裕的草莽气息。曾经有一段时间，关于黄光裕及其国美帝国太过于霸道的报道屡见报端，类似于"教父"、"价格屠夫"之类的称号被加在了他的头上，甚至有的媒体开始指责国美是"黑社会老大式的企业文化"。黄光裕显然不胜其扰，于是一气之下干脆把自己"剃度"了事，以一颗凌厉的光头和一种完全无所谓的神态来对抗所有的质疑。在一次和记者聊天时，黄光裕对某些媒体的咄咄逼人难以遮掩自己的年轻气盛："我觉得很奇怪，他们这种故事从哪里编出来的？真这样，国家'打黑'我就要首当其冲了。我黑在哪里？我怎么黑了？"

这个问题，也许政府的公检法部门更有资格来回答。

——原文刊于 2008 年 12 月 1 日总第 139 期《南方人物周刊》

附录二

刘氏家族企业年谱

△1945年12月8日，老大刘永言出生于四川省新津农村。

△1948年6月，老二刘永行出生于四川省新津县。

△1950年2月，老三刘永美出生于四川省新津县城关镇，后被他人收养，改名陈育新。

△1951年9月，老四刘永好出生于四川省新津县。

△1964年，刘永言被分配到成都电机厂工作。

△1969年，刘永好去四川省新津县顺江乡古家村插队，在农村呆了差不多4年。

△1973年，刘永言作为工农兵学员被选送到成都电子科技大学深造。

△1973年，刘永好被选送到四川省机械工业中专学校读书，毕业后因成绩优异留校任教。

△1977年冬，刘永行参加高考，并成为当年新津县的高考理科状元，但因为出身问题只能就读师范专科学校。

△1978年7月，初中毕业、已经务农12年的陈育新也参加了高考，最终凭自己的刻苦考取了四川农学院。

△1978年，刘永言成功地研制出了《BCD数控编程软件》，并由推销此软件而获得了自己的第一桶金。

△1982年12月，陈育新毅然决定停薪留职、回乡创业，这标志着希望集团创业历程的开始。

△1983 年 2 月，刘家四兄弟召开"四方会议"，其他三兄弟表示全力支持大哥陈育新创业，并表示伺机跟进，大家变卖家产筹集了 1000 元人民币创办了育新良种场。

△1983 年 3 月，陈育新找到新津县委书记钟广林，要求停薪留职，钟表示同意，并希望他在一年之内能够带富 10 户农民。

△1983 年 9 月，刘永行设计制作孵化箱，几经反复并最终成功。

△1983 年 10 月 16，陈育新正式与新津县农业局正式签订停薪留职合同。

△1983 年底，育新良种场孵鸡 5 万只，并带出 11 个专业户。

△1984 年 3 月，刘永言设计出的大型全自动蜂窝煤孵化室投入运转。

△1984 年 4 月，由于一养殖户毁约造成小鸡积压，刘永行亲自带领几名农民四处推销小鸡。后转型养鹌鹑。

△1984 年 12 月 1 日，陈育新以全县第一的身份出席了新津县第四届专业户代表大会。

△1984 年底，育新良种场孵鸡 30 万只，孵鹌鹑 100 万只。

△1985 年 1 月 4 日，新津县政府正式批准陈育新辞职。

△1985 年 3 月，四川省省长杨析综到育新育种场视察，并鼓励陈育新带领周围群众走出一条共同致富的路子来。

△1985 年 4 月 12 日，四川省委副书记冯元蔚视察了育新良种场。

△1985 年 11 月 30 日，四川省委常委谢世杰到新津县调查研究农村体制改革问题时，视察了育新良种场。

△1985 年 12 月 3 日，《四川日报》刊登署名文章：《陈育新帮助乡邻走致富道路》。

△1985 年底，育新良种场鹌鹑存栏 4 万只，产值达 27 万元。

△1986 年 3 月 7 日，刘永好南下广东考察饲料工业，带回很好的新观

念，对育新良种场转移工作重心起了很大推动作用。

△1986 年 4 月 11 日，四川省委书记杨汝贷视察了育新良种场。

△1986 年 11 月 15 日，陈育新被省政府授予"四川省农业科技致富能手"称号。

△1986 年 11 月 22 日，陈育新作为特邀代表，向正在成都主持召开全国"星火计划"工作会议的国务委员、国家科委主任宋健汇报了育新良种场的情况。

△1986 年 11 月，陈育新相继当选为四川省政协委员和四川省人大代表。

△1986 年 11 月 27 日，国务委员、国家科委主任宋健在各级官员陪同下视察了育新良种场。应陈育新请求，宋健题词："中国的经济振兴寄希望于社会主义企业家"。

△1986 年底，育新良种场产销饲料 100 万吨，鹌鹑存栏 5 万只，产值达 40 万元

△1987 年 1 月 22 日，四川省省长蒋民宽视察育新良种场，并题词："在农村致富的道路上，需要千千万万像你们这样的带头人"。

△1987 年 3 月 6 日，陈育新被中国科协授予"全国科技致富能手"称号。

△1987 年 3 月 15 日，陈育新随国家科委考察团出访欧洲，考察欧洲的养殖业。

△1987 年 5 月，希望科学研究所和新津希望饲料厂挂牌。

△1987 年 10 月，在新津中学设立了 10 万元的奖学金。

△1987 年 11 月 15 日，《四川日报》刊登署名文章，称新津县"已经成为国内最大的鹌鹑生产基地"。

△1987 年 12 月 7 日，育新良种场开始将重点转移到猪饲料的生产经

营上。

△1988 年 1 月 7 日，参加四川省县长会议的 400 多名代表参观了新津希望饲料厂。

△1988 年 4 月 12 日，西德·克莱尔先生率奥中友协代表团参观了新津希望饲料厂。

△1988 年 5 月，陈育新和刘永言在育新良种场所在地设立了 8 万元的扶贫基金。

△1989 年 4 月 7 日，新津县被列入全国 100 个"星火计划科技示范区"，希望饲料的研究被列入全国星火计划项目。

△1989 年 9 月 2 日，马苏维·穆罕默德·汗等三名联合国官员到新津希望饲料厂考察。

△1989 年 12 月，新津希望饲料厂出资为企业所在地古家村修建水泥路 1500 米。

△1989 年 12 月，陈育新和刘永行研究出"希望牌"1 号乳猪全价颗粒饲料推出市场，它与"洋饲料"质量相当却价格极具竞争优势，希望集团因此实现了由第一产业向第二产业的战略转移。

△1990 年 8 月 4 日，《科技日报》刊载署名文章《希望之路——兄弟四个大学生放弃公职到农村创业的多层涵义》，刘氏兄弟第一次以整体形象出现在公众面前。

△1990 年 8 月，新津希望饲料厂推出超级浓缩饲料——希望精，大受市场欢迎。

△1990 年 10 月，中央电视台在周末黄金时间播放了名为"希望之路"的专题报道。

△1990 年底，新津希望饲料厂产销饲料 6 万吨，产值 6000 万元，利税 400 万元，跃居西南地区第一。

△1991 年 8 月 10 日，成都希望有限公司成立，陈育新任董事长兼总经理。

△1991 年 11 月 7 日，希望牌优质全价畜禽饲料荣获"七五"全国星火计划成果博览会金奖。

△1991 年 12 月 8 日，新华社《内参选编》刊发了《四兄弟创造"希望"敢竞争超过"正大"》一文，立即在全国各级领导层中产生了重大影响。

△1991 年底，新津希望饲料厂产销饲料 10 万吨，销售收入突破亿元大关，实现利税 1000 万元。

△1992 年 1 月，刘永言在成都电子科大设立了 15 万元的奖学金。

△1992 年 3 月，以刘永行提出"变企业经营为经营企业"的设想和刘永好提出了"国有加民营，优势互补，共同发展"的思路为标志，开始了集团化的进程。

△1992 年 3 月，刘永言主席、陈育新总经理在西南航空港经济开发区征地 148 亩，兴建具有国际水准的美好花园，希望集团由此进入房地产业。

△1992 年 5 月 16 日，"希望牌" 1 号乳猪饲料在全国首届饲料工业新技术新产品交流大会上荣获特别奖。

△1992 年 10 月 27 日，希望集团总裁刘永好荣获全国科技实业家创业奖银奖。

△1992 年 12 月 15 日，刘永好被推选为四川省私营企业协会副会长。

△1992 年，希望集团企业发展到 3 家，产销饲料 15 万吨，产值 3 亿元，实现利税 1200 万元。

△1993 年 3 月，希望集团位于上海市嘉定县的马陆饲料厂投产进入营运。

△1993 年 3 月 25 日，刘永好当选为全国政协委员，并在八届政协一

次大会上，作了题为《私营企业大有希望》的发言，引起社会各界关注。

△1993 年 4 月 15 日，陈育新与美国浩丰贸易公司在香港签订了合资兴建成都食品有限公司的协议书。

△1993 年 5 月，刘永言在成都树德中学设立了 12 万元的奖学金

△1993 年 5 月 14 日，刘永行、刘永好飞往长沙，开始了著名的"中南七日行"，7 天之内签订了 4 份投资协议书。

△1993 年 7 月 7 日，成都希望电子有限公司成立。

△1993 年 7 月 13 日，国务院研究室主任袁木到新津希望城作调查研究。

△1993 年 7 月 24 日，上海市委书记吴邦国视察马陆镇，并题写了"上海希望私营经济城"。

△1993 年 9 月 25 日，希望饲料荣获本行业全国唯一的"星火科技成果二等奖"，希望集团荣获"全国星火示范企业"称号。

△1993 年 10 月 17 日，刘永好当选为全国工商联副主席。

△1993 年 11 月 22 日，刘永好应邀出席在香港召开的第二届世界华商大会。

△1993 年 11 月 26 日，刘永好当选为中国饲料工业协会副会长。

△1993 年，希望集团拥有企业 13 家，产销饲料 100 万吨，产值 15 亿元，自有资产达 3 亿元，饲料销售成为全国第一。

△1994 年 2 月 21 日，希望集团的超常规发展被列入"长江流域十大经济新闻"。

△1994 年 3 月 11 日，刘永好被评为"四川十大英才"。

△1994 年 3 月 15 日，希望集团成为首家在国家工商局注册的民营企业集团。

△1994 年 3 月 18 日，参加全国科技奖励大会的刘永好受到江泽民、

李鹏等中央领导的接见。

△1994年4月23日，刘永好作为全国政协友好访问团成员出访亚非欧6国。

△1994年4月23日，在中央统战部和全国工商联支持下，刘永好代表希望集团与另外9家民营企业的代表一起，发出旨在扶贫的光彩事业的倡议。

△1994年8月，《中国私营经济年鉴》出版，希望集团被列为全国最大的私营企业。

△1994年10月13日，希望饲料荣获中国新技术新产品交易博览会、全国星火科技精品展示会金奖。

△1994年10月17日，陈育新再次荣获"全国星火明星企业家"称号。

△1994年11月30日，刘永好被评为"中国改革风云人物"、"中国十佳民营企业家"。

△1994年12月6日，刘永好被推选为全国光彩事业推动委员会副主任兼执行主任。

△1994年12月23日，刘永好荣获全国科技实业家创业奖金奖。

△1994年12月26日，希望集团荣获全国饲料工业百强第一名。

△1994年，希望集团拥有企业32家，产销饲料120万吨，产值17亿元，利税1亿元。

△1995年3月，刘氏兄弟进一步明晰产权并正式分家，刘永行利用分得的10多家公司组建了东方希望集团，出任董事长。

△1995年2月10日，全国光彩事业的第一个项目——西昌希望饲料公司63天建成投产，中央统战部和四川省委、省政府表示祝贺。

△1995年4月4日，田纪云副委员长视察希望集团，并题词："希望

明天更美好"。

△1995 年 5 月 8 日，希望集团东方投资公司和南方投资公司宣告成立，刘永行和刘永好分别担任董事长。希望集团开始朝现代企业管理制度迈进。

△1995 年 6 月 22 日，中央统战部副部长郑万通在接见刘永行时指出："你们的业绩将载入中国市场经济发展的史册。"

△1995 年 8 月 2 日，刘永行提出希望集团在 2010 年之前争做"世界饲料王"的跨世纪规划。

△1995 年 8 月，民生银行成立，刘永好担任该行副董事长。

△1995 年 9 月 16 日，国家科委和国家统计局公布全国民营科技企业技工贸总收入 100 强名单，希望集团名列第一。

△1995 年 9 月 20 日，全国工商联主席经叔平到希望集团视察。

△1995 年 10 月 17 日，希望集团荣获全国 500 家最大私营企业第一名。

△1995 年 11 月 27 日，希望集团捐资 170 万元兴建 3 所希望小学。

△1995 年，希望集团企业发展到 50 家，产销饲料 170 万吨，实现产值 35 亿元，自有资产超过 10 亿元。

△1996 年 1 月 18 日，刘永行向上海希望饲料公司所在地教育事业捐款 100 万元。

△1996 年 2 月 9 日，刘永行与大寨党支部书记郭凤莲共同在兴建大寨强大农业有限公司的协议书上签字，山西省委书记胡富国会见了刘永行。

△1996 年 3 月 11 日，姜春云副总理接见了刘永好，并题词："农业产业化，带来新希望"。

△1996 年 4 月 1 日，国家体改委副主任邵秉仁到希望集团考察。

△1996 年 4 月 26 日，新津希望饲料厂总工会宣告成立，全国总工会

致电祝贺。

△1996 年 6 月 7 日，希望集团再次被美国《福布斯》杂志排在大陆私营企业榜首。

△1996 年 7 月 4 日，李岚清副总理视察大寨强大农业有限公司。

△1996 年 9 月 27 日，希望集团荣获"全国星火计划先进企业"光荣称号，陈育新受到江泽民、李鹏等中央领导的亲切接见。

△1996 年 10 月 1 日，刘永好在美国西雅图举行的美国暨亚太工商领导论坛上发表了中国大农业的演讲。

△1996 年 10 月 3 日，刘永好荣获"四川省优秀企业家"称号。

△1996 年 11 月 28 日，刘永好当选为中国光彩事业促进会副会长。

△1996 年 12 月 15 日，刘永好作为全国工商联赴台考察团副团长访问台湾。

△1996 年，希望集团企业数达 84 家，产销饲料 250 万吨，实现产值 50 亿元，自有资产超过 14 亿元。

△1997 年，刘永言创建大陆希望集团、陈育新创建华西希望集团，刘永红创建希望装饰装修公司。

△1997 年 1 月，刘永好以 1.6 亿元注册资本成立了具有独立法人资格的"新希望集团"。刘永好任新希望房地产开发有限公司董事长、法人代表。

△1997 年 1 月 31 日，希望集团向成都府南河整治工程捐款 20 万元。

△1997 年 5 月，希望集团成为四川省扩张型企业中唯一的民营企业。

△1997 年 5 月 17 日，民建中央主席成思危会见了刘永行。

△1997 年 6 月，希望集团被美国《福布斯》杂志排在全球巨富龙虎榜第 219 位。

△1997 年 7 月 26 日，姜春云副总理在希望集团视察时，称赞道："言

行美好四兄弟好样的!"

△1997 年 8 月 9 日，刘永好向四川省羽毛队捐赠 30 万元。

△1997 年 8 月 29 日，刘永好向中国扶贫基金会捐款 100 万元。

△1997 年 9 月 4 日，希望高新技术产业基地项目启动。

△1997 年 9 月 21 日，国家专利局副局长马连元一行到希望集团考察，对刘永言的多项发明专利给予了高度评价，并题词："科技立业，希望永驻"。

△1997 年 9 月，希望集团华西公司宣告成立，陈育新任董事长兼总经理。

△1997 年 9 月，希望集团装饰装修工程有限公司宣告成立，刘永红任董事长兼总会计师。

△1997 年 9 月 26 日，刘永好荣获"全国十大扶贫状元"称号。

△1997 年 10 月 24 日，来四川出席中国艺术节开幕式的全国政协主席李瑞环接见了刘永好。

△1997 年 10 月 28 日，陈育新当选为四川省饲料工业协会副会长。

△1997 年 11 月 6 日，刘永好再次当选为全国工商联副主席。

△1997 年 11 月 10 日，刘永好荣获中国光彩事业奖章。

△1997 年 11 月 10 日，在第四届中国科技博览会上，大陆希望公司参展的"森兰变频调整器"和"深蓝溴化钾吸引式中央空调机组"荣获金奖，成为全国制冷行业中的唯一金奖。

△1997 年，希望集团企业总数超过 100 家，产销饲料 300 万吨，实现产值 60 亿元，自有资产超过 20 亿元。

△1998 年，四川新希望农业股份有限公司在深圳证券交易所上市。

△1998 年 2 月 3 日，刘永好应邀参加世界经济论坛达沃斯年会。

△1998 年 2 月 9 日，希望集团南方公司出资 100 万元，在北京大学设

立奖学金。

△1998 年 2 月 12 日，新希望 A 股在深交所成功发行。

△1998 年 3 月 13 日，刘永好当选为全国政协常委。

△1998 年 3 月 25 日，刘永好捐资 40 万元重修的武训祠举行揭幕仪式。

△1998 年 4 月 21 日，刘永好出席世界经济论坛中国企业高峰会议。同日，中国驻外使节考察团到希望集团参观考察。

△1998 年 7 月 1 日，刘永好被聘为海南省农业交流协会名誉主席。同日，刘永好出席了由联合国区域发展中心等组织举办的社会扶贫国际研讨会。

△1998 年 7 月 29 日，美国总统克林顿的财经顾问哈蒙到希望集团总部参观。

△1998 年 8 月，希望集团向长沙、嫩江、松花江流域遭受水灾的地区捐物价值达 300 万元。

△1998 年 9 月 10 日，中央电视台《经济半小时：民营企业经济 20 年》摄制组专程赴希望集团采访。

△1998 年 10 月 6 日，在中英企业高峰会议上，英国首相布莱尔会见了刘永好。

△1999 年 1 月 4 日，国家外经贸部以（1999）外经贸政审函字第 1 号特急部长令的形式，批准以希望集团为代表的 20 家私营企业首批获得自营进出口权。

△1999 年 1 月 10 日，希望集团被中国饲料工业协会评为优秀团体会员。

△1999 年 3 月 11 日，"新希望"股票在深交所上市，融资 4 个亿。

△1999 年 5 月 28 日，希望集团新津基地党总支部宣告成立。

△1999 年 6 月 10 日，来自非洲数国的 14 名高级外交官到希望集团总部参观访问。

△1999 年 8 月 25 日，农业部副部长齐景发、全国饲料办副主任季之华到新津总部视察。

△1999 年 8 月 26 日，全国各省市区农业厅局长、饲料办主任到希望集团总部参观。

△1999 年 10 月，刘永好出席 1999 年《财富》全球论坛上海年会。

△1999 年，全国 13000 多家饲料厂亏损，2000 多家饲料厂倒闭，新希望集团全年销量增长 14％，利润总额获得历年最好成绩。

△1999 年，刘永行旗下的东方希望集团完成利税总额居四川省第一位。当年 4 月，东方希望集团总部从成都迁至上海浦东。

△2000 年 4 月，新希望集团与成都化工、国际金融公司（IFC）组建华融化工。

△2000 年 5 月 25 日，希望集团再次被确认为四川省重点民营企业。

△2000 年 6 月 26 日－7 月 2 日，刘永行一行应邀出访韩国希杰集团，回国后提出要以国外先进企业作参照系，进一步提高效率、把工作做到位。

△2000 年 9 月下旬，东方希望集团（刘永行）入股光明乳业，持有 5％的股份。

△2000 年 9 月 22 日，全国人大常委会副委员长许嘉璐在省市县的有关领导陪同下，专程到希望集团新津基地视察。

△2000 年 10 月起，中央电视台大型系列纪实片《希望之路》开拍。

△2000 年 10 月 23 日，11 位知名经济学家齐聚美好花园，共同探讨"希望现象"。

△2000 年 10 月中西部论坛召开前夕，四川省委书记周永康在成都会

见刘永行，鼓励他把东部发达地区和国外的先进管理经验带回四川，为家乡多做贡献。

△2000 年 11 月，美国《福布斯》杂志发布当年中国大陆富豪榜，刘永行及其兄弟名列第 2 名。

△2000 年 11 月 13 日，陈育新被国家农业部、人事部评为"全国农村优秀人才"，并荣记一等功。

△2000 年 12 月，东方希望集团（刘永行）首家海外公司——越南 E·H 农业有限责任公司开始筹建。

△2000 年 12 月 28 日，刘永行等 10 人被评为中国 2000 年度"最受关注企业家"。

△2000 年，在由全国工商联组织的调查中，希望集团以 113 亿的年销售收入位列全国民企第二，仅次于联想集团。

△2001 年 3 月中上旬，全面展示希望集团十八年创业路程的系列纪实片《希望之路》在央视《经济半小时》黄金时段播出，受到广泛好评。

△2001 年，新希望集团被国家九部委评为农业产业化国家重点龙头企业，并进入中国企业 500 强。

△2001 年 10 月，新希望集团与四川阳坪签约，进入乳制品行业。

△2001 年 10 月 26 日，美国《福布斯》杂志宣布，刘永行、刘永好兄弟以净资产 83 亿元人民币，位列中国大陆 100 名富豪第一名。

△2001 年 12 月，刘永行被《中国企业家》杂志评为最具全球竞争力的中国企业领袖之一。

△2002 年，刘永好被评为中国十大金融人物以及美国《商业周刊》评选的"2000 年亚洲之星"。

△2002 年，刘永行被评为"2001CCTV 中国经济十大年度人物"和"搜狐 2001 十大财经人物"。

△2002 年至 2003 年，刘永行正式进入第二主业——铝电复合体产业，分别在包头、山东、河南等地建设年产规模百万吨的电铝项目和氧化铝项目。

△2003 年 5 月，东方希望集团（刘永行）被上海市国家税务局、上海市地方税务局评为"2002 年度 A 类纳税信用单位"。

△2003 年 9 月，刘永行因长期支持"老、少、边、穷"地区和中西部地区经济建设，获得"中国光彩事业奖章"。

△2003 年 10 月，刘永好以 7.67％的得票率高居搜狐财经评选的"十大最有社会责任感的富豪"榜首。

△2003 年 10 月，刘永好入选胡润大陆百富榜第 5 名。

△2003 年 10 月 25 日，陈育新受聘担任中国人民大学客座教授。

△2003 年 10 月 28 日，刘永好被评为"最受中国 MBA 尊敬十大企业家"。

△2004 年，刘永行被山东省人民政府评为"投资山东优秀企业家"。

△2004 年 9 月，陈育新、刘永言、刘永行、刘永好四兄弟被聘为中国农业大学 MBA 项目的兼职教授及 MBA 导师。

△2004 年 12 月 2 日，刘永好受聘为西南财经大学兼职教授。

△2005 年 1 月，刘永行被《民营经济报》评为"2004 年度中国民营经济十大风云人物"。

△2005 年 4 月，新希望集团与山东六和集团强强联合，形成中国最大的农牧企业。

△2005 年 7 月，刘永行被"中国财富论坛 2005"评为"2005 中国最具影响力的财富人物"。

△2005 年 7 月，在新希望集团总经理大会上，刘永好首次提出了成为世界级农牧企业的愿景，并将年销售额达到 500 亿元定为集团下一个 10 年

的目标。

△2005年11月3日，美国《福布斯》杂志中国大陆富豪榜在京发布，刘永行名列第5位，刘永好以90.96亿元人民币的身家名列第6位。

△2006年，新希望集团收购石羊集团，并携手2008年奥运会猪肉食品独家供应商——千喜鹤集团。

△2006年1月20日，刘永好当选为CCTV中国经济年度人物。

△2006年4月，新希望集团与加拿大波尔种猪项目、洪雅县新农村建设项目启动。

△2006年5月，刘永行被上海市浦东新区工商联评为"浦东新区慈善之星"。

△2006年5月，刘永行被《当代经理人》杂志和北京大学民营经济研究院评为"十大创业领袖"。

△2006年8月，刘永行被"爱国者"品牌中国总评榜评为"中国25大功勋品牌人物"。

△2006年9月，新希望集团（刘永好）已连续3年跻身中国企业500强，名次由前一年的394位上升到187位。

△2006年10月，刘永好位列胡润强势榜第10名、胡润金融富豪榜第3名。

△2006年11月8日，作为华西希望集团正式涉足房产领域的开篇之作，由集团旗下的美好房屋开发公司开发的美好花园房地产项目正式动工。

△2007年，新希望集团与金川集团签约20万吨烧碱和20万吨聚氯乙烯工程项目，至此，国内最大PVC生产基地落户甘肃金昌。

△2007年1月16日，"第二届中国农经产业高峰论坛"在人民大会堂召开，陈育新荣膺"2006年中国农经产业十大领军人物"称号。

△2007 年 7 月 31 日，新希望集团正式发布首份年度社会责任报告，是中国企业中最早发布年度社会责任报告的企业。

△2007 年 8 月，《福布斯》"中国顶尖企业排行榜"，东方希望集团（刘永行）名列第 5 位。

△2007 年 10 月，刘永好获得唯一的"安永企业家奖 2007 年中国大陆地区大奖"。

△2007 年 10 月，刘永好位列胡润中国大陆百富榜第 14 名、胡润强势榜第 8 名、胡润金融富豪榜第 1 名。

△2007 年 11 月 22 日，四川农业大学隆重颁发 2007 年度"陈育新优秀学生奖学金"。作为四川农业大学的校友，陈育新从 1999 年开始在母校设立了奖（助）学金，2006 年他又续签了为期 20 年的捐赠协议，前后共出资 324 万元，以此鼓励母校学子献身农业、报效祖国。

△2007 年 12 月，刘永行被世界杰出华商协会评为"2007 全球华商富豪 500 强"。

△2007 年 12 月 1 日，由《英才》杂志、新浪网、北京青年报社、中央电视台经济频道、山东省电视台联合全国各省市各大主流媒体联合举办的"2007 中国管理 100 年会暨双十管理盛典"在北京举行，刘永好荣获 2007 年中国管理 100 "持续创价值"奖。

△2007 年 12 月 19 日，四川希望教育产业集团正式成立。

△2007 年，刘永好位列《新财富》杂志 500 富人榜第 35 位。

△2008 年 2 月，东方希望集团（刘永行）被中国有色金属工业协会评为"2007 年度有色金属行业企业信用等级 AAA 级。

△2008 年 3 月 18 日，华西希望集团（陈育新）斥巨资打造的都市农业主题公园——"花舞人间"盛妆登场、喜迎八方来客。

△2008 年 3 月 26 日，四川省省长蒋巨峰，在成都市委书记李春城、

市长葛红林视察了刚刚开业迎宾的四川农业科技博览园——"花舞人间"。

△2008年4月，刘永行被世界杰出华商协会评为"2008中华财富领袖"荣誉称号。

△2008年10月，刘永好位列胡润中国大陆百富榜第13名、胡润金融富豪榜第1名。

△2008年10月，东方希望集团（刘永行）被上海市红十字协会授予"5.12"汶川地震抗震救灾杰出贡献金奖"。

△2008年10月8日，由《环球企业家》和国际知名战略咨询公司罗兰－贝格咨询公司联合评选的2008年"最具全球竞争力中国公司"发布，四川新希望农业股份公司作为国内唯一一家农业企业荣列20强。

△2008年11月3日，陈育新入选"四川省农村改革开放30年突出贡献30人"。

△2008年11月6日，新希望集团（刘永好）荣获"2008年四川省100强企业"第3位，位居四川省民营企业第1位。

△2008年11月，刘永行位列《福布斯》杂志中国大陆富豪排行榜第1名，世界富翁排行榜第428位。

△2008年12月，刘永行荣获"中国改革开放30年30名农村人物"荣誉称号。

△2008年12月20日，刘永好荣登《中国经济周刊》主办的"中国改革开放30年经济百人榜"。

△2008年，新希望集团荣列"2008中国企业500强"第186位。

△2009年10月16日，在成都举行的第十届中国西部国际博览会上，越南总理阮晋勇接见了刘永好，希望他能加大在越南的投资力度。

△2009年11月1日，在重庆畜牧产业区域发展论坛上，刘永好旗下的新希望集团与长寿区政府签订了协议，将投资1.2亿元，在长寿区新建

重庆最大的家禽养殖基地。

△2009 年 11 月 13 日，华西希望集团有限公司（陈育新）荣获"2009 中国管理模式杰出奖"。

△2009 年 11 月 17 日《重庆商报》报道，筹备已久的东方希望集团黔江化工基地项目已于近日正式奠基，这个 PVC（聚氯乙烯）联合一体化项目总投资约 100 亿元，这是继涪陵、万盛后，东方希望集团董事长刘永行在渝布局的第三个化工项目。

△2009 年底，新希望集团实现了"销售额达到 500 亿，成为世界级农牧企业"的目标。

△2010 年 3 月 10 日，"福布斯全球富豪排行榜"在纽约发布，刘永行以 50 亿美元身价位列榜单 154 位，位居该榜单上中国大陆富豪的第二位；而刘永好则以 25 亿美元在该榜单上名列第 374 位。